JN020068
最強陰陽師の異世界転生記
～下僕の妖怪どもに比べてモンスターが弱すぎるんだが～
6
小鈴危一
Illust. 夕薙

フィリ・ネア
【獣人の王】

リゾレラ
【神魔】

ガウス・ルー
【巨人の王】
ヴィルダムド
【鬼人の王】
オーガ

プルシェ

【三眼の王《トライア》】

シギル

【黒森人の王《ダークエルフ》】

セル・セネクル
【悪魔】
アル・アトス
【悪魔の王】

セイカ・ランプローグ
【陰陽師／魔王】
「や、やる、じゃない、か……
ぼく、の身代を、一つ割る、とは」

最強陰陽師の異世界転生記～下僕の妖怪どもに比べてモンスターが弱すぎるんだが～⑥

小鈴危一

CONTENTS

第一章
其の一 003
其の二 049
其の三 088

第二章
其の一 162
其の二 195
其の三 218

第三章
其の一 270
其の二 291
其の三 348
其の四 359
幕間　皇帝ジルゼリウス・ウルド・エールグライフ、帝城にて 382

書き下ろし番外編
『旅の王』 388

第一章　其の一

北へ向かう帝国式街道を、馬車が走る。

ぼくは御者台の上で、手綱を握ったまま曇った空を見上げた。季節はもうすっかり春だが、この辺りは天候も相まってか少し肌寒い。

「ねえ、セイカ。後ろは大丈夫かしら」

隣でルルムが、後方を気にしながら言った。

ぼくは上空を飛ばしているヒトガタの視界を確認する。今乗る馬車に続く形で、四台の馬車が列を作っていた。

平坦な口調でルルムに答える。

「まだ大丈夫だが、一番後ろが少し遅れ気味かもしれない。これ以上離れるようなら休憩をいれよう」

「……わかったわ」

ルルムもまた、平坦な口調で返してきた。

神魔の奴隷たちを、エルマンたちから奪還した後。ここからどうしようかと悩んだぼくたちは、移動のためにとりあえず馬車を五台買うことにした。

比較的人間に近いとは言え、神魔の容姿はどうしても目立つ。体力が落ちている者もいたので、衆目に触れないまま楽に移動できる手段が必要だった。

馬車五台分もの大金はどうしたのかというと、依頼をこなして得た金を当てた。

ヒュドラの報酬はエルマンにやってしまったものの、それまで稼いでいた分は手つかずのまま残っていたからだ。それをほとんどつぎ込んだことで、なんとか全員が乗れるだけの馬車を買うことができた。

先頭の馬車はぼくが、後ろの馬車はそれぞれ、アミュ、メイベル、ノズロ、そしてたまたま馬車の動かし方を知っていた神魔の一人が駆っている。

今はイーファがメイベルに動かし方を教わっているようなので、すぐにあの子も覚えることだろう。

ただ、急いで買い求めたために、馬車は大きさも頭立てもバラバラだった。動かしているのも素人なので、どうしても歩調が乱れる。結局一番遅い馬車に合わせざるを得ず、進みは遅くなってしまっていた。

こういう馬車は、きっと野盗にとっては格好の獲物に見えるだろう。ルルムもそれを心配しているようだった。

しかし、それはまったくの杞憂だ。

暴力の比べあいで、ぼくが負けることは決してないのだから。

「セイカ」

ふと、ルルムが小さな声で言った。

「私の言ったこと……まだ、信じられない？」

ぼくは溜息とともに答える。

「いきなりお前は魔王だなんて言われて、そう簡単に信じられるわけがないだろ」

ルルムに魔王と呼ばれ、頭を垂れられた時、初めは何かの冗談かと思った。

しかし彼女の様子からそれが本気であることを察すると、さすがに動揺した。

とりあえず、まるで家臣がするようなへりくだった口調だけはなんとかやめさせると、今はまずこちらだと言って元奴隷たちの世話に集中させ、それ以上の話を避けていた状態だ。

しかし、それはただ問題を先送りしているだけに過ぎないことは、ぼくもわかっていた。

言葉を選んで口を開く。

「だいたい、根拠が薄すぎないか？　魔王の父親だという元冒険者が、ただランプローグの姓を名乗っていただけじゃないか。初めに君らに捕まった時、身分が高ければ殺されないと思って、偶然知っていた貴族の名前を口走っただけの可能性もある」

「ギルベルトは以前、自分には兄がいるのだと話していたわ。そして……彼は金色の髪に青い目を持っていた。あなたのお父上はどう？」

「……同じだ。だけど……この国では金髪碧眼なんて珍しくない。それに父からは弟がいるなんて話、一度も聞いたことがないぞ」

「本当に？　ただ話されなかっただけではなくて？　何か少しでも、その可能性を感じたことはなかった？」

「……。それは……」

　心当たりは、実はないでもなかった。初めて会った時に、学園長が言っていたのだ。ぼくには叔父がいるのだと。

　軽く頭を振って答える。

「……だが、ぼくは物心ついた時から本家の屋敷で暮らしていたんだぞ。仮にも魔族の子が、いったいどんな経緯で貴族の家で育てられるなんてことになるんだ」

「それは……わからないわ。魔族であることを隠して、メローザが必死で頼み込んだから、とか……。死んだ弟の子と聞けば、哀れに思って引き取ることもあるのではないかしら」

「まさか、貴族だぞ。自分の庶子ですら引き取ることはまれなのに、弟の子なんて……」

「あなたのお父上は、そんなに貴族らしい人なの？　自分の兄弟に対しても、なんとも思わないような冷たい人？」

　ぼくは口ごもる。

　政争や領地経営には興味を示さず、ひたすら魔法研究ばかりなブレーズは、少なくとも貴族らしくはまったくない。

　弟に対してどんな思いを抱いていたのかは想像もできないが……自分の子や、妻や、離島に隠居している両親や、使用人たちとの関係を見る限りでは、冷たい人間とは思わなかった。

　というよりも……ルルムの言を否定できるほど、ぼくはブレーズのことをよく知らない。

「前にも言ったけれど、あなたの髪や眼の色はメローザの子と同じなの。それに……セイカ、あなた自身ではどう？」

「……ぼく自身？」

訊き返すと、ルルムは静かに続ける。

「それほどの力を持っていることに、疑問を覚えたりはしなかった？　普通の人間たちの中で普通に過ごすことに、違和感はなかった？　自分は特別で、他人を導く存在なのだと……そんな風に感じることはなかった？」

「……」

ぼくは答えられない。

特別な力を持っていて、普通の人間と違うのは当たり前のことだ。

異世界からの転生者なのだから。

無数の呪いを極め、強大な妖を使役する、史上最強の陰陽師。

異質でないわけがない。

だがそれは、直接的には魔王と関係ない。

「……少なくとも、自分をそんな指導者のように思ったことはないな」

「そう？」

否定するぼくに、ルルムは食い下がる。

「あなたも、心のどこかで魔王かもしれないと思っているから、私たちと魔族領にまで来てくれるのではないの？」

「いや、あのな……」

ルルムの言葉に、ぼくは呆れ半分に答える。

「それは君らがあんなに頼んできたからじゃないか」

具体的には、ルルムとアミュとイーファとメイベルだったが。

ぼくを魔王と信じるルルムはぜひにと言って聞かなかったし、小さい子もいるのにこのまま放り出せないからと、アミュたちもついていくと言い張っていた。

そこで仕方なく、わざわざ馬車を一台余計に買ってまで、ルルムの故郷まで同行することになったわけだ。

しかし、ルルムはなおも言う。

「でも、あなたは断ることもできた」

「単なる親切心を、そんな風に捉えられてはたまらないな」

「……」

沈黙してしまったルルムに、ぼくは少し迷って付け加える。

「まあ……完全に否定しきることはできない、かもしれない」

「……」

「何せ、自分が生まれてすぐの話だ。その頃の記憶があるわけもないし、結局憶測でしか語れない」

「……」

「もっとも、荒唐無稽な話だという印象は変わらないが」

「……私は、そうは思わないわ」

ルルムはそう言ったきり、口を閉ざしてしまった。

ぼくも無言のまま、思考を巡らせる。

彼女に言ったことは、実は嘘になる。ぼくが魔王であるという話が、荒唐無稽だとは思わない。

それどころか、仮にそうだとすると一つ納得できることがある。

この転生体のことだ。

ぼくは、当初見込んでいた同世界内での転生に失敗し、この世界に来た。あれから何度か呪いの中身を思い返してみたが、原因は一つしか思い当たらない。

見つからなかったのだ——あの世界の未来で、ぼくの魂の構造を再現できる肉体が。

まさかとは思うが、考えられない話ではない。

神の子孫だのが生きていた古代と比べれば、ぼくがいた時代の人間はずっと弱い。文献を紐解く限り、かつてはぼく以上の術士も何人かいたようなのだ。だからあのまま時代が進み、人間がさらに弱くなれば、ぼくのように呪術に長けた者が生まれなくなっていても不思議はない。

では異世界にて条件に合致した、この体はなんなのか。

こちらの世界の人間は、元の世界の人間よりもさらに弱いように思える。数百年前にいた蝦夷征伐の武者や、師匠の父親の大陰陽師のように、龍を倒しうるほどの者がこちらでは文献の中にすらほとんど見られない。

勇者と、魔王を除いては。

特筆するところのない一貴族の家に、条件を満たす者が生まれるとは考えにくい。

勇者は、別に存在している。

ならば――――この肉体は、魔王のものなのではないか。

ルルムの言う通り、いろいろな状況証拠もそろっている。信じがたい部分はあるが、否定しきれるほどの材料もない。

だからひとまずは……自分が魔王だと考えておいた方が、いいのかもしれない。

「……」

しかし、ぼくにとってはこの上なく都合が悪かった。

権力者とはなるべく関わらずに生きたかったのに……魔王だなんて、それが許される立場ではなくなってしまった。下手を打てば、前世以上の政争に巻き込まれかねない。

だが……そもそもぼくの転生体に、何も特別な要素のない普通の人間を望むこと自体、都合がよすぎたのかもしれない。

前世であれほどの力を持ったのだ。その辺の人間に生まれ変わるなんて、無理だったに決まっている。

受け入れるしかない。

覚悟を決めて、自身を取り巻く思惑の中に身を投じる必要がある。

「……はあ」

気の重さに、思わず小さく嘆息する。

ルルムの故郷へ同行することにしたのも、結局はそのように考えたためだった。

仮に断ったとしても、問題が解決するわけではない。それどころかさらに大事になって、魔族の側がぼくの下へ訪れる可能性もある。

それで揉め事でも起こったら最悪だ。帝国の宮廷に察知され、ぼくが魔王であると知れれば、事態はいよいよ手に負えないものになってしまう。

だからもうこの際、一度魔族領に行ってしまった方がいいと考えたのだ。少なくとも、帝国へやって来て揉め事を起こされる心配はなくなる。

それに……ぼくはあまりにも、魔族のことを知らなかった。

これまで出会った魔族は、ルルムたちを除けばすべて敵で、さしたる言葉も交わさないうちに葬ってしまっている。文献にも、見た目や能力のことばかりで、彼らの文化や風俗のことはほとんど記されていない。

だから、知っておきたかったのだ。

もしかしたら彼らとの話し合いで、状況を改善できることもあるかもしれないから。

「……やれやれ」

とはいえ、落胆を禁じ得ない。もう、今生での目論見がいろいろと破綻してしまった。

まさか勇者の対となる存在である魔王が、自分だったとは。

この間まで魔王は今どこで何をしているのかとか考えていたことが馬鹿みたいだ。ここまでくると笑えてくる。

どうしたらよかったのか、と思う。

魔王に生まれてしまったのはある種の必然だし、ルルムと出会ったのはただの偶然だ。ぼくの選択が悪かったわけではない。

しいて言えば、一年前にアミュを帝城から助け出し、学園を去ってしまったことが遠因と言えなくもなかったが……あらためて考えても、そうしない選択肢はなかった。

そんな生き方ができるのなら、あの時人質に取られていた弟子たちを無視して、あの子の襲撃も軽くいなし、すべてを捨ててどこか別の地に逃げていただろう。

それによくよく考えると、ルルムたちはランプローグの名は知っていたのだ。だから、いつかは魔王を捜す魔族が、ぼくの下へたどり着いていたに違いない……。

とまで考えた時、ぼくはふと気づいた。

「あれっ、そういえば」

「……？　どうしたの、セイカ」

眉をひそめるルルムに、ぼくは問いかける。

「ルルムは、ランプローグの名は知っていたんだよな。どうして最初からぼくの家を訪ねなかったんだ？　そうしたらすぐに出会えていただろうに」

「……ランプローグの家なら、何度も調べたわ。でもどこの家にも、あなたのような子供はいなかった」

「いやそんなはずは……ん？　どこの家にも……？」

首を傾げるぼくに、ルルムはやや不機嫌そうに続ける。

「最初は、帝国議員のランプローグ家だったかしら。次は将軍のランプローグ家で、次が官吏のランプローグ家で……。大きな街へ行ってランプローグの名前を聞くたびに、屋敷を訪ねたり、そこの領民に訊いたりして調べたわ。でも、一度もあなたには出会えなかった。そのうち諦めて、神魔の子がいないか探すようになったのだけれど……むしろ教えてくれないかしら。あなた、いったいどこにいたの？」

「……ルルムが訪ねた家の当主の名前、教えてくれないか？」

「ええと、最初がガストン・ランプローグと言ったかしら。次がペトルス・ランプローグで、次がベルナール・ランプローグ……」

ぼくは頭を抱えて言った。

「それ全部親戚だ……」

ランプローグ家は伝統的に、兄弟に異なる進路を選ばせている。

だから帝国のあちこちにランプローグの名を持つ者がいて、中には本家以上に出世している分家筋もあった。

だから、間違えるのもわからなくはなかったが……。

「ぼくがいたのは本家だよ、本家」

「知らないわよ、そんなの。まったく、人間の国って面倒くさいんだから」

ルルムが不機嫌そうにぼやく。

まあ、貴族の家のややこしさは置いておくとして……ルルムはどうやら、ランプローグの名から魔王を追うことは、一度諦めていたらしい。

それでも、こうして出会ってしまった。

運命の存在はありえないと思っていたが、転生してからはどうも、数奇な巡り合わせが続いているような気がする。

さすがに持論が揺らぎそうだ。

数日後、魔族領に一番近い村に着いて、ぼくたちは馬車をすべて売り払った。

そこから先は、歩きだ。

「ちょっとこれっ、どこまで進むわけー？」

後ろの方でアミュが文句を言っている。

ぼくたちは今、深い森を進んでいた。

この辺りはもう、完全に魔族領だ。はっきりとした国境はないものの、平野から森に入った時点で人間の支配域からは外れてしまっている。

国境沿いには軍が駐留(ちゅうりゅう)しているが、それも要所のみで、こんな何もないところにはいない。

そのため魔族領への出入りは、意外と簡単にできるようだった。

「もうすぐだから、みんなあと少しだけ我慢して」

前方でルルムが、後ろを振り返って答える。

つられて振り返ると、元奴隷の神魔たちはしっかりとついてきているようだった。

女子供ばかりだが、さすがに魔族だけあってか、悪路でも余裕がありそうに見える。

そんな中で、イーファとメイベルと一緒にほとんど最後尾を歩いていたアミュが、ずんずんと歩調を上げて神魔やぼくを追い越し、ルルムのすぐそばにまで並んだ。

「我慢するのはいいけど、ここモンスターが出る森でしょ？　危ないわよ。特にあの子たちなんか、大した装備もないのに」

アミュが神魔の子らを振り返りながら言う。

「あんまり長く歩くようなら、一度村へ戻ってちゃんと準備した方がいいんじゃ……」

「心配ない」

一番前を歩いていたノズロが、ふと立ち止まって言った。

その視線の先には、木の股(また)に鎖でぶら下げられた小さな金属細工がある。

それを見たルルムが、安堵(あんど)したような声を漏らした。

「あ……よかった。まだちゃんとあったわね」

「ああ」

「え、なに？　そのお守りみたいなの」

不思議そうに問うアミュに、ノズロが短く答える。

「モンスター避けの護符だ」

そして補足するように、ルルムが言った。

「これ、私たちの里のものなの」

◆　◆　◆

それから少し歩くと、ひらけた道に出た。

道と言っても帝国式街道のように舗装されているわけではないが、さりとて獣道というほど狭くもなく、護符のためかモンスターの気配もない。明らかに誰かが、生活のために管理している道だった。

そこをさらに一昼夜、野宿を挟んで歩いた先に――――その集落は見えてきた。

「わっ、あれなにかなセイカくん」

隣を歩いていたイーファが、ぼくの袖を引っ張りながら声を上げた。

言われて目をこらすと……道の先に、何やらいくつかの白い影が見えた。

近づくにつれ、その正体がわかってくる。

それらは、並んで立つ大きな石の柱のようだった。

さらにその奥には、建物らしきものも見える。

どうやら集落のようだ。

「……」

思わずまじまじと観察してしまう。ずいぶんと、風変わりな集落だった。

巨大な柵のごとく立ち並ぶ柱の群れも、その奥の建物たちも、奇妙なほど白く大きく、直線的な石材でできている。

帝国のどの都市でも、あんな建材は見たことがなかった。

ひょっとすると魔法で作られたものなのかもしれない。いかにも魔族の集落といった感じだ。

「……っ⁉　何だ、貴様ら！」

ぼくらがさらに近づくと、石柱の前に立っていた見張りらしき人物が、急にこちらを見て声を上げた。

さっきまで柱にもたれて顔をうつむけていたので、どうやら居眠りをしていたせいでぼくらの接近に気づかなかったらしい。

ずいぶん平和なことだ。

「……神魔か」

白い肌に黒い線の紋様。

その男は、はっきりと神魔であることが見てとれた。

装束も、白を基調とした独特なものだ。ここは本当に、神魔の集落らしい。

槍を向ける見張りの男へ、ルルムが一歩進み出る。

「待って！　私よ、私」

「……っ？」

「ルルムよ、覚えてない？」

「っ！　まさか……！　てっきり里を出て、死んだとばかり……」

「生きてるわよ！　人間の国で囚われていた仲間を助けて来たわ。ここを通してくれる？」

「し、しかし……後ろのやつらは本当に……」

「俺もいるぞ」

「ひ……ひいいいい！　ノズロ⁉」

ノズロが歩み出ると、見張りの神魔は竦んで悲鳴を上げた。

上背のあるノズロは、その神魔を見下ろすようにして言う。

「俺たちは旅の目的を果たし、帰ってきただけだ。自分の里に入れない道理がどこにある」

「し、しかし……」

「貴様で判断できないならば、ほかの者に話を通してきたらどうだ」

「わ……わかった！　わかったから、待て！」

そう言い残すと、見張りの神魔は背を向けて集落の方へ駆けていった。

「……あなたなんで、怖がられてるの？」

メイベルが、ノズロを見上げて言った。

ノズロは表情を変えずに呟く。

「別に、理由はない」

「ノズロは昔、体が小さくてよくいじめられてたのよね」

代わりにルルムが、おかしそうに答えた。

「だけど、あっという間に誰よりも大きくなって……あとはわかるでしょ？」

「……わかった」

メイベルが再び見上げると、ノズロはばつの悪そうな顔をしていた。

ルルムが、感慨深そうに言う。

「なんだか懐かしいわ……私たち、本当に帰ってきたのね」

勝手に入るわけにもいかないので大人しく待っていると、ほどなくして先ほどの見張りが、数人の神魔を連れて戻ってきた。

その中の一人。上等な装束を纏った神魔の男が、一歩進み出る。

「ルルム……！」

信じられないかのような表情とともに、小さく呟く。

その声音には、親愛の響きがあった。

蒼白な肌色ながら美形で、顔立ちや紋様がどことなくルルムに似ている気がする。

年の離れた兄だろうか……と思っていると、ルルムが急に駆けだし、男に抱きついた。

やがて顔を上げ、感極まったように言う。

「ただいま……父様」

「え」

思わず動揺の声を上げてしまう。

後ろからも、アミュたちのひそひそ声が聞こえてくる。

「あれがルルムの父親なの……⁉」

「わ、若すぎない……？」

「魔族すごい」

彼女らの戸惑いも理解できる。

神魔の男は、せいぜい二十代後半くらいにしか見えない。

ルルムは十代後半くらいの見た目なので、人間の感覚で親子と見るにはあまりにも違和感があった。

神魔は人間の倍近い寿命があると聞くが……二人とも本当は何歳なんだろう。

ルルムの父は、娘を見下ろして言う。

「本当に、よく帰った……！　だが、今はその客人らのことだ。彼らは一体……」

「人間の国で、奴隷として囚われていた神魔よ。助けて来たの！　みんなに住む場所と食べ物を用意して、あと元の里に帰れるように手伝ってあげて。里長にもそう伝えて」

ルルムの父は薄く微笑むと、娘に答える。

「今の里長は私だ。三年前にネゼリム殿が身を引かれ、私が皆に選ばれたのだ。そのような事情ならば、迅速に手配しよう。しかし……そうか。だから帰ってきたのだな」

神魔の里長が、穏やかな笑みを浮かべる。

「お前のことだ。メローザと魔王を見つけ出すまで、決して帰らぬものだと思っていたが」

「えっと、それは……」

「ともあれ、よく同胞たちを救い出した。父として誇りに思う。……して」

と、その時、里長はぼくらの方へ視線を向けた。

「彼らは？　見たところ……人間のようだが」

その目つきは、やや厳しい。まあ神魔からすれば人間は敵対種族だから、無理もないのだが。

ルルムが擁護するように言う。

「人間だけど、悪い人たちではないわ。一緒に仲間を助けるためにがんばってくれたの。私たちの恩人よ」

「……そうか」

娘の言葉に、里長はわずかに表情を緩める。

「お前が言うならば、そうなのだろう。十六年ぶりになるか……この里に人間が訪れるのは」

里長は感慨深そうに言った後、ぼくらへと言う。

「同胞たちを救い出してくれたこと、里長として感謝する。歓迎しよう、人間の客人よ」

「いえ、どうも……」

「それと、父様」

ぼくが何か言い終える前に、ルルムが父へと告げる。

「大事な話があるの」

「……？　大事な話、とは……」

不思議そうにする父へ、ルルムは真剣な表情で言う。

「本当に大事な話。誰にも聞かれない部屋を用意して」

「まさか、魔王だと……」

ルルムの父であり神魔の里長――ラズールムは、信じられないかのように口元を手で押さえ、呟いた。

あれからぼくらは、全員で神魔の里に入ることとなった。

白い建物に、白い装束を着た、白い肌の人々。実に奇妙な風景の集落だったが、それはともかく。

当面の住まいに案内される元奴隷の神魔たちと、神殿へ帰郷の挨拶(あいさつ)に向かうというノズロを見送った後、ぼくらはルルムの家に案内されることとなった。

他の家々よりもだいぶ大きい。どうやらここは、里長に選ばれた者が住める屋敷であるらしい。

実に十五年ぶりの帰郷だというのに、ルルムは他の家族との挨拶もそこそこに、ぼくらと父親と共に屋敷の一室へと入る。

そこで、話し始めた。

ぼくが、おそらく魔王であろうという事情を。

「信じられん。信じられんが……本当なのか？　君があのギルベルトと同じ、ランプローグの家名を持っているというのは」

「……ええ」

わずかにためらった後、ぼくはうなずく。

「とは言っても、ギルベルトという人物は知りません。父はランプローグ家当主、母は愛人だったと聞いています」

言いながらふと、あの研究馬鹿のブレーズに愛人がいたというのも、よくよく考えたら違和感があるなと気づく。魔王である根拠がまた増えてしまった。

ラズールムが問いかけてくる。

「君の母だという人は？」

「会ったことはもちろん、家の者から所在を聞いたこともありません。生きているのか死んでいるのかも、わかりません」

「そう、か……」

ラズールムが眉根に皺を寄せながら続ける。

「だが……君の髪と眼は神魔と同じものだ。それに、年もメローザの子と近い。確かに、無関係とはとても……」

「それだけじゃないわ。セイカは、魔王と呼ぶにふさわしい実力も持っているもの。ほらセイカ、父様にあれ見せてあげて、あれ」

「えっ、何？」

思わず素で聞き返すと、ルルムはじれったそうに言う。

「あれよあれ。レイスロードを吸い込んだ、闇属性の火炎弾（ファイアボール）」

「あれ火炎弾（ファイアボール）じゃないから。それにあれは昼間は出せないんだよ」

「もう。じゃああれでいいわ、鉄を腐らせるやつ」

「……まあそれくらいなら……」

ぼくは渋々、ルルムが差しだしてきたナイフへと、ヒトガタを近づける。

軽く真言（しんごん）を唱えると、《金喰汞（かなくいこう）》によって生み出されたガリアの汞（ガリウム）により、刃がぼろぼろに崩れ始めた。

ラズールムは目を見開く。

「まさか……これは……！」

「伝承通りでしょ、父様」

にわかに盛り上がる神魔の親子に、ぼくは少々気が引けつつも一応言っておく。

「あの、これはたぶん魔王の伝承とは関係ないものですよ。ガリアの汞（ガリウム）という人肌で融ける金属がありまして、それが他の金属に触れると……」

驚きに水を差すような解説にもかかわらず、ラズールムは感心したように聞いていた。

「なるほど……聞いたこともない魔法だ。かつての魔王は、このようにして人間の軍の武装を破壊していたのか」

「私の言った通りだったでしょ、父様」

　ダメだ、全然理解されてない。

　というよりよくよく考えると、仮に過去の魔王が同じような魔法を使っていたならば、仕組みを解説したところで意味はなかった。

「セイカはたった一人で、アストラルの群れとレイスロードを倒したの。白のヒュドラだって、セイカがいなかったらみんな毒でやられていたわ」

「それだけの力がある、ということか。ならば……」

　ラズールムが険しい表情で呟く。

「ひとまずは魔王と考えておくべき、なのだろうな」

　神魔の里長も、結局はぼくと同じ結論に至ったようだった。

　一度見失った以上、誰が魔王なのか、確実なことは言えない。勇者も魔王も、本来は予言の内容ではなく、その実力によって見出される存在なのだ。

　力以外の要素で見つけようとするなら、それこそ状況証拠で判断するしかない。

　ラズールムは張り詰めた声音で言う。

「事は私一人で判断できるものではなくなってしまった。これは魔族全体に関わる事態だ。まずは他の里長に報せを出し、会合を開こう。そして場合によっては……他種族の代表も、呼び集める必要がある」

ぼくは思わず眉をひそめた。

やはり、大事になってしまいそうだ。

ラズールムは、ぼくに目を向けて言う。

「君も……いや魔王様も、それでいいだろうか」

「正直いろいろ困るんですが、そちらの事情を考えれば仕方ありません。ただ……その魔王様という呼び方はやめてもらえませんか。まだ確定したわけでもないのですから」

「私はかまわないが、おそらく事情を聞けば他の者は皆、君をそのように呼ぶことだろう」

嫌な顔をするぼくに、ラズールムは微かに表情を緩めて言う。

「では今ばかりは、セイカ殿と呼ぶことにしよう。君が魔王であることはまだ公にできない以上、その方が都合が良い」

「助かります」

「あらためてになるが、セイカ殿。娘を助けてくれて……そして我らの里に帰ってきてくれて、感謝申し上げる」

ラズールムの真っ直ぐな言葉に、ぼくは堪らず目を逸らした。

「……いえ」

変な期待を持たれても困る。本来は、魔族になど関わる気もなかったのだ。

帰ってきてくれて、などと言われても、ここはぼくの故郷でもなんでもない。

「ところで、不躾なことを訊くようだが」

と、そこで、ラズールムは大人しく話を聞いていたアミュたちへと目を向けた。

「彼女たちは、セイカ殿の従者か何かなのだろうか」

「はあ？　そんなわけないでしょ」

アミュが怒ったように言う。

「なんであたしがこいつの家来なのよ」

「ただのパーティーメンバー」

「わたしは、従者でもあるんですけど……」

続けて、メイベルとイーファも言う。

ラズールムは気を悪くした様子もなく、わずかに口元を緩めた。

「……そうか」

「どうしました？」

「いや……セイカ殿は、パーティーメンバーとはぐれずに済んだのだなと思っただけだ」

訝しげにするぼくに、ラズールムは穏やかな口調で説明する。

「君の父親……か、どうかはまだ定かでないが、ギルベルトは仲間をかばって崖から落ち、遭難してこの里に流れ着いた。ここに居着いてからもずっと、奴ははぐれた仲間たちのことを案じていたんだ。それを今……少々思い出した」

「あの……ギルベルトさん、ってどういう人だったんですか？」

問いかけるイーファに、ラズールムは薄く笑って答える。

「調子のいいところもあったが……好ましい人物だった。快活で、奴がいると場が明るくなった。初めは受け入れることに抵抗のある者も多かったが、いつのまにか奴が人間であることを気にする者はいなくなってしまった。里の仲間たちは皆、ギルベルトを好いていたよ」

ラズールムは、静かに付け加える。

「あのようなことが起こってしまった後でも、それは変わらない」

ぼくらはその後、ルルムの屋敷の離れに案内されることとなった。

当面の間は、ここで寝泊まりすることになるようだ。

アミュが室内をキョロキョロと見回して言う。

「けっこう広いわね」

「客人用の離れみたいだからな」

里長の屋敷ともなれば、こういうのも必要になるんだろう。

「……まさか、魔族の里を見られるなんて思わなかった」

石造りのベッドに腰掛けたメイベルが、ぽーっとしながら言った。

「人生、なにがあるかわからない」

「何か、魔族の里に思い入れでもあったのか？」

ぼくが訊ねると、メイベルがこちらを見て答える。

「育成所のみんなと昔、話したことがあった。どんなところなんだろう……って。冒険者に憧れてた子も、多かったから」

「……」

「でも、結局……その時いちばん怖がってた、私だけこうして見られた。ちょっと申し訳ない、かも」

そういえばこの子は、つい二年ちょっと前まで奴隷身分で傭兵として育てられていたのだった。

二年後にこんな場所にいるなんて、確かに思いもよらなかっただろう。

メイベルは視線を下げて呟く。

「……みんなの分も、もっといろんなところに行けたらいい」

ぼくはふと笑って言う。

「君が今ここにいるのは、君自身が選んだ結果だ。これからもそのような道を選んでいけば、自ずとそうなるさ」

メイベルがうなずく。

少し経って、アミュが天井を見上げながら言った。

「それにしても……まさかあんたが魔王とはねー」

「……」

ぼくは沈黙で答える。

ルルムに言われたことは、魔族領へ向かうと決めた段階から三人にも話していた。

「最初に会った時から、変なやつだとは思ってたけど」

「そんな風に思われてたのか、ぼく」

「でも、ちょっと納得できるとこあるかも」

アミュが軽く笑って言う。

「もしかしたらあたしたち……出会う運命だったのかもね。勇者と魔王だし」

ぼくは少々居心地の悪い思いをしながら答える。

「運命なら、出会うなり戦っていただろうな。勇者と魔王なんだから」

「それもそうね。悔しいけどあんたには敵う気がしないから、そうならなくてよかったわ」

「ん……」

「あ、そういえば」

アミュが思い出したように言う。

「あたしが勇者だってこと、ルルムに言ってなかったわね。今からでも言っておいた方がいいかしら……？」

「絶対やめろ」

確実に尋常じゃなくややこしいことになる。

「いいか、絶対に黙ってろよ。会話を聞かれるのもダメだからな」

「わかったわよ」

「ねえ、セイカくん……」

その時、タイミングを見計らったようにイーファが口を開いた。

不安そうな表情で続ける。

「その、ほんとうに……ほんとうなの？　セイカくんが、魔王……って」

思い詰めたような声に、軽口を叩ける雰囲気ではなくなる。

ぼくは静かに答える。

「わからない。ただ……そうであってもおかしくないのは確かだ」

「お……おかしいよ！　だってセイカくんは、あのお屋敷で普通に、人間として育ったのに……」

「だが、生まれはわからない。思えば多少、不自然なところもあった。ぼくの母については、侍女からも家族からも、どこの誰なのか、その生死すらも一度も聞いたことがない」

まるでまったく知らないか……もしくは、意図的に隠していたかのように。

イーファはうつむきがちに言う。

「もし、ほんとうに魔王なら……セイカくん、ここに残るの？　帝国にはもう帰らないの？」

「え？」

「それでもし、帝国と戦争が起きちゃったりしたら……」

「いやいや、当然帝国には帰るよ」

ぼくは笑みを作って答える。

「魔族領に来たのは、単に元奴隷の神魔たちを見送るためだ。元々ここに残るつもりなんてない」

「そうなの？　でもこのままだと……」

「確かに、なんだか大事になってきてはいるけど……大丈夫。なんとか言いくるめて帰れるようにするから」

そう言ってイーファの頭に手を伸ばすと、彼女は大人しく撫でられるがままにしていた。

たとえ言いくるめられなくても、問題はない。

帰る方法なんて、いくらでもある。

ぼくらの様子を生暖かい目で見ていたメイベルとアミュが言う。

「セイカ、そういうの得意？」

「あんたって啖呵は切れるけど、交渉とか意外と苦手そうよね……こじれたらあたしが代わってもあげてもいいわよ」

「不安しかないんだが」

どうして自信満々なんだ……。

と、その時。

「みんな、いるかしら……？」

遠慮がちな声とともに、入り口からルルムが顔を覗かせた。

「あっ、ルルムさん」

「ルルム！　そんなとこいないでこっちきなさいよ」

どこかはしゃいだ様子の女性陣に招かれ、ルルムが少し申し訳なさそうに入室する。

「みんな、ごめんなさい……この建物しか用意できなくて」

「平気。冒険者だから」

「えっとぉ……部屋を仕切ったら、大丈夫ですよ」

「………ぼくはさすがに気を使う」

ぼそっと言うと、女性陣が笑った。

「でも、父が里長になっていて助かったわ。前の家も大きかったけれど、さすがに離れまで用意できなかったから」

「元々、人間で言う貴族のような地位だったのか？」

ぼくが訊ねると、ルルムが少し考えてうなずく。

「そうね……魔王の誕生を予言する託宣の巫女の家系だから、そう言っていいと思うわ。血を繋ぐ責務を負う代わりにいい暮らしをさせてもらっていたし、里の中での発言権も強かった。父が里長になれたのは、タイミングもあったと思うけれど」

やっぱりか、とぼくは自分の中で納得する。

かつては人間の国でも、託宣の巫女の家系は似たような扱いだったのだろう。

「ここにいる間は、できるだけ不便がないようにするわ。必要なものがあったら言ってちょうだい」

「ねえ、里を見て回ってもいい⁉」

意気込んで訊くアミュに、ルルムは微笑んで答える。

「ええ。明日、私が案内するわ」

「やった！　店とかあるのかしら。帝国のお金も使える？」

アミュがはしゃいだようにまくし立てる。

なんだかんだ言って活動的なイーファとメイベルも、乗り気なようだった。

ただ、歓迎されたとはいえここは魔族の地だ。万一を考えると、特にアミュが目立ってしまうのはまずい。

ルルムの前なので、ぼくは慎重に言葉を選びながら言う。

「いや、あの、一応ぼくらは人間で余所者だから、ここではなるべく大人しく……」

「私たちの客人なんだもの、里を出歩くくらい大丈夫よ。それより、セイカも来るでしょう？」

魔王ということは、まだ里のみんなには明かせないけど……どこか行きたいところはある？」

ぼくの心配を一蹴し、ルルムが問いかけてきた。

ぼくはわずかに口ごもると、少し考えて答える。

「行きたいところ、というわけではないが……」

「……？」

「その、メローザという神魔の両親は、今もこの里にいるのか？」

ルルムがはっとしたような表情を浮かべた後、首を横に振った。

「いいえ……。聞いた話になるけど、旅の途中でこの里を訪れた神魔が、まだ小さかったメローザを神殿の前に置いていったそうなの。だからメローザに、元々家族はいないわ」

「……そうか」

短く答えると、ルルムは申し訳なさそうに言う。

「ごめんなさい……。あなたには、もっと早く話しておくべきだったわね」

「いや。別にそんなことはない」

ぼくは首を横に振る。

気にならなかったと言えば嘘になるが、それは何も本当の祖父母に会いたかったからではない。

むしろ、その逆だ。ぼくは内心でほっとしていた。

これ以上、魔族と余計な繋がりを持ってしまってはたまらない。

「明日どこに行くかは任せるよ。ぼくも一応ついていくけど、後ろの方で大人しくしておくことにする」

それから、おどけたように付け加える。

「こんなところで目立ってしまっては困るからな」

それから、何度か里を見て回った。
小さな村程度かと思っていた里は、意外にもちょっとした街くらいの規模があるようだった。
神魔の集落には、ここより大きなものもたくさんあるらしい。

里の周りを囲む、土属性魔法で造られた白い石柱の群れは、ある種の結界のような役割を果たしているという。まるで前世の中東にかつて存在したとされる、古代魔導文明のような趣(おもむき)だ。

畑もほとんどは里の中にあるが、どちらかといえば狩猟採集が主で、神殿でも自然神の類(たぐい)が祀(まつ)られている……と、日が経つにつれ神魔の文化もいろいろわかってきた。

ルルムの父は、最も大きな里へ会合に出向いたきり、何日も帰ってこなかった。

その里がどこにあるのかわからないが、当然、結論が出て戻ってこられるまでに相応の時間はかかる。

予想していたことではあったが、しかしいい加減に暇を持て余し始めた時……その報せが届いた。

「この里に、魔族の代表たちが集まることになったわ……魔王が生まれた、十六年前と同じくね」

ルルムが、硬い表情でぼくに伝えた。

「代表……というと、各種族の？」

「ええ。神魔、悪魔、獣人、巨人、鬼人(オーガ)、三眼(トライア)、黒森人(ダークエルフ)の七種族よ」

「それが、魔王のいる里に集まって、話し合おうってことか」

「そう。どんな話し合いになるかは、わからないけれど……」

ルルムが表情を曇らせる。おそらくは十六年前にあった似たような話し合いを思い出しているのだろう。

一方で、ぼくも気が重い。

「わざわざこの里に集まるくらいなんだから……ぼくも参加しなきゃダメなんだろうな」

溜息をつきたくなる。お偉方と関わるのは前世から苦手だ。

だが……いつまでもそんなことは言っていられない。どんなに嫌でも避けては通れまい。

魔王という立場に生まれついてしまったのだ。

ルルムが付け加える。

「父様は、明日には帰ってくるそうよ。神魔の代表を連れて」

「神魔の代表って、どんなやつなんだ？」

ぼくが訊ねると、ルルムは答えに迷うような、微妙な表情をした。

「代表……は、一番大きな里の長ね。かなりの高齢で、里の序列を重視する厳格な人よ。ただ……もう一人、来ると思う」

「もう一人？　その神魔はどんな立場なんだ？」

「ちょっと、特別な人なの。代表には反発する人も多いけど、その人のことはみんな敬っていて……一応、前回の話し合いにも参加していたわ」

いまいち要領を得ない説明だった。

眉をひそめつつ訊ねる。

「……なら、話し合いでは代表よりもそいつに気を配った方がよさそうか？」

「いえ、そういう心配はいらないわ」

ルルムがはっきりと言う。

「偉い人ではあるのだけど……政治からは、なるべく距離を置こうとしているみたいなの。だから今回の話し合いでも、きっと発言は控えるんじゃないかしら」

せっかくだから、出迎えることにした。

翌日の昼。白い石柱が形作る、里の門の手前で待っていると……やがて馬型のモンスターに騎乗した彼らの姿が現れた。

「……セイカ殿。何もわざわざ門で出迎えていただかなくとも」

ルルムの父ラズールムが、驚いたように言った。

ぼくは答える。

「いい加減、退屈だったので……そちらの方々は？」

「ああ、ルルムにも伝えていたと思うが、こちらは……」

「また随分と、腰の低い魔王がいたものだな」

幾騎もの従者を伴った老境の神魔が、下馬しながら唐突に言い放った。

長い口髭（くちひげ）も頭髪も、神魔とは思えないほどに白い。顔には皺も目立ち、黒の紋様は色褪（あ）せている。年齢のわかりにくい魔族にあって、はっきりと年老いていることがわかるほどの容貌だ。

だがその眼光は、老いを感じさせないほどに鋭かった。纏う装束も他の神魔と比べて上等で、この者が指導者階級にあることは明らかだった。

神魔の老人が、ぼくを品定めするように見る。

「年の程はそれらしいが……ただの人間のようではないか。ラズールムよ、これが魔王だと？　一体どれほどの根拠があって言っているのだ」

「それは……」

「適当に条件の合う者を連れてきたところで、お前の里の失態が拭われることはないぞ」

「……なんとも態度のでかいご老体だな。神魔の代表とやらは」

ぼくが思わず聞こえるように呟くと、その老爺がこちらを見下すように言う。

「ふん……この儂には、ラズールムに払うような敬意は払ってもらえぬのかな。魔王よ」

ぼくは口の端を吊り上げて答える。

「ラズールム殿には宿飯の恩がある。其の方にぼくは、どのような恩義があるのかな？」

老爺の目つきがいよいよ鋭くなってきたその時――――唐突に、高い声が響いた。

「やめるの」

全員が、声の方向を向く。

老爺の後ろから、一人の少女が歩み出た。

「あなたが悪いわ、レムゼネル。これ以上はよすの」

人間で言えば、十二、三歳くらいだろうか。

細く編み込んだ黒髪を垂らした、まだ幼い神魔の少女だった。どのような立場かはわからないが、少なくとも質の良さそうな装束からは、高い地位にいることがうかがえる。

幼子(おさなご)に諭(さと)された形の老爺だったが、しかし機嫌を損(そこ)ねることもなく、わずかに頭を垂れた。

「申し訳ございません、リゾレラ様」

少女は老爺から目を離すと、ぼくへと歩み寄る。

そして、しばしの間じっと、ぼくの顔を見つめてきた。

何かを期待するような表情。

どこかフィオナを思い出すような仕草だったが……やがて、少女はその小さな口を開く。

「……覚えてる？」

「えっ、何が？」

思わず素で問い返すと、少女は落胆したように微かに目を伏せた。

そして、無表情で告げる。

「……謝るの。さっきは同胞が無礼を働いたの」

「あ、いや……」

「ワタシはリゾレラ。後ろのは里長のレムゼネル。ここからずっと東にある、菱台地(ひしだいち)の里から来たの。魔王の処遇(しょぐう)を決める話し合いで、神魔を代表して意見を言わせてもらうの」

ぼくは思わず眉をひそめた。

聞いてはいたものの、自分の処遇を決める話し合いが始まると面と向かって言われれば、やはり身構えてしまう。

少なくとも、ここからは慎重に立ち回らなければならないだろう。

「……どうもはじめまして。ぼくはセイカ・ランプローグという」

とりあえず名乗ったぼくへ、少女が問いかけてくる。

「あなたは……本当に魔王、なの？」

表情こそ変わらないものの、その声音には真剣味があった。

ただ、ぼくは肩をすくめて答える。

「さあ」

「……そうだったの。魔王だからといって、自分が魔王とはわからないのだったわ。馬鹿なことを訊いたの」

少女は無表情のまま小さく嘆息した。

少しばかり、引っかかる言い回しだった。

「じゃあ、代わりに教えてほしいの。あなた、ちゃんと強い？」

疑問はひとまず置いておいて、答えようと口を開きかけた時――――、

「――――おや？」

不意に、背後から声が響いた。

「ふむふむ……やはりいくら転移に長けた我とはいえ、さすがに一番乗りとはいかなかったよう

であるか」

力の気配に振り返る。

先ほどまで誰もいなかったはずのその場所に立っていたのは――二体の巨大なデーモンを背後に従えた、一人の悪魔だった。

「それにしても、神魔の結界がこの程度とは。辺境の小さな里とは言え、こうも容易に内側へ転移できてしまうとなると……魔王様を遇するにふさわしい種族と言えるか、はなはだ疑問であるなぁ」

悪魔が周囲を見回しながら呟く。

金色の毛並み。衣服は悪魔族の民族衣装らしき、豪奢(ごうしゃ)な装束を纏っている。

力の気配はそれほどでもなかったが、強力な魔道具を帯びているのか、妙な流れの淀(よど)みがあった。

神魔の代表、レムゼネルが苦々しげに呟く。

「エーデントラーダ……貴様、他種族の里の中へ直(じか)に転移魔法を使うなど……」

悪魔が、まるであざ笑うかのようにレムゼネルへと答える。

「久しいな、レムゼネル。相変わらず寝ぼけたことを抜かしているのである。魔王と勇者が誕生した以上、今は戦時。種族同士のぬるい取り決めなどにこだわっていては…………おや？」

その時唐突に、悪魔がこちらを向いた。

まるでぼくの存在に初めて気がついたかのように、その山羊(やぎ)のような目を細める。

そして芝居がかった仕草で話し始める。

「なんとなんと、このようなところに――人間がいるようである」

「……」

「困ったものであるぞ、レムゼネル。魔王様ご滞在の地に、人間が紛れ込むとは……いや、もしやこのお方こそが？　いやいやしかし？　いやいやどうして……」

悩む素振りを始める悪魔の両脇から、用心棒のように控えていた二体の巨大なデーモンが、ゆっくりと歩み出た。

悪魔が不意に顔を上げ、明るく言う。

「まあ、良いのである。こうすればわかることゆえ」

直後――デーモンの持つ棍棒が、二本同時にぼくへと振るわれた。

レムゼネルやその従者たちが息をのむ。

ぼくはと言えば……ただ冷静に、ヒトガタを浮かべるのみ。

《金の相――多金檻の術》

周囲の地面から、銀色の金属が幾条も伸び上がった。

それらは瞬く間に竹籠のように編み合わさると、ぼくを覆う半球状の檻を形作る。

次の瞬間、檻の表面にデーモンの棍棒が振り下ろされた。

轟音が響き渡り……しかしその棍棒は大きく弾かれる。

編み合わさった金属には、凹みすらも生じない。二体のデーモンが困惑したように後ずさった。

当然だ。重く硬い寻金(タングステン)の檻は、生半可な攻撃では傷すらつかない。

再び棍棒が振り上げられるより早く、ヒトガタが飛翔した。瞬く間に五芒星(ごぼうせい)の陣が形作られ、デーモン二体の動きを止める。

そして――――、

「里に押し入っていきなり狼藉(ろうぜき)を働くとは……其の方は野盗か何かか？」

一枚のヒトガタを、ぼくはその悪魔の眼前へと浮かべていた。

解呪した《寻金檻(たがねおり)》が周囲で無に還(かえ)っていく中、悪魔に告げる。

「封ずる前に、申し開きがあるのなら聞かなくもないが」

睨(にら)みつけるぼくに、悪魔はしばし沈黙していたが……やがて感極(かんきわ)まったように言った。

「ふふ――素晴らしい！　素晴らしい御技(みわざ)でありました、魔王様！」

叫ぶやいなや、悪魔がうやうやしくぼくの前に膝(ひざ)をつく。

「我が眷属(けんぞく)たるハイデーモンの攻撃をものともせぬ土属性魔法。身動きを封ずる呪(のろ)いにも似た不可思議な符術(ふじゅつ)。少々伝承とは異なるものの……我の理解を超越するお力を前に、ただただ圧倒されるばかりでありました」

「……はあ？」

「名乗りの遅れた無礼をお許しを。我は『金』のエル・エーデントラーダ。悪魔の王からは大荒(だいこう)爵(しゃく)の位を賜(たまわ)った、魔王様の忠実なる臣下であります」

へりくだる悪魔の言動からいろいろ察し、ぼくは目を眇(すが)める。

「……ぼくを試したのか？」

「まさか、滅相もない。伝え聞く偉大なお力を試すなど、そのような恐ろしいこと我にはとてもとても。ただ……我の眷属たるハイデーモンはモンスターゆえ、どうしても人間に対しては敵対行動を取ってしまうのであります。制止が間に合わなかったのは我の過失。申し開きのしようもありません」

「制止だと？　デーモンどもをけしかけていた分際でよくそのようなことが言えたものだな。人間を敵視しているのは、他の誰でもない其の方なのではないか？」

「それも、魔族の繁栄を願うからこそであります」

ぼくはしばし金色の悪魔を睨んでいたが……やがてその眼前に浮かべていたヒトガタを掴み取り、懐へ仕舞った。

溜息をつきながら告げる。

「今ばかりはその戯れ言を信じ、許そう。だが次はないぞ」

「寛大な沙汰に感謝いたします」

そう言うと、『金』の大荒爵エル・エーデントラーダは歯を剥いた。

ぼくは一瞬経って、それが悪魔という種族の笑みなのだと気づいた。

「魔王様――どうか我ら魔族を、お導きください」

ぼくは思わず顔をしかめた。

めんどくさそうなやつだ。

　これからこんなのを何人も相手にしなきゃいけないと思うと憂鬱になってくる。

　なんと答えたものか迷っていた、その時。

「――閣下！　いらっしゃいますか⁉　閣下ーっ！」

「こっちにはいないぞ！」

「まさか、やはり直接里の中へ⁉」

　石柱の外側に広がる森から、大勢の声が聞こえてきた。

「おや、我の従者たちがようやく到着したようである」

　エーデントラーダは何事もなかったかのように立ち上がると、暢気に呟いた。

　レムゼネルが怒り半分、呆れ半分の声で言う。

「自分の従者を置いて一人で転移してくるとは、やはり貴様、頭がおかしいのではないか」

「レムゼネル、やめるの。こんなの放っておくの」

「おや？　リゾレラ殿もお久しゅう。魔王のこととなれば、やはり貴殿も来られるであるか」

「――おい、閣下の声がしたぞ！」

「閣下ーっ！　どちらにいらっしゃるのですかーっ⁉」

　門の前が騒がしくなってくる。

　すでにうんざりしていたぼくが踵を返しかけると、ラズールムの収拾をつける声が響いた。

「みなさん、まずは私の屋敷へお越しください。その後に滞在場所まで案内いたします」

矝金檻の術

タングステンによる檻を形成する術。金属の中でも非常に重く、硬い性質を持つ。実際に発見されたのは近代だが、作中世界においては北欧の錬金術師が分離しており、日本では矝金(たがね)と名付けられて鉱石が採掘されていた。

其の二

それから四半月ほどの間に、各種族の代表が続々と来訪した。

やがてすべての種族が揃い……そして今日、ぼくについて話し合われる初の会合が開かれることとなった。

「十六年ぶりになるか。こうしてこの地に、我らが集うのは」

レムゼネルが厳かに口を開いた。

そのまま、石造りの巨大な円卓を見回す。

席に着いているのは各種族の代表。その背後にはそれぞれの従者が控えている。

ここは神殿の正殿にあたる場所だが、他に人はいない。公にできない会合のため、神殿の関係者にも席を外させているのだ。

レムゼネルの目が細められる。

「しかし、いくらか顔ぶれは変わっているようだ。新参者に事の次第を一から説明するつもりはないが……」

「よかったであるなぁ、レムゼネル」

悪魔の代表、エル・エーデントラーダ大荒爵が愉快そうに口を開く。

「新しい顔が多いということは、十六年前の神魔の失態を知る者も少ないということ。議論の折に話をぶり返されては、貴殿もたまったものではないであろう?」

レムゼネルが、エーデントラーダを睨んだ。

その時、太い声が響く。

「過ぎたことを悔やんでも……仕方がない」

巨人の代表だった。

二丈(※約六メートル)に迫るほどの巨体の前に、円卓が小さく見える。

髭面のために表情がややわかりにくいが、目は悪魔をわずらわしく思っているようだった。

「責任の追及など……十六年前にやり尽くしたはず。これ以上、くだらぬ言い合いに……割く時間はない」

「確か、魔王の両親である人間と神魔が、赤子の魔王を連れて逃げたのでしたね」

ぽつりと言ったのは、三眼の代表だった。

糸目の、若い男。三眼は寿命が人間とそう変わらないため、おそらく見た目通りの年齢だろう。

額の邪眼は、今は閉じられている。

「私は当時の状況を知りませんが、予測できない事態だったとも思えません。事前から事後まで、対応の甘かった全種族の責任と言っていいでしょう」

「グフフフ、若造が言いおる」

鬼人の代表だった。

赤い肌に、白い髪、白い髭がまばらに生えた偉丈夫。額には短い二本の角があり、片目は何かに切り裂かれたような傷跡に潰(つぶ)れていた。

「お主はもしや、目を離した隙(すき)に逃げられ、あまつさえ取り逃がした……ワシらに非があると言いたいのかのう？」

「ええ、ですから」

凄(すご)む鬼人(オーガ)に、三眼(トライア)はその両の眼と、第三の眼をわずかに開けて答える。

「そう申しているのですが」

「まあまあまあ、ここは抑えて抑えて！　いやもう、兄さんらに凄まれたらかなわんわ」

猫の顔を持つ獣人の代表が、慌てたように言った。

獣人の中でも、猫人(びょうじん)という部族だろう。

本人の力は、他の誰よりも弱い。

だがそれを補って余りあるほどの、強力な魔道具を身につけているようだった。加えて装身具の各所にかたどられた宝石が、その財力の高さを物語っている。

口腔の構造のためなのか、話す言葉には独特のなまりがあった。

「今は誰かを糾弾(きゅうだん)する場ではないんやから、な？　わいも十六年前のことは知らへんけども、魔王様がこうして戻ってきてくれはった以上、今後のことを考えな……」

「ふふ、懐かしいな。小僧っ子どもがぴよぴよと」

笑声を上げたのは、黒森人(ダークエルフ)の代表だった。

長く尖(とが)った耳。浅黒い肌に、金色の髪を持つ美女。腰には細剣を提げている。

歳の程は三十前後に見えるが、黒森人(ダークエルフ)は森人(エルフ)と並び、魔族の中で最も長い寿命を持つ。おそらくはこの場にいる誰よりも年長だろう。

「十六年前の会合も、このような様相であった……いい加減に見苦しい。貴様が進行なのだろう、レムゼネル。さっさと始めろ」

「……ああ。では……」

「と、その前に」

口を開きかけたレムゼネルを遮り(さえぎ)、黒森人(ダークエルフ)の代表が言った。

その目は、ぼくを見ている。

「まずは誰もが抱いている疑問について片を付けようではないか――その少年は、本当に魔王なのか、という」

黒森人(ダークエルフ)は続ける。

「父親である人間と同じ家名を持っていた？　結構。ヒュドラやレイスロードを倒すほどの力がある？　結構。歳や容貌も魔王の条件と合致する？　それは大いに結構――で？」

静まりかえる円卓で、黒森人(ダークエルフ)が言う。

「どれも決定的な証拠とは言いがたい。虚偽が混じっている可能性もある」

「……だが、そうは言っても他にどうする」

レムゼネルが苦々しげに言う。

「確たる証拠などあろうはずもない」

「やはり十六年前の出来事が悔やまれるであるなぁ。あの時、我らは確かに、魔王様と共にあったはずであるのに」

おどけたように言ったエーデントラーダが、黒森人(ダークエルフ)へと目を向ける。

「して、ガラセラ殿は何が言いたいのであるか」

「ここは少年、いや、魔王様にそのお心をお話しいただこうではないか」

黒森人(ダークエルフ)は微笑とともに言う。

「それぞれ挨拶は済ませたと思うが、まだ深く言葉を交わしてはいないだろう。この場での主役なのだ。その内心を、我々は聞いておくべきなのではないかな」

「しかし、魔王や勇者は本来その力により見出されるものだ。自覚がある類(たぐい)のものでは……」

「関係ない。我らが王として崇(あが)める存在となるのだ。ふさわしい心がなくてどうする」

黒森人(ダークエルフ)が、ぼくへ凄みのある笑みを向ける。

「さて、魔王様。貴殿には——我ら魔族を導く志(こころざし)がおありか？」

その場の全員が、ぼくに注目する。

そんな中、ぼくは静かに、短い回答を発した。

「いや、別に」

正殿内に沈黙が満ちた。

これだけではあんまりだろうと思ったので、少々付け加える。

「其の方らも知ってのとおり、ぼくはこれまで人間の国で生きてきた。いきなり魔王だとか言われても困惑するばかりだ。そんな志、あるわけがないだろう」

「ふふっ……困ったな、そのような心では」

黒森人（ダークエルフ）が、少々愉快そうに言う。

「我らが貴殿を、王として認めるのは難しいかもしれない。それでもかまわないと？」

「認める認めないは其の方らの問題だ。別にぼくが、自ら魔王を名乗ったわけでもないのだから」

「……」

「先にも言ったように、ぼくはこれまで人間の国で生きてきた。今この場にいるのも、偶然知り合った神魔への義理を通したに過ぎない。魔王と認めないというならそれでいい。帝国に戻り、これまで通り暮らすだけだ」

全体に、しらけたような空気が流れた。

あまりに冷ややかな回答で拍子抜けしたのだろう。それはそうかもしれないけど……という心の声が聞こえてきそうだった。

ぼくとしては、このまま見限られ、魔族領を追い出された方が都合がいい。ルルムに対し、少々申し訳ないと思うだけだ。

ただ、そううまくはいかないだろう。

黒森人（ダークエルフ）が、笑声とともに告げる。

「ふふふっ……なるほど。少なくとも単なる凡愚（ぼんぐ）ではなさそうだ」

「其の方の気に入る回答だったかな、ガラセラ殿」

「求める魔王像とは少々違ったな。だが……魔族の未来を安請け合いするような痴れ者では、我ら黒森人が貴殿の下に集うことはなかっただろう――私は貴殿を、魔王と信じることにしよう」

なんだか認めたような雰囲気を出し始めた黒森人だったが……何だそれは、とぼくは思う。

たかだかこんな問答一つで種族全体の意思を決定するなんてありえない。元々こういう流れにするつもりだったに違いない。きっと議論の誘導とか、自分の立ち位置を周りに示すとか、そんなのが目的の茶番だったんだろう。

「グフフ、ガラセラ殿にそこまで言わせるとはのう」

「兄さん、若いのに賢いなぁ。わいの息子らにも見習ってほしいわ」

予想通り、便乗して同調するやつが出てきた。

ぼくは官人だった頃を思い出して嫌な気分になりながらも、まとめるように言う。

「ひとまず、魔王かもしれないということで先に進めたらいいだろう。前提の話で揉めていたらいつまで経っても議論が始まらないぞ」

代表の間から、異議はない、とか、そうですね、とかいう声が聞こえてくる。

進行役であるはずのレムゼネルも、うむ、とうなずいていた。

それを見ていらいらする。

うむじゃないんだよ、進行はお前の仕事だろ。なんで魔王のぼくがやってんだよ。

◆◆◆

一応、魔族たちの議論は進み始めた。

「魔王様は我らの下に戻られた。ならば最も重要な問題を話し合うべきだろう――人間の国への対応をどうするか、ということについてだ」

レムゼネルが口火を切った。

「おや。十六年前にも揉めた話題であるな」

「避けては……通れまい」

「勇者の動向はどうなっているのですか？　ニクル・ノラ殿」

三眼の代表が訊ねると、猫人は参ったように答える。

「なーんも。帝国どころか、南の共和国や北の王国に出入りしている同胞からもそんな話は入ってきてへんなぁ。もっとも、帝国のことなら魔王様に訊いた方がええと思うのやけども……」

猫人の促すような視線に、ぼくはしれっと答える。

「ぼくも、勇者の噂などは聴いたことがないな。帝国に住むほとんどの人間は、勇者と魔王の伝説をお伽噺だと思っているよ」

「実は三年ほど前に、我の配下にある軍団の間諜から、帝国の都市で勇者発見の報告が上がってきたのである」

不意に放たれたエーデントラーダの言葉に、正殿内がざわついた。

ぼくは無言のまま、横目で悪魔を見る。

レムゼネルが厳しい声音で言う。

「貴様、そのような重要事を今まで……！」

「ただ、直後に送り込んだ刺客が消され、間諜からの連絡も途絶え、詳細がわからなくなってしまったのである。以後何の情報も出てこないことから、我らの間では何かの間違いだったと結論づけられたのである」

「何かの間違いとは、具体的にどのような事態だったということでしょう。エーデントラーダ卿」

「間諜が裏切りにあたり謀(たばか)ったか……もしくは帝国の餌(えさ)に釣られたか、である。命の短い人間とはいえ、王侯貴族まで残らず勇者をお伽噺と考えているわけもないであろう。疑似餌(ぎじえ)を用意されていてもおかしくはない」

三眼(トライア)の代表に、エーデントラーダは軽い調子で答えた。

なるほどな、と思う。

悪魔族の中で――入学時にあったガレオスとコーデルの一件は、そのような扱いになっていたのか。

レムゼネルが、顔の紋様を歪(ゆが)めながら悪魔を糾弾する。

「馬鹿な……！　本物だったらどうする！　情報が出てこないということは、帝国が匿(かくま)ったのではないのか。勇者がすでに帝国に捕捉されてしまったとなれば……」

「それはそれで好都合。問題はないのである」

眉をひそめるレムゼネルに、悪魔は言う。

「貴殿は一つ、重要なことを忘れているのである——勇者は、勝手に強くはならない」

「……！」

「強敵へ挑み、倒し、経験を積む必要がある。秘匿しているのならば結構。表に出せない以上、戦える強敵などたかが知れているのである。弱い勇者など恐るるに足らず」

悪魔の言葉に、ぼくは目を伏せる。それは事実だった。

エーデントラーダは歯を剥いて笑う。

「そう、今こそが好機！　人間への対応など、議論の余地もなし——再び魔王軍を結成し、我ら魔族の領域を取り戻すべく侵攻するのである！」

「……馬鹿馬鹿しい。何を言い出すかと思えば」

溜息をつきたげに言ったのは、三眼(トライア)の代表だった。

「あえて訊きますが、なぜ今なのです」

「魔王様が君臨なされた。それ以外にどのような理由が必要であるか」

「魔王がいるからなんだというのですか」

三眼(トライア)は言う。

「それで兵が強くなるわけでもない。人口が増えるわけでもない。食糧も、軍備も、財政も、何一つ改善されるわけではありません」

「……」

「さらに言うならば、ここ五百年で勇者と魔王は戦力的にも力不足となった。我らも人間も、人口が増え軍が強くなったために、相対的に弱体化したのです。これまで攻めなかった以上、この機に攻める理由はない。魔王の存在は開戦の理由にならない――我ら三眼(トライア)の民は侵攻に反対します」

「グフ、グフフフ……ろくに戦力にもならぬ惰弱(だじゃく)な民が、偉そうに語るものだわい」

怖気(おぞけ)のする笑声を上げたのは、鬼人(オーガ)の代表だった。

「お前たちは、ただ前回のようになりたくないだけであろう……？　伝承によれば、ずいぶん死んだようであるからのう……三眼(トライア)の民は」

三眼(トライア)の代表が糸目で睨むが、鬼人(オーガ)は意に介すこともない。

「魔王誕生時を除けば、お前たち三眼(トライア)はほとんど、人間と剣を交えてこなかった……。パラセルス、お前の言は、儂の耳には臆病者の戯れ言にしか聞こえぬ」

「くだらない。侵攻の理由がないことに変わりは……」

「理由なら、ある。儂らが今、こうして一堂に会していることがそれじゃ」

鬼人(オーガ)は言う。

「魔王の誕生時のみ、儂らは共通の王を戴(いただ)き、一つの軍を結成することができる。種族ごとに攻め込むことしかできなかったこれまでとは違うのだ……。此度(こたび)の大戦、儂ら鬼人(オーガ)は存分に武を振るおうぞ」

「いやいやちょっと……勘弁してくれへんか？　戦争なんて」

焦(あせ)ったように口を挟んだのは、獣人の代表だった。

「向こうで暮らしてる同胞も大勢おんねんで？　そいつらの立場はどないなんねん」

「我ら魔族の地に、呼び戻せばよい。元々、人間の国で暮らすことがおかしいのだ……」

「簡単に言うなや」

猫人の口調が強くなる。

「兄さんの里にもおるよなぁ、宝石やら鉱石を採掘して生計を立てとる連中。あれ全部、わいらが買って帝国に卸(おろ)してんねんで？　なぜそないなことができると思う？　向こうに住んどる同胞が、苦労して販路開拓してくれたおかげや。わかるか？　人間の金も魔族領に入ってきてんねん。向こうの同胞を呼び戻すっちゅーことは、それが全部失われることになるんやで」

沈黙を保つ鬼人(オーガ)に、猫人は言う。

「あれやろ？　兄さんはどうせ職にあぶれた若人を兵隊にして、食い扶持(くぶち)を稼がせてやろうって魂胆やったんやろ。甘いわ、そううまくいくかいな。それとな、他の兄さんらにも言っておくけども……いざ侵攻となっても、わいらは余分な戦費の負担は一切せぇへんからな！　期待されても困るで！　わいら獣人は、戦争には反対や！」

「ふっ……いかにも、守銭奴(しゅせんど)の猫人らしい意見だ」

失笑を漏らした黒森人(ダークエルフ)を、猫人が睨む。

「なんやて？」

「金だ販路だ、向こうで暮らしている同胞が心配だなどとわめくが……それらはすべて、お前たち猫人の話ではないか」

押し黙る猫人に、黒森人（ダークエルフ）は続ける。

「商業種族であるお前たちはそれでいいだろう。だが他の種族はどうだ？　牧畜で暮らす兎人（うじん）は、人間に奪われたかつての牧草地を取り戻したいと思っているのではないか？　今傭兵やお前たちの護衛に甘んじるしかない犬人（けんじん）や狼人（ろうじん）は、種族としての独立を強くするために、戦場で戦果を立てたいと思っているのではないか？」

「……」

「お前たち猫人が獣人の代表面をしていられるのは、他の種族よりも多少、金を持っているからにすぎない。そこには獣人全体の未来を担（にな）おうという志がない。お前の意見を獣人の総意と捉えるには、少々無理があるな。……ああ、そうそう」

そこで黒森人（ダークエルフ）は、ついでのように付け加える。

「我々黒森人（ダークエルフ）は、人間の国への侵攻には賛成だ。これは紛れもなく、種族の総意である」

「我らは……反対だ」

ぽつりと言ったのは、巨人の代表だった。

語調こそ穏やかだが、その声は低く大きく、正殿内によく響いた。

「争いなど……愚かしい」

「ふっ、ずいぶんと臆病なことだ。エンテ・グー」

黒森人は薄笑いとともに言う。

「先の大戦では、巨人族は皆勇敢に戦い、大きな戦果を上げたそうではないか。父祖たちに申し訳なく思わないのか」

「大きな戦果を上げたのは……それだけ危険な戦地に、配されたからだ」

　巨人は静かに続ける。

「我らは……騙し合いなどは不得手だ。力には恵まれるが……争い事も、好まない。他種族にそそのかされ……ひどい戦場を、押しつけられたのだ」

「それ以上はやめておけ。それは戦場で散った父祖たちの名誉を傷つける物言いになる」

「黙れ、黒森人……我らはもう、愚かしい争い事に加担などしない」

　それから、黒森人に見下すような目を向ける。

「愚かしいと言えば……お前たちもそうだな、黒森人」

「……何？」

「一体いつまで……森人との関係に、固執するのだ」

　黒森人の目が剣呑なものとなるが、巨人は意に介さない。

「お前たちの種族は……分かたれたのだ。ごく自然な流れとして……そうなった。他者との関係は……様々な要因により、繋がり、そして離れる。強引に戻そうとも……無駄なのだ。長きを生きて……いつになったら、それに気づく？」

　黒森人は答えないが、零下の瞳がその意思を語っていた。

正殿内の空気が張り詰める中、三眼(トライア)が言う。

「これで賛成と反対が三対三のようですね。レムゼネル殿、あなたがた神魔の意見で、ひとまずどちらが多数派か決まりますが」

全員の視線が、レムゼネルに向けられる。

「グフ……よもや、神魔が不戦とは言うまい？　レムゼネル」

「よう考え、兄さん。戦争となれば、帝国に近いこの里にも戦禍(せんか)がおよぶかもしれへんで」

「っ、我らは……」

鬼人(オーガ)と獣人に言い募(つの)られ、レムゼネルはちらと、ずっと黙っているリゾレラに視線をやった。

しかし神魔の少女は、何も言わずただ前方を見つめるのみ。

やがてレムゼネルは、絞り出すように言う。

「我らは……魔王様の意思に従うだけだ」

「はあ？　何言うてんねん」

「おやおや……やはり貴殿は寝ぼけたことを言う男であるなぁ、レムゼネル」

獣人と悪魔に言われても、レムゼネルは苦い顔をするばかりだ。

確かに、何言ってんだとぼくも思う。

魔王に任せるだなんて、種族としての意思がないと言っているに等しい。

「それならば……決まっている」

巨人が言う。

「魔王は……帝国で、暮らしていた。縁のある者も……多いだろう。侵攻に……賛成のはずが、ない」

「魔王の意思をお前が決めるな、エンテ・グー」

「ならば……本人に、訊こうではないか」

黒森人(ダークエルフ)の抗議を受けて、巨人がぼくの方へ目を向けた。

同時に、他の代表たちの視線も集まってくる。

どうも何か言わなきゃいけなさそうだった。

仕方なく、ぼくは小さく溜息をついて口を開く。

「侵攻にせよ、現状維持にせよ……其の方らの意思がまとまらないことには、どちらもままならない。ぼくの意思を訊く前に、まず其の方らの間で折り合いを付けたらどうだ。戦場へ向かうのは他でもない魔族の民なのだから」

「しかしながら、魔王様」

エーデントラーダ大荒爵が言う。

「あなた様と共に勇者も誕生した以上……今は戦時。我らはすでに、魔王軍なのであります。我らを率いるあなた様のご命令にならば、全種族が従いましょう。さあ、どうか進軍のご指示を！」

「そうか、なら」

ぼくは表情を変えずに言う。

「全軍武装解除し、大人しく帝国へ投降せよ――と言ったら、其の方は従うのかな？　エーデントラーダ卿」

　悪魔はさすがに絶句していた。

　ぼくは続ける。

「意思がまとまらなければ仕方ないと言ったのはそういうことだ。今のは極端な例だが、このままではどう命じたところで、反発し離反する種族が出てきかねない。前回の森人（エルフ）と矮人（ドワーフ）のように」

「……」

「其の方らが歴史から学べる者ならば、同じ轍（てつ）を踏まぬためにまず話し合わなければならない。ぼくが何か言うとしたら、その結論が出てからだ」

　そう言うと、ぼくは席を立った。

「セイカ殿、どちらへ……？」

「今日はもういいだろう。其の方らも長く話し込んでいた。まだ初日なのだから、無理をせず体を休めた方がいい」

　レムゼネルに答え、それから少しだけ、本音を呟く。

「ぼくも疲れた」

「はあ……」

代表たちとの会合の後。

一人で考え事をしたかったぼくは、逃げるようにして里の外れにある小高い丘へ向かい、そこに立つ石柱に背を預けて溜息をついていた。

「その……お疲れ様。セイカ」

傍(かたわ)らには、ルルムの姿があった。

どうやらここに来るところを見られていたらしく、ぼくを追って来たように姿を現したのだ。

考え事はできなくなったが、訊きたいこともあったからこれはこれでちょうどいい。

「えっと、それで……どうだった？」

恐る恐る訊いてくるルルムに、ぼくは答える。

「ごちゃごちゃ話して終わっただけだよ。まだ何一つ決まってない」

「そう……やっぱり、十六年前と同じなのね」

「そう言えば、今回君は参加していなかったな。前は話し合いの場にいたような口ぶりだったのに」

「あの時はまだ、神魔は魔王を生んだ種族ということで優位な立場にあったから」

ルルムは力なく言う。

「席も多く用意されたのよ。他の長老も参加していたわ。私のせいであんなことになってからは……もうそんなことも許されないけどね」

「ぼくの立場からは、なんと言ったものか難しいところだな」

ぼくは続ける。

「前回参加していたなら、訊きたいことがあるんだが……」

「何かしら？」

「悪魔族はなぜ、あんなに人間社会への侵攻を望んでいるんだ？　他の種族は、穏健派にせよ侵攻派にせよ、それぞれ事情がありそうなことはわかったんだが……悪魔だけはよくわからなかった。というか、あの妙な代表はなんなんだ？」

「ああ、エーデントラーダ卿は……」

ルルムは、少し口ごもった後に言う。

「……世界の激動を、求めているようなの」

「激動？」

「魔王と勇者の誕生。およそ五百年ぶりとなる大戦に、魔族の勝利……エーデントラーダ卿は、そんな歴史の目撃者になって、あわよくば名を残そうとしているみたいなの。侵攻は悪魔族というよりも、卿個人の望みね」

「ええ、なんだそりゃ……」

ぼくは思わず呆れる。

「なんでそんなのが代表の立場にいるんだよ。悪魔族は大丈夫なのか……？」

「あれでも政治的な地位は高いみたいなの。王と同じ『金』の部族、しかも力のある一族の出身で、大荒爵の位を持ってる。本人の才覚もあったからか、今では軍部も掌握しているそうよ。だから、誰も異を唱えられないみたい」

「誰もって……肝心の王は？」

「今の悪魔の王は、まだ幼いみたいなの。政治的な実権は、完全に貴族が握っているそうよ」

「ああ……」

つい気の抜けた声を漏らしてしまう。

なんだか前世でも聞いたような話だった。

「ただエーデントラーダ卿も、卿なりに魔族のことを考えているみたい。魔王と勇者を見つけるために、ずっと軍を動かしていたそうだから。結局、実は結ばなかったみたいだけれど……」

「……ああ、そういえば……」

「どうかした？」

「いや、なんでもない」

不思議そうにするルルムに、ぼくは首を横に振る。

ただ、思い出しただけだ。

エル・エーデントラーダ。帝都武術大会の折、捕まえた間者の心を読んだ覚が、そういえばそんな名を口走っていた。まさか二年経って、本人と直接対面することになるとは。

と、そこでぼくは疑問が浮かんだ。

「ん？　というか……」

「何？　なんなの？」

「いや君って、確か十五年くらい前からずっと帝国にいたはずだろう？　その割に魔族の内情に詳しいなと思って。ラズールム殿にでも聞いていたのか？」

「いえ、リゾレラ様が教えてくれたのよ」

「リゾレラって……あの小さな子か」

「私のこと、ずっと気に掛けてくれていたみたいで……この里に着いたその日に話しかけてきてくれたの。その時、私が魔族領を去った後の出来事をいろいろ教えてもらったわ」

微かな笑みとともに語るルルム。一方で、ぼくは疑問を覚えていた。

あのリゾレラという少女は、いったい何者なのだろう。

神魔の発言権が弱まった後にも、ああして彼女の席が用意される。そしてレムゼネルによく突っかかっていたエーデントラーダですら、リゾレラには一目置いているようだった。
十二、三歳ほどの見た目だが、十六年前から生きている以上、見た目通りの年齢ではない。長命な種族であるので、それでもおかしくはなかったが……どこか違和感があった。
「ねえ、セイカは……戦争なんて望んでいないわよね」

ルルムの切実な声に、ぼくは一旦疑問を横に置き、彼女の顔を見た。

神魔の巫女は、思い詰めたような表情で言う。

「魔王でありながら人間でもあって、しかも帝国貴族の血も流れているあなたなら……魔族の代表として、帝国と和平の交渉を行うこともできるはずよ。きっとメローザとギルベルトも、それを望んで……」

「悪いが」

ぼくは、ルルムの言葉を遮るようにして言う。

「それは、すべての種族がそれを望めば、の話になる。さりげなく誘導するくらいならしてもいいが……ぼくは侵攻派にその意思を曲げさせ、無理矢理従わせるような真似(まね)をするつもりはない」

「えっ、でも……」

「君のその目論見は、魔王軍がその意思を統一させていることが前提になっていたはずだ。ぼくも、君の話を聞いた時は勝手にそうなるものだと思っていた。だが……現状、侵攻派と穏健派で完全に割れている。魔王の命令に大人しく従いそうな種族も神魔くらいだ」

考えてみれば当たり前だった。魔王に、魔族の精神を操るような権能などない。

もしそうであれば前回の大戦で森人(エルフ)と矮人(ドワーフ)の離反なんて起きなかっただろうし、ぼくが学園でガレオスや魔族パーティーに襲われることもなかっただろう。

これまで魔王軍を結成できていたのは、魔王の誕生をきっかけとして、彼らの利害が一致したからに過ぎない。

そして、今回はそうではない。

「意思が統一されていない状態では、和平交渉なんてできるわけがない。交渉中に離反して侵攻を始める種族が現れれば、和平を結ぶどころか最悪そのまま内戦が始まるぞ。君の目論見の第一段階として、まず全種族が穏健派としてまとまる必要がある」

「……そうね」

ルルムがぽつりと言う。

「森人(エルフ)と矮人(ドワーフ)のような種族がまた現れたら、ますます魔族がバラバラになってしまうものね。でも……」

ルルムは様々な感情を織り交ぜたような、複雑な表情で言った。

「それはとても……難しいことだと思うわ」

◆◆◆

「疲れたなぁ……」

ルルムが去った後、丘に一人残ったぼくはしみじみと呟く。

この呟きこそ、心からの感想だった。

「ずいぶんお疲れのようでございますね」

頭の上で、ユキが他人事のように言った。

ぼくは嘆息とともに答える。

「まあね……苦手なんだよな、ああいう連中。陰陽寮にいた頃を思い出したよ」

「官人だった頃のセイカさまを、ユキは存じ上げないのですが……あのような立場の者たちを相手にするほど、高い地位にいたのでございますか？」

「いや……」

ぼくは苦笑とともに否定する。

「所詮は陰陽師だからな、ただの役人だよ。仕事も、政なんかじゃなくて実務ばかりだった」

「ならばなぜ……」

「どうしてもお偉方と関わらなきゃいけない時もあるんだ。ぼくは多少目立っていたから、余計にな」

帝へのお目通りを許されていた、殿上人のご機嫌を取る機会もあった。

政がこの世のすべてと思っている、功名心と自尊心の塊のようなやつだった。

ぼくが出世した先にはこんなのばかりいるのかと、絶望したことを覚えている。

「まあ、あいつらに比べれば……ここの連中は、まだマシかもな。都ほどドロドロした政争がないのか、どこか素朴な感じがしなくもない」

「それはようございましたが」

ユキが言う。

その声音は、小言を言う時のものになっていた。

「ただ、少々深入りのしすぎではございませんか？」

「……」

「以前、お心のままになさればいいと申し上げたのはユキでございますが、政の中心に思い切り足を踏み入れるような真似は、いくらなんでも危ういかと存じます。苦手ならばなおのこと、このような場は不慣れでしょうに」

「そうは言ってもな……」

「もしや、以前にユキが政治家の素質があると申し上げたのを真に受けられたのですか？　あれは嘘ではございませんが、しかし額面通りに受け取られると少々……」

「んなわけあるか。これは仕方なくだ」

ぼくは顔をしかめて言う。

「ぼくだって本当はこんなことしたくないけど……逃げるわけにもいかない。何せ、騒動の中心がぼくなんだから」

「セイカさまはやはり、ご自分が魔王だとお考えで？」

「……可能性は高い、と思っている」

「ならばきっと、そうなのでございましょう。ユキも、セイカさまの転生体が特別なものであることは当然のように思えます。しかし……」

ユキは、変わらない口調で言う。

「だからと言って、ここまで魔王として振る舞う必要はなかったのではございませんか？」

「……」

「初め、セイカさまを魔王と呼んだのはあの巫女の娘だけだったはず。あの時点で、娘の一人くらい誤魔化す方法はいくらでもあったのでは？　そのまま遠い地に移って偽の名で過ごしていれば、いくら彼らが魔王を求めているとはいえ、追っ手がつくことはまずなかったように思えますが」

「……それは……」

ユキに言われ、ぼくは自分の行動を思い出しながら呟く。

「確かに……魔族領に訪れる必要は、必ずしもなかったかもしれないな。行くと言い張って聞かなかったとはいえ、こんな場所にアミュを連れてきてしまったのも、思えば軽率だったし……」

言いながら、段々自分の選択に自信がなくなってきた。言い訳のように続ける。

「……まあ、魔族のことをよく知らないままでいるのも気持ち悪かったから、いい機会だと思ってしまったんだよな……。それにルルムたちを放っておくのも、なんか抵抗があったから……」

「それが一番の理由にございましょう」

ぼくは、頭の上にいるユキを見上げた。

ここからでは、揺れる鼻先しか視界に入らなかったが。

「彼らの事情を知って、捨て置く気になれなかったのでございましょう？　セイカさまは前世から、人との縁を大事になさっていましたから」

「……そうだったか？　別に、普通だったと思うけど……」

「いいえ、そうではございませんでした。ユキにはわかります」

「……」

少なくとも自覚はない。

まあ、所詮は妖の人物評だ。話半分に聞いておくべきだろう。

とはいえ。ユキの指摘に、ぼくはだんだんと後悔の念が湧き上がってきた。

「ただそれなら……やっぱり、安易に魔族領へ来たのは失敗だったかもな……。今生では目立たないよう狡猾に生きると決めたはずだったのに、なんだか最近は真逆の方向に進んでいる気がする……」

「いえ、ユキはこれでいいと思います」

ユキの言葉に、ぼくは思わず目を瞬かせた。

「はあ？」

「セイカさまのなされたいようになさるのが、一番だとユキは思います」

「……じゃあお前、さっきの小言はなんだったんだ？」

「一応、申し上げただけでございます。聞き入れるも聞き入れぬも、セイカさまのお好きになされますよう」

「なんだそりゃ……」

ぼくは思わず気の抜けた声を出してしまう。

前世から小言はたまに言われていたが……ユキのこんな物言いは珍しい気がした。

転生してからはちょくちょくやらかしているし、もしかしたら呆れられているのかもしれない。

「しかし一つ、ユキはお訊きしたいのですが……セイカさまはどこを目指しておられるのですか？」

ユキが問いかけてくる。

「てっきりユキは、戦争を避けようとなさるものだと思っておりましたが……どうもそうではないご様子。ならばここから、どうなさるおつもりで？」

「ルルムにも言った通りだよ。ぼくが望んでいるのは、彼らが意思を統一することだ。それが開戦か現状維持かはこの際問題にしない」

「……？　しかし、開戦となってしまっては……」

「ルルムの目論見は叶わないな。だが、ぼくも自分を犠牲にしてまで他人の望みを優先するつもりはない」

ぼくは丘の下に広がる、神魔の里を見下ろしながら言う。

「彼らと穏便に距離を置くには、魔族にとって魔王が不要な存在となればいい。魔王は所詮、魔族軍結成の旗手でしかないからな。彼らがまとまってしまえば、ぼくはもう実質的に用済みになる」

伝承でも、魔王が自ら戦っている場面はほとんど描写されていない。

せいぜい勇者との決戦時くらいのもので、あとは基本的に玉座に座っているだけだった。指揮を執るわけでもないので、別にいなくてもいい。

さらに言えば、過去と比べ人口が増えたおかげで、勇者と魔王は戦力的にも大きなものではなくなっている……と以前にフィオナが言っていたが、この事実はちゃんと魔族側も理解しているようだった。

ならばなおのこと、ぼくの必要性は薄くなる。

「これだけの勢力同士がぶつかるんだ、戦争だってどうせほどほどのところで終わるさ。今までずっとそうだったんだからな。まあ、さすがに帝国に帰ると言えば引き留められはしそうだけど……そこは時機を見計らうとかしてなんとかするよ。それで大丈夫だろう」

「うーん、そうでございますか……？」

いい考えだと思っていたのだが、ユキは微妙そうに言う。

「いろいろと無理があるような……というより、そんな状況を狙うのならやはり最初から来ない方がよかったかと……」

「言うな。もう来ちゃったんだから仕方ないだろ」

「おっしゃるとおりではございますが……」

ユキは渋い声音で一度言葉を切る。

「……もういっそ、あきらめてこちらに移住し、魔王として過ごされるのはいかがでしょう。勇者の娘も追っ手に怯える必要がなくなり、よいではありませんか」

「その選択肢はない。ここはそもそも、人間の住まう地ではない異界だ。異界で長く過ごせば、人は取り込まれる」

「それはかの世界での話でございましょう。ここは普通の集落のようですし、こちらの魔族は物の怪よりも人間に近いように思えますが」

「……なんとなくぼくが気になるんだよ。陰陽師としての性分かもな。それに……」

ぼくはわずかにためらった後に言う。

「……寿命が異なる者たちと過ごすのは、辛いことも多い。あの子らもそうだが……ここの連中にとっても」

「……おっしゃるとおりでございますね」

ユキも思うところがあったのか、そんな風に短く呟いただけだった。

ユキは気を取り直したかのように話を続ける。

「うむむ、確かにここまで来てしまった以上は、セイカさまのおっしゃる方法以外にないようでございますが……そううまくいくでしょうか？」

「ま、やるしかないだろう」

ぼくはそう、前向きな口調で言う。

「あの連中もそう遠くないうちに、互いの事情に折り合いを付けて結論を出すはずだ。そこへどう乗り、どう誘導していくか……勝負はそこからだな」

臨機応変な対応が求められる。

あらためて気を引き締めなければ。

それから十日。

代表たちの話し合いに、結論はまったく出ていなかった。

「おや、ではパラセルス殿はかつての魔族領奪還を諦め、人間の好きにさせておくのがいいと言うのであるか」

「くだらない種族主義的な物言いですね。重要なのはその選択が、種族の繁栄に繋がるか否かです」

「せやせや！　むしろ人間社会とはほどほどにでも付き合っていかなあかんで。市場がでかいからなぁ！」

「グフ、曇っておるのう、ニクル・ノラ。かつては猫人にも、精強な戦士がいたものじゃが」

もうずっとこんな感じだった。

ぼくはすっかりうんざりしていて、円卓に突っ伏したくなる。

ルルムの言った通りだった。十六年前は一応、魔王を育てる方針は決まったはずだったが……

今回は折り合いのつく気配すらない。

今回の決定は種族の利益に直結するから、無理もないと言えばそうなのだが……。

「今ある暮らしを……守れればよい。いたずらに人間を……刺激する必要はない」

「愚かなことを言う。剣を持っていても、それを抜かぬ者は侮られるぞ」

ちらと、横を見る。

レムゼネルは苦々しい顔をするばかり。謎の少女リゾレラは、十日前と変わらない無表情のまま、静かに座っている。

神魔がどちらかに加担すれば流れが変わるかもしれないが、彼らも頑固に中立を維持していた。

いい加減ぼくが口を挟まないと何も変わらない気がする。だが、それも少々ためらわれた。

彼らの内情を、ぼくはほとんど知らないからだ。

誰にどう加担するのがいいか判断がつかない。しいて言えば穏健派だが、その三種族にしても各々の立ち位置は微妙に異なっている。

それならそれで各種族の内情を把握したいが、彼らに訊ねるわけにもいかなかった。

彼らは皆、政治家なのだ。素直に訊ねて、素直な答えが返ってくる保証はない。

そういうわけで打つ手なく、膠着（こうちゃく）した議論を眺めていたら、いつの間にか十日が経っていた。

重い重い溜息をつく。そろそろぼくの精神力も限界が近い。

「ふっ、若造らしい意見だ。パラセルス、貴様の話には理はあっても義がない。三眼（トライア）の幼王は代表の人選を間違えたな」

「私を選んだのは宰相（さいしょう）、および議会ですよガラセラ殿。人選というなら、軍人でしかないあなたがこの場にいるのも不思議ですね。黒森人（ダークエルフ）の若王がしっかりと実権を握っていれば、もっと話せる文人を寄越（よこ）したのでしょうか」

「……ん？」

その時ふと、ぼくは飛び交った言葉が気にとまり、思わず彼らの話を止めた。

「悪魔の王がまだ幼く、実権を握っていないとは聞いていたが……三眼（トライア）と黒森人（ダークエルフ）の王もそうなのか？」

久しぶりに声を出したぼくを、全員が見る。

三眼（トライア）の代表は一瞬、そういえばいたんだった、みたいな顔をした後、丁寧に答える。

「ええ、その通りです魔王様。我らの王は代替わりしたばかりでまだ幼く、補佐の者が付きながら統治を行っています。黒森人（ダークエルフ）の王も、その若さのために今は軍部が実権を握っているようで」

「つーかなぁ、全部の種族がそうやで」

獣人の代表がこともなげに言う。

「巨人も鬼人（オーガ）も、わいらのとこのお嬢もそんな感じやな。たまたま代替わりの時期が重なったっちゅーか……少なくとも十六年前には、どの王も生まれてへんかったで。ああせやけど、神魔はちゃうか」

猫人が話を向けると、レムゼネルはそっけなく言う。

「……我らは、他の種族とは違い王制を敷（し）いていない。私もただ、最も大きな里の長というだけだ」

ふむ、とぼくは考え込む。

そして、決めた。

「よし」

「ま、魔王様？」

不意に席を立ったぼくに、代表たちが困惑の目を向けてくる。

ぼくは彼らに向け、微笑を作って告げた。

「其の方らの王に会いに行くことにしよう」

◆　◆　◆

翌日。

すっかり荷造りを終えたぼくは、旅立つべく里の門にいた。

背後には、ぼくを追って来た代表やその従者たちの姿がある。

「ほ、本気なのですか、セイカ殿⁉」

「ああ」

ぼくは振り返り、困惑した様子のレムゼネルへと答える。

「考えてみれば、魔王が各種族の君主を知らないというのも変な話だ。其の方らの折り合いが付くまでぼくの出番はなさそうだから、この機に会っておこうと思う」

「し、しかしながら魔王様」

エーデントラーダが若干焦ったように言う。

「我ら悪魔の王は未だ幼く……議会の決定により、この我が種族の意思を委ねられております。王に会おうとも、そのう……あまり意味がないかと……」

「我々にしても同じです」

「お考え直しを……魔王様」

代表たちが口々に言うが、ぼくはそれらを一蹴する。

「何も重要な話し合いをしようというわけじゃない。ただ挨拶するだけだ。何かおかしいか」

「いえ、その……」

代表一同は、どうも都合が悪そうな様子だった。

まあ、理解できなくもない。

幼く実権がないとはいえ、王は王だ。ぼくが代表たちの頭越しに彼らの君主と交渉をまとめてしまえば、それが種族の決定となりかねない。そりゃ都合が悪いに決まっている。

政治的な意味でも――彼らが持ち続けたいであろう、権力的な意味でも。

だが、ぼくに譲るつもりは微塵(みじん)もなかった。

「それならば、私の従者をお付けください」

三眼(トライア)の代表が一歩進み出て言う。

「道中、不便も多いでしょう。せめてこのくらいは」

「それはええな！　ウチのも連れてってくれへんか」

「私の部下も付けよう。身辺の世話にでも露払(つゆはら)いにでも、好きに使ってくれていい」

三眼(トライア)に続いて、獣人と黒森人(ダークエルフ)も便乗し始める。

ぼくは思わず顔をしかめた。

「いや……けっこうだ。自分の面倒くらい自分で見られる。それにぞろぞろついてこられると、どうしても歩みが遅くなって困るからな」

余計な監視が付くのは都合が悪い。

ぼくはそもそも、代表らの目から離れて情報を集めるために王たちに会いに行くのだから。

前世の経験上……政治家や官僚たちよりはまだ、君主の方が純粋なことが多い。幼いならばなおさらだ。物事を知らない分、御しやすい。

各種族の内情を調べるには、彼らから話を聞くのがたぶん一番いいだろう。

それに、幼いとはいえ王は王。いざとなれば、彼らの側から種族の意思を操ることもできるかもしれない。

久しぶりに狡猾なことを考えてるなと自分で満足しつつ、ぼくは代表たちに告げる。

「そういうわけで、一人で行ってくる。それじゃ……」

「待つの」

その時、一団の中から小さな影が歩み出た。

「ワタシも行くの」

神魔の少女、リゾレラだった。

ぼくは一瞬呆気にとられた後に言う。

「い、いやだから悪いけど、一人で……」

「あなた、王たちがいる場所はわかるの？」

「……」

思わず沈黙する。

そう、実は知らなかった。

ラズールムからだいたいの場所は聞いたのだが、口頭の説明だけでわかるわけがない。

だからなんとなくその方向にある大きな集落へ向かい、そこの住民に訊けばいいかなと思っていたのだが……。

「それに、どうやって謁見（えっけん）するつもりなの？　あなたが魔王だって、信じてもらえないかもしれないの」

「……」

「どっちも考えてなかったのなら、ワタシを連れてくの。案内もできるし、取り次いでもあげられるの。ワタシ一人だけなら、あなたの足手まといにもならないの」

「……」

ぼくはしばし黙考する。

彼女の言う通りではある。それに、神魔は元々中立だ。種族の内情を訊くにあたり、余計なことを吹き込んでくる心配も少ない。

彼女の不思議な立場は未だに気になっていたが……これは受け入れてもいいかもしれない。

「……わかった。一緒に来てくれ」

リゾレラがうなずくと、巨人の代表が言う。

「移動はどうなさる……おつもりか。森の足元は……悪い。急ぐならば……我ら巨人の者が、輿（こし）を担ぎましょう」

「グフフ、ならば担ぎ手を守る者も必要じゃな。森には手強（てごわ）いモンスターもおる。争いを厭（いと）う巨人に代わり、鬼人（オーガ）が護衛を出そう」

「いやいや待つのである。輿(こし)など不要、移動ならば悪魔の集団転移魔法で……」

「悪いが、移動手段のあてはあるんだ」

ぼくはそう言って、一枚のヒトガタを宙に浮かべる。

《召命――蛟(みずち)》

空間の歪みから、青い龍の巨体が現れる。

ぼくの背後に浮遊し、頭を下ろすその威容を、魔族たちは言葉を失いながら見つめていた。

ぼくは軽く笑って言う。

「こいつで飛んでいくことにする。気遣いは無用だ」

空中の式神を踏み、龍の頭へ降り立つ。

下を見ると、リゾレラが呆気にとられたようにこちらを見上げていた。

《土(ど)の相――碧御階(あおみはし)の術》

地面から翠玉(すいぎょく)の柱が階段状に立ち上がり、龍の頭までの道を作る。

「ほら、おいで」

そう言って手を伸ばすと、リゾレラはわずかにためらった後、緑の階段を昇ってぼくの手を取った。

そのまま龍の頭に乗ったリゾレラは、硬い声で呟く。

「な、長く生きてるけど……ドラゴンに乗るなんてはじめてなの」

「そうか」

　ぼくは思わず笑ってしまった。

　小さい子が背伸びしているみたいでかわいらしい。いくら長命な種族とは言え、リゾレラの見た目ならそこまで長くは生きていないだろう。

　ぼくは魔族たちを見下ろして言う。

「では行ってくるので、そちらはそちらで進めておいてくれ」

「ま、魔王様ーっ⁉」

　なおもなんか言っている代表たちを無視し、ぼくは龍に告げる。

「よし。まずは東へ向かえ、龍よ」

　その莫大な神通力(じんつうりき)によって、巨体が持ち上がる。

　そしてうねるように旋回(せんかい)すると――ぼくたちを乗せた蛟は、宙を泳ぐように森の空へと昇り始めた。

碧御階の術

緑柱石で階段を作る術。名前の通り柱状の結晶を形作るため、階段状にしやすい。純粋な緑柱石は透明に近いが、主に視認性の問題から、セイカは鉄やクロム、バナジウムなどの不純物を混ぜ、エメラルドに近い発色に調整している。

其の三

眼下を、緑の木々が流れていく。

森を見晴らす空を、蛟(みずち)はわずかに蛇行しながら滑るように飛行していた。

「……ふう。なんだか久しぶりに自由になれた気がする」

蛟に乗って空を飛ぶのは、実はけっこう好きだった。

神通力で飛行しているため揺れもほとんどなく、速度の割りに風も感じない。

まさに騎乗するための妖(あやかし)と言ってもいいくらいだ。気位(きぐらい)が高いやつなので、こんなこと口には出せないが。

ただそんなことよりも、今はあの代表たちから離れられたことにほっとしていた。

アミュたちを残してきたことは気がかりだったが……強力な呪符を持たせたし、ルルムにもよく頼んでおいたから大丈夫だろう。

ぼくはわずかに、背後の少女を振り返る。

「空を飛ぶのも初めてかい？」

リゾレラは目を見開いて、眼下に広がる景色を眺めていた。

それから、ぽつりと呟く。

「……空を飛ぶのは、はじめてじゃないの」

「ふうん、そうなのか」

こちらには飛行の魔法でもあるのか……あるいは鳥の獣人や、テイムしている飛行モンスターなどに抱えられて飛んだのかもしれない。

リゾレラは景色から目を離し、ぼくへと訊ねる。

「最初は、どこに行くの？」

「そうだなぁ。近いところから、と思ってたんだけど……」

「それなら、悪魔の王都が近いの」

リゾレラが東南東の方角を指さす。

「あっち」

蛟は一度大きく身を揺らすと、その方角に向かい速度を上げ始めた。

◆◆◆

そして、太陽が中天にかかる頃。

ぼくらは悪魔族の王都にたどり着いた。

「も、もう着いたの……普通は何日もかかるのに……」

リゾレラが眼下に広がる都市を眺めながら、呆然と呟く。

「だいぶ急いだからなぁ」

巨体のせいでどうしても加減速が遅いものの、龍はその気になればどんな鳥も追いすがれないほど速く飛ぶことができる。

まあ晴天の昼間で鳥もなく、かつ目的地の方角が正確にわかっていないと、なかなかそういうわけにもいかないのだが。

それはそうと……。

「思ったより発展しているんだな」

眼下の都市は、かなりの規模だった。

神魔の里とは対照的な、黒い石材で造られた建物が無数に建ち並んでいる。

もちろん帝都ほどではないものの、魔族とはいえさすがは王都といった趣だった。

「王はどこにいるんだろう」

「あそこなの」

リゾレラが指さした先には、どこか神殿めいた造形の、一際黒々とした巨大な建造物があった。

どうやらあれが王宮らしい。

「よし。直接向かおうか」

悪魔の王宮を目指し、龍が降下していく。

高度が下がると、都市を行き交う住民たちに気づかれ始めた。皆こちらを指さし、何やら驚いたように叫んでいる。中には怯えて逃げ出そうとするデーモン系モンスターを、必死になだめる飼い主らしき者もいた。

ぼくは少々申し訳なく思いながらも、なかなか活気があるなぁと感心してしまう。

今まで魔族のことを、どこか蛮族のように考えていた。

だがこうして見ると、人間と変わらない。

やがてぼくらを乗せた蛟は、王宮前の広場へとたどり着いた。

正面から見た王宮は、禍々しくも荘厳な佇まいだ。これだけでも文化レベルの高さがうかがえる。

ぼくが感心している一方で、王宮を守る衛兵の悪魔たちは半ばパニックになっているようだった。

「うおおおお⁉　ドラゴン⁉」

「ドラゴンに人間が乗っているぞ⁉」

「なんだ貴様らはぁ‼　名を名乗れぇ‼」

このままでは話もできなさそうだったので、ぼくはひとまず《碧御階》を使い、翠玉の階段で蛟の頭から降りる。

そして、言われたとおりに名乗った。

「ぼくはセイカ・ランプローグ。一応、魔王……」

「ドラゴンから降りたぞ！」

「今だっ、かかれぇ‼」

「行け、我が眷属よ‼」

ぼくの名乗りなど聞く気配もなく、衛兵たちは一斉に叫ぶと、伴っていたデーモン系モンスターをけしかけてきた。

大小様々なデーモンたちが迫る中、ぼくは眉をひそめながら呟く。

「名乗れと言ったからには聞けよ」

《召命――土蜘蛛（つちぐも）》

空間の歪みから、身の丈をはるかに超える巨大な蜘蛛の妖（あやかし）が現れた。

土蜘蛛は尻を高く掲げると、そこから無数の糸を吐き出す。

糸はデーモンたちに降りかかり、瞬く間に絡みついてその動きを止めた。

一際巨大なデーモンであっても、引きちぎれない。神通力で生み出されたその糸は、獲物がもがけばもがくほど意思を持ったように絡みつき、刃物で切断することすらも叶わない。

デーモンたちににじり寄ろうとする土蜘蛛を、ぼくは呪力を込めた言葉で制する。

「喰うなよ」

土蜘蛛は、やや不満そうに動きを止めた。

まったく、こいつは凶暴で困る。

「あ、新たなモンスターだと!?」

「なんなんだあのモンスターは!?」

「お、俺の眷属が……」

呆然とする衛兵たち。

そんな中、蛟から降り立ったリゾレラが、彼らの前に歩み出て告げた。

「ワタシは神魔のリゾレラ。悪魔の王、アル・アトス陛下に会わせてほしいの」

「困りますな。リゾレラ様と言えど、急にこのような訪宮など」

王宮内を勝手知ったるがごとくスタスタ歩いて行くリゾレラに、肥えた悪魔が追いすがる。

立場は知らないが、格好からしてたぶん偉い人物に違いない。

「一体何用で？　あのドラゴンは？　そしてこの人間は誰なのですかな」

「魔王なの」

「…………へ？」

「門番には言ったはずなの。聞いてなかったの？」

固まる悪魔をその場に残し、ぼくらは進んで行く。

そして、謁見の間にたどり着いた。

リゾレラがおもむろに扉を開く。

「……あの子が」

部屋の最奥、玉座に座していたのは、金色の毛並みを持った、明らかにまだ若い悪魔だった。

身長が低く、顔立ちにもあどけなさがある。悪魔の年齢なんて外見からわかるはずもないのだが、どことなく幼い山羊のような印象があった。

「久しいの。あなたの王位継承以来なの、アトス王」

まったくへりくだる様子のないリゾレラの言葉に、悪魔の王が口を開く。

「リ、リ……そそそ、そなっ……！」

悪魔の王は口を閉じると、傍らに立っていた銀の毛並みを持つ悪魔に何やら耳打ちする。

「はい、はい……。『リゾレラ様が見えるとは驚いた。そなたの言うとおり、あの日以来となるか。門番の非礼を許してほしい。彼らは驚いただけなのだ』と、王は仰せでございます」

「こちらも申し訳なかったの。あなたに会いたいと言う人がいて」

「あ、あ、あ……？」

「『会いたい人物とは？』と王は仰せでございます」

「彼よ。魔王なの」

リゾレラに促され、ぼくは一歩進み出て笑顔で言う。

「お初にお目にかかる。ぼくはセイカ・ランプローグ。一応、魔王ということになっている者だ」

言いながら、なんだこの自己紹介は、と自分で思う。

「……！」

悪魔の王は目を見開いて立ち上がると、わずかに膝を折って頭を下げた。

そして即座に、銀の悪魔へと耳打ちする。

「『十六年ぶりとなる魔族領への帰還を、お慶び申し上げます。魔王様』と、王は仰せでございます。それから……はい、はい。『悪魔族を導く身でありながら、陛下の御前に馳せ参じることのできなかった無礼をお許しください。しかしながら、我が種族の意思はエル・エーデントラーダ大荒爵へ託したはず。陛下は何故、悪魔の地へ？』と、王は仰せでございます」

「大荒爵は今、他種族との折衝（せっしょう）で忙しい。ぼくもそれに参加していたが、残念ながら魔族の内情がわからず、口を挟む余地がなかった。そこで其の方への挨拶がてら、悪魔族の抱える事情などを訊きに来たわけだ」

と、ぼくは正直に答える。

下手に嘘をつくよりも、言える範囲の事実を言う方がいい。

悪魔の王がはっとして、従者にすばやく耳打ちする。

「『我が種族を思い、ご足労（そくろう）いただけるとは恐縮の至り。我の協力が助けとなるならば、このアトス、力と言葉を尽くしましょう』と、王は仰せでございます」

その答えを聞いて、ぼくは微笑む。

少々変わったところはあるものの、思った通り素直そうな王だった。これならまだ付き合いやすいだろう。

「よし、それならさっそく……」

「お待ちを！」

バーンッ、と謁見の間の扉が開いて、先ほどの肥えた悪魔が現れた。

「魔王様へのご説明ならば、私が承（うけたまわ）りましょう！」

「『しかし……』と、王は仰せでございます」

「失礼ながら、アトス陛下は未だ言葉がお上手ではありません。このような事柄には臣下の者をお使いください」

アトス王が顔をうつむかせる。

実権がないのは本当らしく、臣下にも強く出られないようだった。

肥えた悪魔が、ぼくへ睨むような目を向ける。

「魔王様としても、そちらの方がよろしいかと」

「えぇー……」

ぼくは思わず呻く。

こっちにも面倒な政治家がいたとは……この展開はちょっと困った。わざわざルルムの里を飛び出した意味がない。

答えに迷っていた、その時。

ぼくらのやりとりをじっと見ていたリゾレラが、アトス王へと歩み寄ると、その手を取った。

「行くの」

「……!?」

と、そのまま引っ張り始める。

「わ、わ……！」

引っ張られるアトス王は、困惑したように傍らにいた銀の悪魔の手を掴んだ。

そのまま、二人してリゾレラに引っ張られていく。

「あなたも、さっさと行くの」

と言って、リゾレラは空いている方の手でぼくの手を掴んだ。

意図が飲み込めないまま、ぼくも引っ張られていく。

そして、出入り口を塞ぐ肥えた悪魔をキッと見上げ、リゾレラは告げた。

「どくの」

「……これはどのようなおつもりですかな、リゾレラ様。我らが王を、連れて行かれては困るのですが」

「魔王様は、すべての種族の王が一堂に会することをお望みなの」

「えっ」

「……ほう」

「だから、これは必要なことなの。ね？」

急に同意を求められたぼくは、しどろもどろに答える。

「……ええと……そうだった、気がしてきたような……」

「なるほど。しかし、困りますな」

肥えた悪魔が、顎をさすりながら言う。

「王がどことも知れぬ場所へ、臣下も伴わずに向かうなど言語道断。いくら魔王様がお望みとはいえ、認めるわけにはいきませんな」

「あなたは認めざるを得ないの」

「ほう。なぜですかな」

「認めないなら――――」

そこでリゾレラは、試すような視線を向ける悪魔から目を逸らして、ぼくを見た。

「――この王宮全部、ドラゴンで木っ端微塵にしちゃうの。ね、セイカ？」

◆◆◆

「これでよかったのかなぁ……」

一刻（※三十分）後。ぼくらは蛟に乗り、空の上にいた。

あれから他の悪魔たちを振り払うようにして王宮を脱出し、蛟で飛び立ったのだ。

ぼくはリゾレラを振り返って訊ねる。

「なあ、なんであんなことしたんだよ」

「あなたがそうしてほしそうだったの」

リゾレラは澄ました調子で答える。

「会合の時から、ああいう手合いを苦手そうにしてたの。日暮れ森の里を飛び出したのも、王と直に話したかったから。違う？」

「日暮れ森の里……って、ああ、ルルムの里ね。あー、まあ、そうと言えばそうなんだけど……」

というかバレてたのか。

「……ワタシも、ああいうのは苦手なの」

リゾレラがぽつりと言う。

「求められるからいろんな集まりにも顔を出してるけど……本当は、そんな立場じゃないの」

「……ふうん」

この子にも、どうやらいろいろあるらしい。

本当はどんな立場なのか気になったが、今は長話を聞けるタイミングではなかった。それよりも……と、ぼくはリゾレラの後ろに座る、アトス王とその従者に目を向ける。

二人とも、目を丸くして眼下の景色を眺めているようだった。

若干申し訳なさを滲ませながら話しかける。

「あのう……なんかすみませんね。付き合わせちゃって……」

アトス王はぼくに目を向けると、首を横に振った。

それから、従者である銀の悪魔へと耳打ちする。

「はい、はい……『我は確かに、力と言葉を尽くすと約束しました。その言を覆すつもりはありません。それに』」

そこで銀の悪魔は言葉を切り、一瞬再び、眼下を流れゆく雄大な森へと目をやった。

「『この光景を、生涯忘れることはないでしょう』……と、王は仰せでございます」

「……」

その言葉には、従者自身の思いもこもっているように見えた。

二人とも、別に怒ってはいないらしい。

　まあそれならいいかと、ぼくは気持ちを切り替えることにした。

「さて。まだ時間があるから、もう一箇所行けそうだな」

「次に連れ出すなら、獣人の王がいいの。ここから近いの」

「……やっぱり連れ出す前提なのか」

「あそこにも面倒なのはいるの。どうせなら全員連れ出す方がいいの。大丈夫、ワタシに任せるの」

「……まあ、それなら行こうか」

　若干の不安を覚えながらも、ぼくは龍を駆る。

◆◆◆

　夕暮れ時に差し掛かる頃、ぼくらは獣人の王都へと到着した。

　蛟から街を見下ろしながら呟く。

「なんだか人間の都市に似ているな」

　建物の形が近い。

　神魔や悪魔の街は異質な石造りばかりだったが、こちらは木材なども使われていてどこか見慣れた感じがあった。

　リゾレラが表情を変えずに言う。

「獣人は他の魔族と比べて人間との交流が深いから、向こうの文化が入ってきているの」

「ああ、なるほど」

そういえば、猫人は商業種族だと言っていたっけ。

それにラカナにも、少数ではあるが獣人の冒険者がいて、人間ともパーティーを組んでいた。

速度を落とした蛟の上で、ぼくは目的の建物を探す。

「うーん……王宮のようなものは見当たらないな」

「王宮はないの」

「えっ」

「王は、自分の屋敷にいるの。あそこ」

リゾレラの指さした先には、周囲の建物から一回りも二回りも大きな豪邸があった。

庭も広くていかにも権力者が住んでいそうだが、王宮っぽくはない。

「さあ、早く行くの。日が暮れるの」

「はいはい」

なんだかこの子、妙に乗り気だな……と思いながら、ぼくは蛟を降下させていく。

街で起きた騒ぎは、悪魔の時と同じような感じだった。
ぼくは申し訳なく思いながら、蛟を豪邸の前庭へと降ろす。

「うおおお!? なんだ貴様っ…………ぬわーっ!?」

「止まれ！ 止まれ！ 止まっ…………ぬわーっ!?」

警備の犬人が二人いたので、再び土蜘蛛の糸で黙らせる。

四人で豪邸へと入り、呆気にとられる熊人の家令にリゾレラが諸々を伝えると、慌てたように奥へ引っ込んでいった。

そして、客間で待たされることおよそ一刻。

「もうっ、なんなの？ 約束もなしに来た無礼な客なんて追い返して！ フィリはね、暇じゃないんだから！」

「しかしお嬢さま、そういうわけにも……」

家令と口論を交わす声が聞こえてきたかと思えば、客間の扉がバーンッ、と開く。

姿を現したのは、高価そうな衣服を纏った、白い猫人の少女だった。

純白の毛並みに青い目。ここにいる他の猫人と比べると、顔立ちにどこか子猫めいた幼さがある。

「神魔のリゾレラなの。覚えてる？ フィリ・ネア王」

「……覚えてる。フィリが王様になった時、挨拶したよね。客ってあなただったんだ、リゾレラ」

立ち上がって語りかけたリゾレラに、獣人の王は気だるそうに返す。

「はぁ。家令が慌ててたから、誰が来たのかと思った。それなら最初から……あれ。あなた、アル・アトス？」

猫人の少女はアトス王に気づくと、目を丸くした。

「悪魔の王が、こんなところでなにしてるの？」

アトス王は、キッとした表情で口を開く。

「ままま、まお……！　し、し、し……！」

「……あなたそのちゃんと喋れない癖、まだ治ってなかったんだ」

獣人の王の呆れたような物言いに、アトス王は顔をうつむかせ、従者に耳打ちする。

「『我は魔王様の臣下として、求めに応じ行動を共にしているのだ』と、王は仰せでございます」

「ふうん……え？　魔王って？」

「この人なの」

リゾレラに促され、ぼくは少々不安になりながらも名乗る。

「お初にお目にかかる。ぼくはセイカ・ランプローグ。一応、魔王ということになっている者だ」

どうかと思う自己紹介を終えると、猫人の少女が驚いた顔をする。

「うっそ～!?　ほんもの!?　フィリ、ただの人間かと思ってた！」

「……」

ぼくは思わず、リゾレラへ小声で問いかける。

「な、なあ。この子、本当に獣人の王なのか？」

「そうなの」

とてもそうは見えない。前世でも道楽にふける君主はいたが、もう少し威厳もあった。

この子から種族の内情なんて聞けるんだろうか……？

獣人の王は驚いた表情のまま言う。

「神魔の里にいるって聞いてたけど……ニクル・ノラがなにか失礼なことでもした？　もしそうでも、フィリにはなにもできないけど」

「いや、そうじゃない。会合は神魔の里で今も続いているが、ぼくは人間の国で暮らしていたせいで魔族の内情がよくわからないんだ。だから王である君から、獣人族の話を聞きたい」

「え～……？　めんどくさいからいや」

心底煩わしそうに、猫人の少女は言う。

「フィリはねぇ、宝石を眺めたり、お昼寝したり、次に何を買おうか考えるのに忙しいの。そういうことは別の人に訊いてくれる？」

ぼくは思わず、リゾレラへ小声で問いかける。

「な、なあ。この子、本当に……本当に王なのか？」

「そうなの」

「……」

こんなのがいるとは完全に想定外だった。王として振る舞おうとするそぶりすらない。

沈黙するしかないぼくに代わり、リゾレラが言う。

「魔王様があなたを必要としているの。一緒に来て」

「フィリはいやって言ったでしょ。もう、なんなの？　突然やって来て」

「あなたに選択肢はないの。従わないと大変なことになるの」

「ふーん、脅し？　その人間みたいな魔王になにができるって言うの？　いい加減にしないと兵隊呼んじゃうからね！」

怒り出す猫人の少女に、リゾレラはちらっとぼくを見る。

そして、告げた。

「ドラゴンであなたの家、木っ端微塵にするの。ね、セイカ？」

「ふわぁぁぁ～っ‼」

一刻後。

獣人の王フィリ・ネアは、蛟の上で歓声だか悲鳴だかよくわからないものを上げていた。

「すご～い‼　魔王様、ドラゴンなんて持ってたの⁉」

「あ、ああ」

「フィリ、これ欲しい！　いくらで売ってくれるっ⁉」

「いや、売り物じゃないから……」

龍にはしゃぐフィリ・ネア王に、ぼくは若干気後(おく)れしながら答える。

　こういうの、あまり弟子にもいなかったタイプだな……。

　フィリ・ネア王は空からの景色に瞳を輝かせる。

「これ、すっごく稼げそう！　空なら襲われる心配がないから、高価な荷を積めば高い輸送費を取れるかなぁ……あ、でも、富裕層向けの観光に使う方がいいかな」

「『魔王様の眷属をなんだと思っているんだ。そなたはいつも金、金と、そんなものよりもっと民のことを考えないか』と、王は仰せでございます」

「うるさ〜い。民なんてフィリ知らない。みんなそれぞれ勝手に生きてればいいわ。っていうか、アトス王も王なら自分の言葉で喋ったらどうなのかしら？」

　アトス王がしょんぼりとうつむく。

「……なんか、賑やかになってきたな」

　ぼくは呟いて、空を見る。

　すでに日は沈みかけていた。

「そろそろ今日の宿を見つけないといけないけど……戻るのも難しいしなぁ」

　本当は訪れた先の街に泊まるつもりだったのだが、悪魔の街にも獣人の街にも戻りにくかった。どちらの街でも最後の台詞が、『ドラゴンで木っ端微塵にする』だったためだ。

「魔王様は行き当たりばったりなの。まったく仕方ないの」

　台詞を発した張本人が、やれやれといった調子で言う。

「菱台地の里に行くの。そこならワタシが、泊まるところを用意できるの」

「菱台地の里って……ああ、君が住んでいる里か」

「魔族領の真ん中くらいにあるから、次の街に行くにもちょうどいいの」

それなら、頼んでもいいかもしれない。

若干恩着せがましいのが気になったが、ぼくは素直にリゾレラの言葉に従うことにした。

訪ねるべき王は、まだあと四種族分もいるのだから。

菱台地の里についたぼくたちは、すぐに寝床にありつけることとなった。

リゾレラが神殿に少し口を利いただけで、本当に立派な宿を用意してもらえたためだ。不思議な地位にあった彼女は、どうやら神殿関係の有力者だったらしい。

神魔で最も大きな里というのがどんなところなのか気になったが、さすがに夜中に見回る気も起きず、疲れ果てていた二人の王と共に大人しく寝ることにした。

そして、翌日。

「へぇ。じゃあ悪魔にとってデーモンは、家畜に近い存在なのか」

「『人間の文化にたとえるならば。ただし実態としては、姿の異なる配下のような存在です。だから我々は彼らを眷属と呼び、彼らの生命に責任を持ちます』と、王は仰せでございます」

ぼくら五人は蛟に乗り、次の街に向かっていた。

ぼくがアトス王との雑談に興じる後方では、フィリ・ネア王がリゾレラにしつこく質問している。

「ねえねえ。今年はあなたの里の市におもしろい商品は並んだりしていないかしら？　神魔の魔道具にはね、フィリ期待してるんだ。去年は七つ丘の里から仕入れた商品で叔父さんが大儲けしててね」

「そういう話はレムゼネルとしてほしいの……」

若干うんざりしたように、リゾレラが答える。

商業種族の出身であるためか、フィリ・ネア王は商い事に関心が高いようだった。

「さて、次はどの種族にしようか」

「鬼人の里に向かうの」

ぼくが呟くと、リゾレラが身を乗り出して答えた。

「ここから一番近いの。他の里にも行くのなら、そこから回った方がいいの」

「鬼人か……」

思わず呻く。できれば最後にしたかった種族が来てしまった。

気の進まなそうなぼくに、リゾレラが眉根を寄せて言う。

「不満そうなの」

「いや、不満ってわけじゃないんだけど……なんか粗暴な印象があって気が引けるんだよな」

メイベルが戦ったあの鬼人も、ルルムの里に来た代表も、好戦的な気質を隠そうともしていなかった。

鬼人はその二人しか知らないわけだが、どうも種族全体がそうなんじゃないかという気がしてならない。

だから、なるべくなら後の方にしたかったのだが……。

「大丈夫なの」

しかし、ぼくの不安を一蹴するように、リゾレラは言った。

「他の鬼人はともかく――あの王に限って、そんなことはないの」

昼を少し回った頃、ぼくたちは鬼人の王都へとたどり着いた。

「うーん……〝王都〟って感じではないな」

蛟から見下ろす先にあるのは、村のような集落だった。

土壁や木や、大型モンスターの骨でできた家々。造りはどれも簡素で、ほとんど無秩序に建ち並んでいる。

規模はそれなりに大きかったが、どうも発展している様子はなかった。

「鬼人の集落は、どこもこういう感じなの」

ぼくと同じく見下ろしながら、リゾレラが言う。

「戦いに価値を求める種族で、あまり文化とか芸術とかに興味がないの。粗暴というのも間違ってないの」

「『しかし、歌や踊りには見事なものがあります』と、王は仰せでございます」

「いろいろもったいないって、フィリ思うんだ。鬼人はもっと豊かになれる気がするんだけど」

「ふうん、そうなのか」

やはりぼくの印象はそう的外れでもなかったらしい。

しかし、リゾレラはそこで付け加える。

「でも、王にはそういうこと言わないでほしいの。気にしてるから」

「わかってるよ」

仮にも仲良くしようという相手に、お前たちは野蛮だなんて面と向かって言うわけない。

ただ……気にしている、という言い回しが少し引っかかった。

どんな王なんだろう？

◆◆◆

鬼人の王宮は城……というより、砦だった。

背後の崖を利用し、巨大な石材をもって造られた物々しい佇まいで、どこか大盗賊団の根城といった雰囲気がある。

直接龍で降りたのはこれまでと同じだったが、衛兵の反応は少し違った。

「ほう……これは妙な客人が来たようだな」

「闘争の相手は久しぶりだ。少々手に余りそうだが、ふっ、贅沢は言えんか」

砦の門番は、二人だけだった。

どちらも大柄な体躯の鬼人。おもむろに立ち上がると、それぞれ斧と大剣をかまえる。

龍を目の当たりにしているにもかかわらず、パニックを起こす様子もない。

それは結構だったが、敵対されるのは困った。

ぼくは慌てて言う。

「待て。ぼくは一応、魔王ということになっている者だ。其の方らの王に会いに来た」

ぼくの少々アレな自己紹介に、二人の鬼人は不敵に笑った。

「クックック、よもや魔王を名乗るか」

「随分と不遜な人間だ。その力、我らで確かめるとしよう」

魔王の話は末端まで伝わっていなかったのか、門番二人はまったく信じる気配がなかった。

ぼくはなおも説得を試みる。

「待て待て。ほら、他種族の王も連れているんだぞ。信じる信じないの前に、お前たちはまず報告に行くべきなんじゃないのか」

「黙れ、問答無用!」

「死ねぇい!」

門番二人が、得物を振り上げて襲いかかってきた。

ぼくはヒトガタを浮かべつつ頭を抱える。

「結局これまでと同じだよ……」

《木(もく)の相――樹蝋泡(じゅろうほう)の術》

ヒトガタから生み出された黄金色の水塊が、二人の鬼人(オーガ)を直撃した。

「ぶはぁっ！　な、なんだこれはっ……！」

「ぬうっ、う、動けん……」

仰向けに倒れ込んだ鬼人(オーガ)たちがもがくが、全身に黄金色の液体がまとわりつき、立ち上がることすらもままならない様子だった。そのうち完全に動けなくなるだろう。

松脂(まつやに)の糊(のり)は、放っておけばどんどん固化していく。

「まったく好戦的な種族だな。これ、王を穏便に連れ出すとかできるのか……？」

今後を心配するぼくとは対照的に、後ろでは王たちが勝手に盛り上がっていた。

「あはっ、なにこれ～。おもしろい魔法～」

「『さすがのお力です魔王様』と、王は仰せでございます」

「なんだかんだ言ってセイカも好戦的なの。毎回衛兵をやっつけてるの」

「いや好きでやってるわけじゃないからね」

まあ……毎度龍で直に王宮へ降りているぼくにも、原因がないとは言えなかったが。

その後、門番二人はいさぎよく負けを認め、砦の中へ案内すると言い出した。

門番としてそれでいいのかと思ったが……そういう種族ということかもしれない。ある意味素朴と言えなくもない。

そうして案内されたのが、この部屋だった。

「おやまあ……。まさか魔王が直接、この里を訪れるとはねぇ」

見上げるほど高い天井に、百人の兵が入れそうなほどに広大な一室。

その中心、これまた巨大な寝台に体を横たえていたのは、一人の鬼人の女だった。

これまで見た中で、おそらく最も大きな鬼人だ。

身長は、おそらくぼくの倍近くある。小柄な巨人と言われても信じてしまいそうなほどだ。

年齢はわからないが……話し方や雰囲気からするに、決して若くはないだろう。

「それに、悪魔に獣人……神魔の王まで伴って」

「久しいの、メレデヴァ。元気そうで何よりなの」

リゾレラが一歩進み出て、表情を変えないまま言う。

「でも、ワタシは王ではないの」

「ええ、そう言うと思ったわ。でもね、そう思っているのはあなただけよ」

それから鬼人の女は、ぼくへと目を向ける。

「鬼人族の内情を、あなたは詳しく知りたいのだったわね。魔王様」

「ああ」

「見ての通り、私は体を悪くしてしまってここを離れることはできないの。だけど、可能な限り協力しましょう。私の知る限りのことを、あなたにお話しするわ。それでいいかしら？」

「……なら、早速訊きたいことがある」

　ぼくは、鬼人（オーガ）の女を見据（みす）えて言う。

「ぼくは鬼人（オーガ）の王に会いにここへ来た。其の方こそが王で、間違いはないか？」

　しばしの沈黙の後、鬼人（オーガ）の女はゆっくりと首を横に振った。

「いいえ……。でも、あなたの話し相手ならば、私の方がふさわしいことでしょう」

「なぜだ」

「王はまだ未熟。器はあれど、鬼人（オーガ）の行く末を託せるほど世の中を知らないわ。今でも政務の一切は私が取り仕切っているの。何か不足かしら？」

　ぼくが口を開きかけた時、部屋の外から口論が聞こえてきた。

「お待ちください陛下。今は国母様がお話しされているところです」

「陛下！」

「どいてください！　魔王様は、僕に会いに来たんでしょう⁉　ならば僕が会うべきです！」

　勢いよく扉が開くと同時に、口論の声も飛び込んできた。

　ぼくは思わず振り返る。

　そこには、眼鏡をかけた鬼人（オーガ）の少年がいた。

「あなたが……魔王様……！」

　鬼人（オーガ）の少年が、眼鏡の奥の目を見開く。

　大柄ではあるが、どこか理知的な雰囲気を持つ少年だった。読書の最中に慌ててやってきたのか、その太い指は一冊の分厚い本を掴んでいる。

「は……はじめまして、魔王様。僕は、ヴィルダムド。鬼人（オーガ）の王です……！」

鬼人（オーガ）の少年が瞳を輝かせて名乗る。

魔王の来訪を、よほど待ち望んでいたかのようだった。

「どうかヴィルと呼んでください。親しい者は、皆そう呼んで……」

「陛下。お下がりを」

少年の興奮に冷や水を浴びせるかのように、鬼人（オーガ）の女が言った。

「今、大事な話をしているところです。この件に関しては政務と同様、一切をこの私にお任せください」

「母上！」

少年が叫ぶ。

「なぜです！　魔王様が会いに来たのは王たる僕だ！　それなのに、会わせるどころか伝えもしないだなんて……！」

「陛下……」

「そればかりか、母上の雇い入れた門番は誰何（すいか）すらせず彼らに襲いかかったそうじゃないか！　いったい何をしているんだ！　これが力の持たない客人だったらどうするつもりだったんだ！　これだから、我が種族の者は……っ！」

「陛下、客人の前です。そのように取り乱されては底を見透かされますよ」

鬼人（オーガ）の女は呆れたように首を横に振る。

「申し訳ありません、魔王様。王は勉学こそ達者なれど、まだその立場にふさわしい振る舞いすら身につけられていません。あなたのお相手は、この私が務めましょう」

「……」

ぼくは無言で踵を返した。

そして、鬼人（オーガ）の王たる少年へと歩み寄る。

「え……？」

困惑する彼の前でぼくは微笑むと、その大きな手を取った。

「行こうか、ヴィル王。ぼくは君を迎えに来たんだ」

「穏便に出てこられたの……」

一刻後。

蛟の上で、リゾレラがぼやいていた。

「ドラゴンで木っ端微塵にするって、言うタイミングがなかったの……」

「なくていいんだよそんなもの。なんでちょっと残念そうなんだよ」

ぼくは軽くリゾレラを睨んで、それから鬼人（オーガ）の王、ヴィルダムドへと目をやった。

少年は他の王たちと同じように眼下の景色に見入っていたが、ぼくの視線に気づくと、その眼鏡を直して向き直る。

「すごいです、魔王様……！　ドラゴンをテイムするなんて、これまでのどんな魔王でも成し遂げられなかったことです」

「あー、うん。コツがあるんだよ」

適当に誤魔化し、それから言う。

「申し訳ない。あんな風に連れ出してしまって」

あのメレデヴァとかいう巨大な鬼人の女――王の母だから王太后ということになるが、意外にも彼女は素直に王の外出を了承した。

しかし、ぼくにしてもヴィル王にしても、心象はかなり悪くなっただろう。

ぼくはいいとして、政治の実権をメレデヴァが握っている以上、王としては今後かなりやりにくくなるのではないか……と、思っていたのだが。

「いいんです。むしろ感謝しています」

ヴィル王は清々しい表情でそう言った。

「母上とは昔から考えが合わず、言い合いになるのもこれが初めてではありません。今さらです。それに……人間の国で育った魔王様とは、一度お話ししてみたいと思っていました。だから、ああ言っていただけてうれしかったです」

「そうか、それならよかった」

こちらとしても、あの王太后のような人種は苦手だから願ったり叶ったりだ。

ぼくは軽い調子で訊ねる。

「ヴィル王は、人間の国に興味が？」

「ええ」

ヴィル王はうなずく。

「すばらしい文化や技術を持っていると思います。同胞に言えば鼻で笑われるでしょうが、僕たちも見習うべきところが多い。いつか帝国に留学して、彼らの叡智を学びたいと思うほどです……もちろん、とても無理だということはわかりますよ。だから代わりに、たくさん本を集めているんです」

ぼくの表情を見て、ヴィル王は困ったような笑顔で付け加えた。

鬼人の王と言うには、ずいぶんと物腰が柔らかく、理知的な少年だった。

きっと、あの砦の中でも浮いているのだろう。

「ところで魔王様。アトス王にフィリ・ネア王、それにリゾレラ様もいるということは……もしやすべての王を集めるおつもりですか？」

「そうなの。魔王様はそれをお望みなの」

「最初はそんなつもりなかったんだけど、この子のせいでそういう流れになっちゃったんだ」

「なるほど。成り行きとは言え、魔王と共に全種族の王が揃うとはなかなかの重大事ですね。僕もこの場に参加できたことを光栄に思います」

感慨深げに言うヴィル王に、アトスとフィリ・ネアも反応する。

「『共に行こう』と、王は仰せでございます」

「ヴィルダムドは相変わらず鬼人（オーガ）らしくないね。先王だったら力試しに魔王へ挑みかかってたんじゃないかって、フィリ思う」

「ありがとうアトス王。それにフィリ・ネア王も。僕は自分が、そんな粗暴な君主ではないことに誇りを持っているよ」

どうやらヴィル王もまた、他の王とは面識があるようだった。話が早くて助かる。

ぼくは太陽の位置を見ながら呟く。

「今日もあと一箇所くらいは行けそうだな。どこがいいだろう」

「次は巨人の里に行くの」

リゾレラが即座に反応する。

どうやら最初から決めていたらしい。

「ここからだと、そこしか間に合わないの。三眼（トライア）や黒森人（ダークエルフ）の王都に行ってたら夜になっちゃうの」

「それなら仕方ないが、巨人か……」

思わず呻く。また後回しにしたかった種族が来てしまった。

リゾレラが眉根を寄せて言う。

「また不満そうなの」

「いや、不満ってわけじゃないんだけど……こいつに乗れるのかなぁと思って」

ルルムの里に来た代表は、二丈（※約六メートル）に迫る巨体を持っていた。

ただでさえ現時点で六人も乗っているのだ。そこまでの大男が追加で乗るとなると、さすがの蛟でも嫌がる可能性がある。

だから一番最後に、巨人の王だけ運ぼうかとか考えていたのだが……。

「大丈夫なの」

しかしまたぼくの不安を一蹴するように、リゾレラは言った。

「王は、巨人にしては小さいの。ヴィル王よりちょっと大きいくらいなの」

「ああ、それくらいなら大丈夫そうだな」

「でも」

楽観しかけたぼくに、リゾレラは少々不安になるようなことを言う。

「巨人にしては、ちょっとだけ乱暴者なの。そこだけ注意してほしいの」

日暮れ時に差し掛かる前に、ぼくたちは巨人の王都にたどり着いた。
「うーん、こちらも王都っぽくはない……というか人間の村に似てるな。形だけは」
眼下には、主に木で造られた素朴な家々が建ち並んでいた。
鬼人（オーガ）の王都に引き続き、あまり都会的な雰囲気はない。モンスターの骨などが使われていない分、あちらと比べると見た感じは人間の村に近かった。

ただし、その大きさを別とすれば、だが。

「でかいなぁ、何もかも」

家の一軒一軒が、まるで街の聖堂のような大きさがあった。

使われている木材からして違う様子だ。

農園地帯に目を向けてみれば、見たこともない巨大な作物が栽培されている。

「巨人族は、人間とも他の魔族とも、けっこう違った生活をしているの」

リゾレラが言う。

「食べ物も、使う道具も……。だから、あんまり余所との交流がないの。鬼人(オーガ)とは別の理由で、昔からの暮らしを続けているの」

「ふうん、そうなのか」

まあ、あれだけでかい種族なのだ。文化も独特で当然だろう。

ぼくはヒトガタの束を眺めながら呟く。

「さて、今回は巨人相手だからなぁ……どうやって大人しくさせようか……」

衛兵も間違いなく巨大だろう。土蜘蛛の糸や《樹蝋泡(じゅろうほう)》を振り払われる可能性もなくはない。

どうしようかと悩んでいると……。

「門番のことなら、心配いらないと思いますよ」

言ったのは、ヴィル王だった。

「我が種族の者たちとは違い、いきなり襲いかかってくるようなことはないかと」

「いや……実は悪魔のところでも獣人のところでも、同じように襲いかかられてるんだ。だから、きっと今回も同じだよ」

「それはおそらく、兵を怯えさせてしまったためでしょう」

顔の割りに小さな眼鏡を直しながら、ヴィル王は言う。

「巨人は違います。彼らは自分たちに力があることを知っている。たとえドラゴンに乗っていても、対話ができる相手であることがわかれば、礼をもって接してくれるはずです」

「へえ、そうなのか？　それなら……」

「ただし」

ヴィル王は釘を刺すように、わずかに表情を歪めながら言う。

「王は別です。あいつは粗暴な男ですからね。一度はっきりと実力を見せつけてやった方がいいくらいかもしれません」

「き、君もそう言うのか……」

ヴィル王の時とは真逆の評判だった。

いったいどんな王なんだろう？

巨人の王宮は、人間には切り倒すことすらできなさそうな太い丸太で造られた、一際巨大な屋敷だった。

屋敷と言っても、フィリ・ネア王の屋敷とは違い、王の個人的な所有物ではないらしい。だから一応〝王宮〟なのだと、リゾレラは言っていた。

「止まられよ」

龍で王宮前に降り立つと、ただ一人の門番が威圧感のある声でそう言った。

この門番も、またでかい。ルルムの里に来ていた代表と同じくらいはあるだろう。

門番の巨人は槍を立てたまま、ぼくらへと告げる。

「何者か。用向きは」

ぼくは蛟から降りて答える。

「ぼくはセイカ・ランプローグ。一応、魔王ということになっている者だ。巨人の王に会いに来た」

「……。何か、証は」

門番は表情を変えることなく、言葉少なに問いかけてくる。

ぼくは少し迷ったが、蛟とそれに乗る王たちを示して言った。

「下僕であるドラゴンと共に、悪魔、獣人、鬼人(オーガ)の王を伴っている。これで証となるか」

門番はしばし沈黙していた。

この門番の巨人は、当然他種族の王の顔なんて知らないだろう。だから問題は、ぼくの言葉を信じてもらえるか……ということになるのだが。

わずかに緊張しながら待っていると、不意に、門番は踵を返して言った。

「来られよ」

そのまま開け放たれた門へと歩いて行く巨人の後ろ姿を見て、ぼくは思わず感心して呟いた。

「……おお、本当に襲いかかってこなかったよ」

◆◆◆

案内されたのは、鬼人（オーガ）の王太后がいた部屋よりも、さらに巨大な一室だった。

「ようこそ、魔王様。よくぞ来られた」

待っていたのは、一人の小柄な巨人だった。

一丈半（※約四・五メートル）ほどだろうか。でかいにはでかいが、代表や門番ほどではない。

老人というほど老いてはいないものの、長命な種族の中でもそれなりに歳を重ねていそうな容貌だった。身に纏う装束からは、高い地位にいることがわかる。

「私はヨルムド・ルー。巨人族の先王にして、現在の政務を取り仕切っている者です」

まるで鯨（くじら）が歌うようなゆったりとした口調で喋りながら、ヨルムド・ルーが屈（かが）むようにして手を差しだしてくる。

ぼくはその巨大な手を握り返しつつ、微妙な表情で言った。

「……やはり其の方も、王には会わせてくれないのかな。先王殿」

「……？　いいえ。間もなく来るかと思いますが」

ヨルムド・ルーが不思議そうな顔で答えたその時、広間の扉がバーンッと開いた。

「親父ィーッ！　すまねぇ、遅れちまったァ！」

現れたのは、上半身裸の少年だった。

巨人にしてはかなり小柄だ。見た感じ、八尺（※約二・四メートル）ほどしかない。鍛錬でもしていたのか、腰には模擬剣を提げ、汗を掻いていた。

髪を短く刈り込んだその顔立ちは、髭面ばかりの巨人の中にあってずいぶん若々しく見える。

巨人の少年は、ぼくらを見るとぎょっとしたような顔をした。

「うおっ、客人か！　すまん！　なんだよ親父、誰か来てるなら言ってくれよなぁ！」

「……伝えていたはずだぞ、ガウス。王たる者が、そのような出で立ちでどうする」

ヨルムド・ルーが、呆れたように言った。

「魔王様の御前だ。ふさわしい格好に召し替えてきなさい」

「おう！」

ガウス王が退室した……かと思いきや、再び広間の扉がバーンッと開いた。

「何ィ⁉　魔王だと⁉」

頭を押さえる先王を余所に、ガウス王はこちらに駆け寄ると、ぼくの手を強引に取った。

「あんたがそうだったか！　会いたかったぜ魔王様！」

ぼくの手をぶんぶんと振りながら、ガウス王は豪快な笑顔で言う。

「神魔の里にいるんじゃなかったのか？　なんだってこんなところにまで来てるんだよ！」

「えっと……エンテ・グー殿の話だけでは巨人族の内情がよくわからなかったから、それを君に訊きたくて……」

「要するに、オレと話したかったってことか⁉　それは願ってもないことだぜ！　実はオレも、あんたにぜひ頼みたいことがあったんだ！」

「た、頼み……？」

勢いに面食らうぼくに、ガウス王は自らの胸を叩いて言う。

「魔王軍を結成したなら、絶対にオレを一番槍にしてくれよな！」

「ガウス……」

ヨルムド・ルーが苦々しげに言う。

「いい加減にしないか。それに一番槍などと、まだそのようなことを……」

「親父ィ！　だから何度も言ってんだろ、このままじゃダメだって！」

ガウス王が大声で言い返す。

「オレはバカだから難しいことはわからねーが、昔からの暮らしを永遠に続けられるわけないことくらいわかる。外の世界は発展し続けているんだ、このままじゃいつかオレらの種族は滅びる。戦う意思を持たなきゃならねぇーんだよ！」

それからガウス王は、ぼくへ向き直って言う。

「なぁ。あんたまるで人間みてぇーに小さいが、魔王なんだから強いんだろ？　オレの兵に稽古をつけてくれよ！　手始めに、オレからどうだ？」

「ガウス」

ヨルムド・ルーが、咎めるような口調で言った。

「もういい、一度下がりなさい。そのような格好で話し込むものではない」

「チッ……確かに親父の言うことには毎度毎度一理あるな！　わかったぜ！」

ずんずんと、大股に歩いてガウス王が退室する。

なんとも言えない空気の中、ヨルムド・ルーが疲れたように言う。

「お恥ずかしい……。あれでも一応は、我が息子であり巨人族の王なのです。今は実権はないとは言え、いずれ先王の地位を継がせてよいものか、迷うこともあります」

ヨルムド・ルーは申し訳なさげに続ける。

「魔王様は、我が種族の内情を王から聞きに来たのだとおっしゃいましたな。しかし……ご覧の通りです。できうるならばこのヨルムド・ルーに、魔王様への上奏をお許しいただければと」

「うーん……」

ぼくは、ちらとリゾレラを見た。

この先王は十分まともそうだし、なんだかぼくもその方がいいような気がしてきたけど……。

リゾレラはぼくの視線に気づくと、ヨルムド・ルーへと言う。

「えっと……魔王様は一応、すべての王が一堂に会すること望んでいるの。今そういう流れになってるの」

なんだかこの子も自信なさげだった。これまでの勢いがない。

ヨルムド・ルーはしばし迷うように沈黙していたが、やがて言った。

「よいでしょう」

「ええと、いいのか？　一応、其の方らの王を連れ出したいって言ってるんだけど……」

「ええ。あれは私と妻に似て小さく生まれましたが、それでも巨人の者。自らの身を守るに十分な力を持っています。魔王様に同行することは、見聞を広げるいい機会となるでしょう。……ですが、魔王様。あれに何を言われても、くれぐれもお忘れなきよう、お願い申し上げます」

ヨルムド・ルーは、先王という地位にふさわしい、重みのある声音で言った。

「我ら巨人族は――何よりこれまでと変わらぬ、平穏を望んでいるのです」

◆◆◆

「穏便に出てこられはしたけど……」

一刻後。ぼくらはまた、空の上にいた。

蛟には、新たに巨人の王、ガウス・ルーが乗っている。

「うっひょおおおおお！　空を飛ぶのは初めてだぜ！　こりゃ最高だなぁーっ！」

「……相変わらず、騒々しい男だ」

後ろで騒ぐガウス王に、ヴィル王が眼鏡を直しながら言った。

「知性が欠片（かけら）も感じられない。これが巨人の王とは、先王もきっと頭が痛いだろうね」

「おい。学者気取りの鬼人（オーガ）が、オレの感動に水を差すんじゃねぇーよ！」

なんだか勝手に険悪なムードになっている。どうやらこの二人は相性が悪いようだった。

「この二人は、前からこうなの。あまり気にしなくていいの」

「ふうん」

適当に相づちを打つと、リゾレラは続けて言う。

「ちなみに鬼人と巨人の先王同士も、同じように小さな頃から仲が悪かったの。でも、性格はこの二人とは真逆だったの」

「……」

ぼくは、無言でリゾレラを振り返った。

神魔の少女は、沈み行く夕日を眺めながら言う。

「さあ、セイカ。菱台地の里に戻るの。早くしないと夜になっちゃうの」

「……ああ」

ぼくは蛟を駆る。

同時に、頭の中には疑問が浮かんでいた。

神魔の寿命は、人間の倍程度だったはずだ。巨人はもちろん、鬼人にも遠くおよばない。

リゾレラはなぜ、先王の幼少期を知っているのだろう。

◆　◆　◆

翌日。

菱台地の里で十分休んだぼくたちは、再び空の上にいた。

「うるさい、チビ」

「なんだとクソメガネこらァ‼」

ヴィル王とガウス王は、また喧嘩(けんか)している。

この二人は昨日の夜からずっとこの調子だった。

「『二人ともいい加減にしないか。仮にも王たる者が見苦しい』と、王は仰せでございます」

「喧嘩なんて、フィリならぜったいしないな。だって銅貨一枚にもならないもん」

アトス王とフィイリ・ネア王まで喋り出す。

蛟の上は、さらに賑やかになっていた。

「残りは、三眼(トライア)と黒森人(ダークエルフ)か。どちらから行こうか」

「三眼(トライア)の王都から行くの。その方がいいの」

ぼくが呟くと、リゾレラが即座に言った。

「どうしてだ？　あと二箇所を今日中に回るなら、どちらからでもいい気がするけど」

「たぶん、そっちの方が早く済むの。片付けられるところから片付けた方がいいの」

「ふうん。わかった」

ぼくはうなずいて、それから訊ねる。

「なあ。三眼(トライア)の王は、どんな人物なんだ？」

「いい子だけど……もしかするとちょっと、セイカは苦手かもしれないの」

リゾレラは言う。

「今の王の中では一番、政治家っぽいの」

三眼（トライア）の王都へとたどり着いたのは、昼を大きく過ぎた時分だった。

「また特徴的な街だな」

眼下に広がる街並みを見下ろしながら呟く。

三眼（トライア）の王都は、人間の都市に似ていた。

舗装（ほそう）された道が敷かれ、石造りの家々が建ち並んでいる。昨日見た鬼人（オーガ）や巨人の王都に比べれば、ずっと都市らしい都市だ。

しかし……その色合いや形は、どこか独特だった。人間の影響を大きく受けた獣人の街とは、明らかに雰囲気が異なる。

文化が大きく違う、遠い国の都市といった様相だ。前世で初めて西洋を訪れた時にも、こんな印象を抱いたなぁとなんとなく思い出す。

「三眼（トライア）はあんまり人間と交流がないけど、でも暮らしはなんとなく似ているの。姿とか、寿命が近いからかもしれないの。もしかすると、はるか昔にはもっと交流があったのかもしれないの」

「ふうん。まあ、ありそうな話だな」

と、そこでぼくは、後ろを振り返った。

「ところでみんな静かだけど、どうした？　疲れたのか？」

「いえ、そういうわけではないのですが……」

ヴィル王がためらいがちに言う。

「僕、ちょっとあの王が苦手で」

「えっ」

「『宮廷内政治にばかり気が向いており、あまりいい君主とは思いません』と、王は仰せでございます」

「なんかネチネチしたいやらしい奴なんだよなぁ！　オレは先王になっても、ぜってぇああはならねぇぞ！」

「えー？　みんなそうなの？　フィリはあの子好きだなー。だって、会ったら必ず趣味のいい贈り物くれるんだもん」

「うーん……？」

どうやら政治家らしい王のようだが……いったいどんな子なんだろう？

三眼（トライア）の王宮は、イスラムの宮殿にちょっと雰囲気が似ていた。

これまでと同じように、蛟でそのまま王宮前に降りる。

ただこれまでとは違い、ぼくらを出迎えたのは武器を持った衛兵ではなかった。

「ようこそ。お待ちしておりました、魔王様」

王宮の前には、身なりの整った者たちが十数名、揃って立っていた。

額には全員、第三の眼を宿している。三眼の民だ。

まるでぼくらの来訪を待っていたかのようだった。

その中でも一際老いた三眼の男が、一歩進み出て言う。

「私は宰相のペルセスシオ。本日の歓待を我が王より仰せつかっております」

ぼくは蛟から降りると、戸惑いつつも笑みを浮かべる老人に訊ねる。

「どうして今日、ぼくが来ると？」

「魔王様が各王にまみえるため、それぞれの種族の地を巡っているというお話は、私どもも聞きおよんでおりました」

「あー……なるほど」

ぼくは合点がいった。

ルルムの里を飛び出してから、もう二日経つ。いい加減、それぞれの種族の諜報部門が情報を掴んでいてもおかしくなかった。

ぼくに次いで蛟から降りてくる王たちに目を向けて、老人が笑みを深める。

「これはこれは。アル・アトス陛下にフィリ・ネア陛下、ヴィルダムド陛下にガウス・ルー陛下、さらにはリゾレラ様までおいでとは……。本日は記念すべき日となりました。さあ、どうぞこちらへ。我が王がお待ちです」

さすがに宰相なだけあって、各種族の王の顔と名前はしっかりと把握しているようだった。

ぼくはほっと息を吐く。最初はちょっと身構えたが、どうやら荒事にはならずに済みそうだ。

老人について王宮へと歩み入っていく最中、傍らでリゾレラがぼそりと呟く。

「……また門番をやっつけられなかったの」

「だからなんでちょっと残念そうなんだよ」

穏便に済んだ方がいいだろうが。

案内されたのは、王宮内にある議事堂のような場所だった。

入るやいなや、何人もの三眼(トライア)に取り囲まれる。

「お目にかかれて光栄です、魔王様。議員のエルパシスと申します。我が一族は古くからの……」

「魔王様、財務官のセオポールです。王都視察の際には、ぜひ我が邸宅に……」

「私は造営官の……」

「初めまして、魔王様……」

どうやら皆、議員や官僚のようだった。

呆気(あっけ)にとられながら彼らの名乗りを聞いていると、奥の席から甲高い声が響く。

「これこれ、落ち着くのじゃ諸君。魔王が困っておるであろう」

ぼくは声の方に目を向ける。

議事堂の最奥に位置する、最も大きな席。そこに座っていたのは、三眼の少女だった。

見た目はリゾレラと同じか、さらに下といったところか。朽葉色の長髪を真ん中分けにしており、額には第三の眼が収まる縦の瞼が見える。

少女は尊大な笑みを浮かべながら続ける。

「魔王は余に会いに来たのじゃ。のう、じぃや？」

「その通りでございます、我が王」

話を向けられた宰相のペルセスシオが、一同に呼びかける。

「諸君、どうか今は控えられますよう。懇親の席は後ほど設けますので」

「おっと、これは失礼を」

「まさか私の代で魔王様のご降臨に立ち会えるとは思わず、つい」

「年甲斐もなく興奮してしまいましたな」

「はっはっは！」

ペルセスシオの言葉に、一同が沸く。

なんだか朝廷での宴席を思い出すような流れだった。絶対に皆、腹に一物抱えている。

薄ら寒いものを感じていると、三眼の少女が席から飛び降り、こちらへ駆け寄ってきた。

正面からぼくを見上げるその背格好は、ずいぶんと小さい。三眼は寿命が人間とほぼ変わらないから、おそらく見た目通りの年齢だろう。

少女はふと、ペルセスシオに顔を向けて言う。

「ほれ、じぃや。魔王に余を紹介するのじゃ」

「ええ。魔王様、こちらは我らが王、プルシェ陛下にあらせられます」

「此度（こたび）の降誕、誠に慶（よろこ）ばしく思うぞ魔王よ」

「はあ、どうも……」

ぼくは少女が差しだしてくる小さな手を握り返す。

プルシェ王は、なんだか生意気そうな笑みで言う。

「祝いの言葉が遅くなったことを許すがよい。できれば十六年前に伝えたかったのじゃが……余はその頃まだ、この世に生まれ落ちていなかったのじゃ。むははっ」

一同が沸く。

薄ら寒い流れに微妙な表情になっていると、プルシェ王がなおも続ける。

「そなたは今、種族の内情を知るため、そして王を集めるために各地を回っているのじゃったな」

「あ、ああ……一応そういう流れだけど」

「三眼（トライア）の内情ならば、じぃやに訊くがよい。余が直々に教示したいのはやまやまじゃが、うむ、実のところ内政とかよくわからぬのじゃ。未だ余は幼く、まだまだ勉強中の身であるゆえ」

「……」

「その点、じぃやは頼りになる。長く宰相を務めているからの。ここにいる狸（たぬき）どもも、じぃやには皆一目置いていて、言うことを聞くのじゃ」

「おやおや陛下、狸とは心外ですな」

「ここにいる者は皆、真に種族のことを思っているというのに」

「うむ、そういうことにしておこう。よいな、じぃや」

「かしこまりました、陛下」

ペルセスシオがうやうやしく礼をする。

王にへりくだってはいるが、どうやら政治の実権はこの宰相が握っているようだった。

「魔王よ。誠に惜しく思うが、余はそなたに同行できぬ。内政がわからぬ以上意味がないこともあるが、なにより余は王として、この地を離れることはできぬのじゃ。たとえこのように、形ばかりの王であっても」

「……」

「代わりといってはなんじゃが、餞別(せんべつ)を用意した。持って参れ」

プルシェ王が言うと、使用人の一人が盆に載せた袋を運んでくる。

そのまま差し出されたので受け取ると、袋はずっしりと重かった。

ちらと中を覗き見ると、黄金の輝きが目に入る。

「うわ……」

どうやらすべて金貨らしい。これだけで相当な額になるだろう。

「先の路銀には十分じゃろう」

どこか満足げに、プルシェ王は言う。

「今日はこの地に滞在するがよい。宴席も用意してあるからの。ちょうどよい機会じゃ、余も他の王らと旧交を深めることとするか。むはははははっ」

機嫌良く笑うプルシェ王。

その手を、不意にリゾレラは掴んだ。

「んあ？」

「ダメ」

表情を変えないまま、リゾレラは言う。

「あなたも来るの」

「へ？」

「魔王様は、すべての王が一堂に会することをお望みなの。だから、あなたも一緒に行くの」

「……いやじゃっ」

手を掴まれたまま、プルシェ王は一歩後ずさる。

「余は行かんぞっ！　使節団が同行してもよいのなら、うむ、考えなくもないが……」

「ダメ。あなた一人で来るの」

「いやじゃいやじゃ！　余の身になにかあったらどうする！　一度金を受け取ったであろうがっ！　余は認めんぞ！」

「あなたは認めざるを得ないの」

「な……なにをするつもりじゃ」

そこでリゾレラの顔に、ほんの少しだけ、機嫌のよさそうな笑みが浮かんだ。

「ドラゴンでこの王宮、木っ端微塵にしてやるの」

数瞬の静寂の後、議事堂が沸いた。

「はっはっは！　それは恐ろしい！」

「よもやこの記念すべき日に王宮最大の危機が訪れるとは」

「リゾレラ様は冗談がお上手ですな」

議員らの笑声も、にこりともしないまま沈黙を保つぼくとリゾレラの前に、徐々にしぼんでいく。

やがて議事堂内が静まり返った頃、ペルセスシオがおもむろに言った。

「……もしや本気なのですかな？」

「いーやーじゃーーっ‼」

一刻後。ぼくらは再び空の上にいた。

蛟には新たに、三眼(トライア)の王プルシェが乗っている。

「余は降りるーっ！　国に帰すのじゃーーっ！」

そのプルシェ王は、蛟の背にしがみついてわめいていた。

どうやら本当に来たくなかったらしい。

「……こんなに嫌がられるのは初めてだな」

なんだか申し訳なくなってくる。

「なあ。この子やっぱり返してこようか？」

「いいの」

リゾレラに訊ねると、彼女は無慈悲にも首を横に振った。

「ちょっとわがままなだけだから、気にすることないの」

「わがままなわけなかろうがっ‼」

聞こえていたのか、プルシェ王が叫んだ。

「王がこのようなっ、誰も味方のいない場所に一人きりなど、あ、ありえんじゃろうっ！　せめて使節団を同行させんかっ！」

「ほら、わがままなの」

「加えて言うがリゾレラ！　余は初めに同行せぬと伝え、その後差し出した金を魔王は受け取ったのじゃ！　一度飲んだ要求を無理矢理反故（ほご）にするなど外交儀礼としてありえんじゃろうがっ！」

「そんなの知らないの」

リゾレラはつんと答える。

「魔王様の圧倒的力の前に、儀礼なんて意味を為（な）さないの」

「んあーっ‼」

プルシェ王が頭を掻きむしってわめく。

「んもう、うるさ～い。あきらめなよプルシェ。フィリだって同じように連れてこられたんだから。ほら景色見なよ。いくら積んでもこんなの買えないよ」

「『魔王様と共に行けることを、もっと誇りに思うべきではないか』と、王は仰せでございます」

「やかましいわ！　守銭奴獣人に舌纏れ悪魔がっ！　そなたらの感覚がおかしいのじゃ！」

「いい加減にしとけよアホ女」

うんざりしたように言ったのは、ガウス王だった。

小柄な三眼の王を見下ろすようにして言う。

「外に出るいい機会じゃねーか。王宮の中で政治ごっこしてるだけじゃいつまで経っても真の王にはなれねーぞ」

「はああっ？」

「オレはバカだから難しいことはわからねーが、お前の普段やってることが空っぽだってことくらいはわかる。そろそろ中身のあることをしろよ」

「そ、そなたが余に政を語るなっ！　このデクノボー！」

蛟の上は、さらに賑やかになる。

ふとヴィル王が静かなので振り向いてみると、愚かな言い争いには参加せず、黙々と本を読んでいるようだった。

ぼくは前方を向き直って呟く。

「さて、最後は黒森人（ダークエルフ）か」

「方角はこのまま真っ直ぐでいいの」

横からリゾレラが言う。

「でも……ちょっと遠いから、夜になっちゃうかもしれないの」

「まあ仕方ないさ」

目的地を見失いやすいから速度を落とす必要はあるが、夜であっても蛟は飛べる。

みんなが疲れていないかの方が心配なくらいだった。

ぼくはリゾレラに訊ねる。

「黒森人（ダークエルフ）の王は、どんな子なんだ？」

「うーん……賢くて常識的な、普通の子なの」

それだけ聞くとまともな王様のような気がするが、リゾレラの表情は少々曇っていた。

「でも、それだけに……黒森人（ダークエルフ）の中では苦労しているかもしれないの」

黒森人（ダークエルフ）の王都に着いたのは、日が沈みそうな時分だった。

「なんというか……まさに想像していた通りの街だな」

ぼくは王都の様子を眺めながら呟く。

黒森人（ダークエルフ）の王都は、森と一体化した都市だった。

中央にそびえる一本の巨大な樹木。その根元から広がるように、木々と共に家々が建ち並んでいる。

森人（エルフ）はこのような集落を作るのだと聞いたことがあったが、文化の近い黒森人（ダークエルフ）も同様だったらしい。

「じゃあ、毎度のように降りるとするか」

「待つのじゃ魔王よ、まさかここでもこのドラゴンで直接王宮へ向かう気なのか？」

焦ったようなプルシェ王に、戸惑いつつも答える。

「そのつもりだけど」

「よせ。悪いことは言わぬ。王都の外に降り、徒歩で向かうのじゃ」

「えー、時間がかかりそうだなぁ」

王宮があるのは、街の中心である巨樹の根元だ。

思わず渋ってしまうが、プルシェ王は譲らない。

「そなたはわかっておらぬ。ドラゴンは、どんな種族にとっても脅威なのじゃぞ。いきなり街にやって来たこれを見て、奴らがどんな行動を起こすか……」

「大丈夫さ」

本から顔を上げて言ったのは、ヴィル王だった。

「君たち三眼（トライア）が把握していたんだ。当然黒森人（ダークエルフ）の者たちも、魔王様が各地を巡っている情報は掴んでいるはずさ。いきなり攻撃してくることはまずない」

「むぅ……そうかもしれぬが……」

一理あると思ったのか、プルシェ王が黙った。

ぼくは笑みを作る。

「まあ、これまでに何度も襲いかかられてるからな。そんなこと気にするのも今さらだ」

そう言って、ちらとリゾレラを見た。

賛同してくれるかと思ったのだが、神魔の少女は険しい顔をするばかり。

「あれ？　どうした？」

「……黒森人（ダークエルフ）だけは、ちょっと事情が違うの」

リゾレラはぽつりと言う。

「ここは、軍部が強い種族なの」

リゾレラの言っていた意味は、すぐにわかった。

巨樹の根元に築かれた、樹の王宮。

そこでぼくらを待ち構えていたのは――剣や弓で武装した、多数の兵だった。

「そこにおわすは、魔王様にあらせられるか‼」

まだ降りきる前に、指揮官らしい女性の黒森人（ダークエルフ）が大声で叫んできた。

ヴィル王が予想していたとおり、黒森人（ダークエルフ）たちもぼくらが来ることは予期していたらしい。

できればもうちょっと近づいてからにしてほしかったのだが、攻撃されても困るので仕方なくぼくも叫び返す。

「そうだ‼」

「交戦の意思がないならば、ドラゴンを街から離されたし‼」

「えー……？」

ちょっと困ったが、まあ理解できなくもない要請だった。

ぼくは叫び返す。

「わかったから、少し待て‼」

蛟を地表ギリギリにまで降下させると、いつものように《碧御階(あおみはし)》による翠玉の階段で王たちを降ろす。

それから、一枚のヒトガタを蛟に向けた。

「――ओम् पञ्च षोडश चतुर्दश अष्ट षट् एकम् निक्षेप सकल स्वाहा」

空間の歪みに、龍の巨体が吸い込まれていく。

その様子を、指揮官や兵たちが唖然(あぜん)として眺めていた。

「しょ、召喚魔術の類か……？」

「これでいいか？」

「……問題はない」

指揮官の黒森人(ダークエルフ)が、気を取り直したように告げる。

「魔王様へお訊ね申し上げる。現在、貴公がドラゴンと共に各種族の地を巡り、それぞれの王を連れ出しているという情報が我らに届いている。これは真実か」

「まあ、一応……その通りだけど」

「ならば、率直に申し上げる。我らの王を、護衛部隊の同行なしに連れ行くことは認めかねる」

「……なぜだ？」

訊いていて、馬鹿な問いだなぁと自分でも思う。なぜも何もない。普通ダメに決まってる。

案の定、指揮官は言う。

「我らの法に反する。安全の面からも懸念があり、許容しかねる」

だよなぁと思っていると、指揮官はさらに続ける。

「また我ら種族の方針は、王の意思を議会が承認する形で決定される。議会なき状況にて、何らかの事柄が決定されるような事態は承服しかねる」

「……ぼくはただ、君たちの抱える事情を王から聞きたいだけなんだけど」

「承服しかねる。黒森人(ダークエルフ)の内情ならば、特使として派遣したガラセラ将軍から聞かれたし」

「……」

ルルムの里に戻り、代表から聞けということらしい。

もっともと言えばもっともなのだが……ぼくは一応、食い下がってみる。

「せめて挨拶くらいはさせてもらえないだろうか。其の方らの君主の顔も知らないまま魔王を名乗るのは気が引けるし、ぼくらとしてもここまで来た甲斐がない」

「王は現在、王宮を空けている。行き先については護衛計画に差し障る都合、機密となっている。理解されたし」

「……」

取り付く島もなかった。

不在なんて絶対嘘だろうが……これ以上は粘ったところで王に会えるとは思えない。

軍部が強いというのは本当だったようだ。仮にも魔王に対してここまで拒絶できるのは、徹底して統一された意思と、何より武力が背景にあるためだろう。

仕方ないか、とぼくは思う。

さすがのリゾレラも、ここは諦めるだろう。こんな状況で『ドラゴンで木っ端微塵にする』なんて言ったら、何をされるかわからない。

そう思って帰る旨を指揮官に伝えようとした、その時。

「……セイカ。樹の上を見てほしいの。ばれないように」

不意に、リゾレラが耳打ちしてきた。

思わず問い返す。

「えっ、何？」

「人がいるの。見える？」

ばれないようにということだったので、飛ばしていた式神の視界で確認する。

注意深く見渡すと——確かに、いた。

かなり上の方から延びる枝に、浅黒い肌に金髪の、黒森人（ダークエルフ）の少年が立っている。

「あれ、王なの」

「はあ？」

「黒森人（ダークエルフ）の王の、シギルなの」

「嘘だろ……」

「きっと待っててくれたの。あそこまでこっそり迎えに行くの。いい、セイカ？」

なんだそりゃと思いながら、恐る恐る指揮官へと向き直る。

黒森人（ダークエルフ）の女軍人は、ひそひそ声で会話するぼくらを訝しげに見ていた。

「あー、えーと……それなら、帰ろうかな……なんて」

「……そうか。ご理解、感謝申し上げる」

ぼくがそう言うと、黒森人（ダークエルフ）の指揮官は姿勢を正す。

「どうか誤解なきようお願い申し上げる。我ら黒森人（ダークエルフ）は、魔王様に対し恭順（きょうじゅん）する意思を持っている。此度の非礼も、我々の本意ではない」

「そ、そうか……」

「魔王軍結成の際には、我らの全精鋭が加わる方針でいる。他のどの種族よりも勇猛に戦い、多くの戦果を上げることを約束しよう。そして――」

そこで指揮官は、わずかに間を空けて言った。

「――五百年前、我らと森人（エルフ）とが袂（たもと）を分かつ前の……かつての魔族の在り方に戻れることを、心から願っている」

「……」

この指揮官は、ひょっとするとかなり上の立場なのかもしれなかった。

そうでなければ、種族の意思をなかなかここまで語れないだろう。

「……わかった。えーっと、じゃあ帰るにあたってドラゴンをまた喚ばないといけないんだけど、いいか?」

「必要性は認識している。問題ない」

ぼくは再び蛟を位相から出すと、また階段を作って王たちを乗せていく。

「はい、早く乗って乗って…………えっと、そうだ。最後に一ついいだろうか」

「なんだ?」

「その……帰りに少し、この樹を見物していきたいんだ。こんなに大きい樹は人間の国にはなくてね。ドラゴンで近くを飛ぶだけなんだが、問題ないだろうか」

ぼくがそう言うと、指揮官はわずかに口元を緩めた。

「問題ない。むしろ魔王様にはぜひご覧になっていただきたい。この神樹は、我らの精神的な拠り所にして誇りでもあるのだ」

「そ、そうなのか。ではそうさせてもらおうかな……」

ぼくは蛟に離陸の指示を出すと同時に、ヒトガタを先導させて神樹の周りを遊覧飛行させる。

そしてそのまま、さりげない動きで王のいる付近へと誘導していく。

妙な指示に、蛟もどこか不審そうな様子だ。

「……な、なあ。あそこにいるの、本当に王なのか？」

「そうなの」

リゾレラははっきりとうなずく。

やがて黒森人(ダークエルフ)の少年が立つ枝の真下にまで来ると、その少年が大きく手を振ってきた。

「おーいっ！　こっちこっち！」

蛟の頭を慎重に寄せていく。

十分に近づいたその時、少年が枝から飛び降りてきた。蛟の上に、倒れ込むようにして着地する。

「うおっと……！　ふぅー、うまくいったぁ」

笑顔を浮かべるその少年は、間近で見るとかなりの美形だった。

肌こそ浅黒いものの、尖った長い耳、輝くような金髪に整った顔立ちと、容姿の特徴は森人(エルフ)とよく似ている。

確か王たちは皆、ぼくよりも年下だったはずだ。

しかし、シギル王の見た目は人間の十代と変わりない。どうやら長寿だからといって成長が遅いわけではないらしい。

シギル王は足元の蛟を眺めて、感心したように言う。

「しっかし、マジでドラゴンをテイムしているんだなぁ……あっ、そちらが魔王様？」

「ああ。セイカ・ランプローグという。なんだか、ずいぶんな顔合わせになってしまったな」

「ははっ、ほんとうにな。まったくおれは囚(とら)われの姫かっつーの！　いや参ったよ。軍のやつら、魔王様が王を訪ねて回ってる噂を知ってすげー慌てて、おれのこと軟禁し始めてさ。いやいやそれはまずくね？　って思ってなんとか脱出したんだけど、はあー苦労した」

「それは……大変だったな」

いくらぼくが原因とは言え、軍部が王を軟禁とは穏やかじゃない。

シギル王を取り巻く状況は、あまりいいものではなさそうだった。

ぼくが深刻そうな表情をしたためか、黒森人(ダークエルフ)の少年が慌てたように言う。

「あ、いや、そんな顔されるほどのことでもないぞ？　おれがまだ若いせいで、あいつらも心配してるだけなんだよ。黒森人(ダークエルフ)の歴史の中でも、おれくらいの歳で王になったやつっていなかったみたいでさ……あっ、そういえば魔王様も、おれらと歳近いんだっけ？」

「ええと、たぶん。今年で十六になる」

「マジ？　おれ十五！」

「……そんなに若い黒森人(ダークエルフ)がいるなんて、なんだか不思議な気分だ」

「うわー、いかにも人間が言いそうな台詞！　おれらだって生まれた時から百歳や二百歳じゃないんだからなー」

快活に笑う様子は、普通の少年のようだった。

リゾレラが普通の王と言っていた理由が少しわかった気がする。

「久しぶりなの、シギル」

「あっ、リゾレラ様！　どうもっす！　やっぱ全然変わんないんすねー……。ってかみんなもいるんじゃん。なんだよ、おれ最後だったのかよ」

シギル王は、他の王たちを見回しながら朗らかに言う。

「そなたにしては、今回珍しく無茶したのう。シギル王よ」

「いや仕方なかったんだよ。こっちにもいろいろ事情はあるけどさ、魔王様を門前払いにするのはまずいだろって、常識的に。つーかプルシェ、てっきりお前はいないと思ってたよ。意地でも王宮から出ないだろうなぁ、って」

「余だって来とうなかったわ！」

「うーっすシギル！」

「ようガウス！　お前またでかくなったんじゃないか？」

「うれしいこと言ってくれるじゃねーか！　また剣術ごっこでもやるか⁉」

「勘弁してくれよ、もう敵わねーって……」

「バカに付き合うことはないよ。久しぶりだね、シギル」

「ヴィル！　おいおいなんだよ、眼鏡かけるようになったのか？」

「ああ。本の読み過ぎか、少々視力が落ちてしまってね」

「相変わらず鬼人（オーガ）らしくねーなぁ。ま、そこがお前のいいところなんだけどな」

「やっほ〜、シギル」

『友よ、今この時に再会できたことが嬉しい』と、王は仰せでございます。シギル陛下」

「よっ、フィリ・ネア！　コレクション増えたか？　ってかアトス、おれには普通に喋れよなー。セル・セネクルさんが毎度大変だろ」

シギル王は、他の王たちと親しげに言葉を交わす。

「……ずいぶん、みんなと仲が良いんだな」

「えっ？　ああ」

ぼくが思わず呟くと、シギル王は軽く頭を掻きながら言う。

「いやぁ……おれらってさ、境遇似てるじゃん？　種族は違うけど、みんな似たような歳で王様なんてやってて……。当たり前だけど、周りにそんなやついないからさ。だから顔を合わせる機会は少ないけど、なんとなく仲間っつーか、戦友みたいに感じてるんだよな。おれ、時々考えたりするんだぜ？　あいつら今頃なにやってるかなー……とか。みんなもそうだろ？」

シギルが話を向けると、王たちが口々に答える。

「ふん。余はそんな湿っぽい感情は持っておらん。王同士であるから付き合っているだけじゃ」

「僕も、まあそこまではありませんね……」

「う～ん、フィリはちょっとそれキモいなって思う」

「『とても心苦しいが、王である以上は友に対しても相応の距離感を保つよう努めている』と、王は仰せでございます」

「えーっ⁉　ひでぇ！　仲間だと思ってたのおれだけ⁉」

「オレは戦友だと思ってるぜ、シギル！」

「ガウス～、お前だけかよぉ……なんかそれはちょっとやだなぁ」

「どういうことだ、おい⁉」

王である少年少女たちが、わいわいと騒ぎ出す。

ぼくはふと、シギル王の言っていることは本当なんだろうなと思った。

口では否定しているプルシェ王たちも、きっと心の奥底では似たような気持ちでいるのだろう。

「セ、セイカ。そろそろ行くの」

ふと、リゾレラがぼくの裾(すそ)を引っ張って言った。

「ドラゴンが目立つから、黒森人(ダークエルフ)たちが集まって来てるの。いつまでもじっとしてると変に思われるの」

地上に目を向けると、確かに人だかりができているようだった。

同じように下を見たシギル王が焦ったように言う。

「やべっ。早く逃げよーぜ魔王様」

「あ、ああ……だが、いいのか？」

ここまで来ておいてなんだが、ぼくは思わず訊ねる。

「いきなり王が消えたら、さすがにまずいんじゃ……」

「大丈夫！」

シギル王は爽やかな笑顔で言った。

「ちゃんと書き置きを残してきたからさ！」

「すっかり夜になっちゃったの」

緩やかに飛行する蛟の上で、リゾレラが呟く。

その言葉の通り、辺りには闇が満ちていた。今日は曇りだったせいで、二つの月明かりさえも地表には届いていない。

周囲をぼんやりと照らすのは、灯りのヒトガタが発する淡い光だけだ。

ここまで暗いと、蛟で速度も出しづらい。

菱台地の里に戻る頃にはずいぶん遅くなってしまうが、それでも仕方なかった。

「……フィリ、眠い」

フィリ・ネア王が白い毛並みの手で目をこすりながら言う。

「こいつなんてもう寝てるぜ！」

ガウス王の言葉に振り返ると、プルシェ王が座ったままがっくりと頭を垂れている。眠っているようだった。

「ドラゴンに乗って楽できているとはいえ、それでも長旅は疲れるものですね」

ヴィル王が首の辺りを押さえながら言う。

鬼人(オーガ)が言うのだから、きっと他の子らにとっても同じだろう。

「うーん、なるべく早く着くようにはしたいんだけど……」

かの世界では日が沈んでからもサギの仲間やコウモリが飛んでいたので、夜の空を急いでいた際に顔面に激突してきてひどい目にあったことがあった。

魔族領の空はどうなのか知らないが、王たちを乗せている以上、安全を考えるとあまり無茶はできない……。

「……あっ」

と、そこで、ぼくは思いついた。

曇天の夜でも明るい場所がある。

「これから雲を抜けるから、みんな掴まっていてくれないか」

「えっ？」

一同の困惑する声を受けながら、ぼくは蛟を駆り、上昇を始めた。

そしてそのまま、上空を覆う雲へと突入する。

ひんやりとした闇を抜け――――そして。

「わぁ……！」

誰かが、感極まったような声を漏らした。

眼下には、月明かりに照らされた雲海が広がっていた。

上を見ると、あの曇天が嘘だったかのように、満天の星が瞬いている。

「さすがに、こちらの空の上は綺麗だな」

月が二つある分、雲の平原が美しく浮かび上がっている。

前世でたびたび見た夜の雲海よりも、ずっといい眺めだった。

「ここなら鳥もいないから、もっと早く飛べると思う。ただ、まもなく初夏とはいえ少し寒いな。もし我慢できなそうなら言ってくれ」

誰の言葉も返ってこない。

振り返ると皆、目の前の光景に見入っているようだった。

先ほどまでうとうとしていたフィリ・ネア王も、寝入っていたプルシェ王も、いつのまにか目を大きく見開いて、延々と続く雲海と星空をじっと眺めている。

ぼくはふと笑って、同じように景色を見つめ続けるリゾレラへと問いかけた。

「空を飛んだことがあると言っていたけど、雲の上に出たことはあったかい？」

リゾレラは、静かに首を横に振った。

「はじめてなの」

それから、じっくりと思いを込めたように、小さく呟いた。

「……きっと、ずっと忘れないの」

樹蝋泡の術

松脂の接着剤で固める術。主成分の一つであるテレビン油が揮発することで、樹脂であるロジンが固化し、接着作用を発揮する。

第二章　其の一

すべての王を集め終えた、その翌日。

「……ここが、そうなのか」

ぼくは、古びた巨大な城を前にしていた。

帝国の城とは建築様式が違う。なんというか、禍々しい造りだ。

『ええ、その通りです魔王様』と、王は仰せでございます」

アトス王の言葉を伝える、銀の悪魔が言う。

「これこそが、魔王城です」

なぜそんなところにいるのかというと。

「……拠点を移せないかな」

昨日。

夜の空を飛び、王たちと共に菱台地の里に戻ったぼくは、今後どこに滞在するべきか悩んでいた。

「ここにいればいいの。ワタシがいればなにも不便はないの」

リゾレラはそう言っていたが、できればそうしたくない事情があった。

「……どうも、見られてる気がするんだよな」

確証はないが、おそらくこの勘は当たっていた。しかも日を追う毎に、監視の目は強くなっている気がする。

そもそも神殿という権力を持つ組織のお膝元で、ここそこ話し合いをするなど無理があった。特に各種族の王族と魔王などという、誰もがその動向を気にする者たちであればなおさらだ。

「そうかもしれないけど……別に気にする必要はないの。聞かれて困る話をするわけでもないの」

「なんとなく嫌なんだよ。権力者連中に嗅ぎ回られるとろくなことにならない」

神殿と関わりが深いであろうリゾレラは不満そうにしていたが、前世での経験があるぼくは譲る気になれなかった。

と、その時。

「ん？」

つんつんと、アトス王がぼくの腕を突っついてきた。

それから、従者である銀の悪魔に耳打ちする。

「はい、はい……。『それならば、魔王城はいかがでしょう』と、王は仰せでございます」

「魔王城？」

「『前回の魔王が築き、居城としていた建物です。あそこならば住んでいる者はおりませんし、何より――』」

そこで銀の悪魔は、わずかに間を空けて言った。

「『魔王様のご滞在にふさわしいかと』と、王は仰せでございます」

◆　◆　◆

そうして翌日の午後。

準備を整えたぼくたちは、さっそく魔王城へとやって来たのだった。

「え～、こんなところに泊まるの～？　フィリ、廃墟(はいきょ)なんていや！」

「まさか五百年前に建った廃城が今晩の宿とはの。まるで浮浪者のようじゃ。余の格も、ついにここまで落ちてしまったか……」

不満たらたらのフィリ・ネア王とプルシェ王に、アトス王は少しムッとした様子で従者に耳打ちする。

「『かつての魔王城になんてことを言うのか。それに、ここは決して廃墟などではない』と、王は仰せでございます」

その意味は、城に入ってすぐわかった。

「思ったより綺麗なんだな」

埃(ほこり)も少なく、しかもあちこちに修繕された跡まである。

明らかに人の手が入っているようだった。

「ここは、実は観光地でもあるのです」

銀の悪魔が言う。

アトス王に耳打ちされてはいないので、この従者自身の言葉であるようだった。

「旅の魔族が今でも時折訪れます。そのため、近くにある悪魔族の村の者が定期的に手入れしているのです。旅の者は必ずその村に滞在することになるので、魔王城へ訪れる者が増えれば、それだけ村が潤うということでしょう」

「うわぁ、すごい現金な理由……」

魔族にとって歴史ある遺産だから……みたいなわけでは全然なかったらしい。

フィリ・ネア王が瞳を輝かせる。

「へ～、ここ観光資源だったんだ！　その村の人たち頭いいんだね！　フィリ、そっちの方が気になる！」

「まあ……このくらいなら許容範囲かの」

キョロキョロと城内を見回すプルシェ王も、どうやら機嫌を直したようだった。

シギル王が、ヴィル王とガウス王に言う。

「おれ……実はけっこうわくわくしてるんだよね。非日常って感じでさ。お前らは？」

「オレもだ！　集落から外れていて兵もいない、警備もクソもない城だが、モンスターが襲ってきてもオレが守ってやるから心配するなよな！」

「僕、魔王城は一度自分の目で見てみたいと思っていたんだ。だから来られただけでも満足だ

よ」

少年王らも楽しそうにしている。

ぼくはふと、城の内装をじっと見つめるリゾレラに目を向けた。

「君も初めて来るのか？」

リゾレラはぼくに向き直ると、首を横に振り、静かに答える。

「もう、何度も来ているの」

「ふうん。そうなのか」

意外と旅好きなのかもしれない。

物品は位相に入れて運ぶことができるので、けっこうな荷物を持ち込めた。

全員で手分けして滞在の準備を整えた、その夜。

「さて、疲れているところ悪いが」

簡単な食事を終えたぼくらは、魔王城の円卓を共に囲んでいた。

灯りのヒトガタが室内をぼんやりと照らす中、ぼくは言う。

「できればぼくも、なるべく早く魔族の内情を知っておきたい。今日は軽くでかまわないから、いくつか君たちに教えてほしいことがある」

あまりもたもたしていると、また妙な連中に嗅ぎ回られかねない。

もう日が沈んでいるからあまり長話はできないが、問題の全体像だけでも把握しておきたかった。

やや緊張した様子の王たちがうなずくのを待って、ぼくは再び口を開く。

「この場で言いにくいことがあれば言わなくてもいい。後で個別に訊くことにする。では、順番に行こうか。まずはシギル王」

「あ……おれからか」

黒森人(ダークエルフ)の少年王が姿勢を正す。

「君ら黒森人(ダークエルフ)の代表、ガラセラ将軍はずいぶん帝国への侵攻に積極的な様子だった」

「あー、だろうなぁ……」

「それを種族の意思であるとも言っていた。だが歴史上、黒森人(ダークエルフ)がそこまで人間と争っていたことはなかったはずだ。それなのに、どうして君らはそれほど強硬に侵攻を主張するんだ？　軍部が実権を握っているようだが、いったいどんな大義がある？」

「それは……はぁ」

シギル王が頭を掻く。

「……一言で言うと、森人(エルフ)との関係が問題なんだよ」

「森人(エルフ)との？」

「なあ。魔王様は森人(エルフ)のことは知っているか？」

「……ああ。会ったことがある。前回の魔王と勇者誕生時に、矮人(ドワーフ)と共に魔族軍から離反して独立領を作ったことも聞いている」

「会ったことがあるなら話が早い。それじゃあ、おれらと森人ってなにが違うと思う？　あ、人間との関わりって部分以外で」

シギル王の問いに、ぼくは少し考えて答える。

「それは……肌の色と……悪いが、君らの文化に詳しくなくて他に思いつかない」

「いや、それでいいんだよ」

シギル王は、苦笑を漏らしながら言う。

「それくらいなんだ、おれらの違いって。だから五百年以上前、おれらは一つの種族みたいなものだったんだ」

シギル王は続ける。

「同じように森に感謝し、同じように精霊と共に生きてきた。肌の色は違うし、暮らす集落も別々だったけど、同じ価値観を共有する同胞だと思っていたそうなんだ。何千年もの間な。ただ……人間が勢力を増すにつれ、それは変わっていった」

「……」

「黒森人が人間との関わりを断っていた一方で、森人は逆に、少しずつ交流を深めていったんだ。小国ではあるが、王族に取り入っていた集落もあったと聞いてる。もしかしたら……おれらよりも、肌の色が人間に近かったからなのかもしれないな」

シギル王は淡々と話し続ける。

「だから五百年前、人間の領土へ侵攻しようとしていた魔王に、森人たちは反発して離反した。んで……古来から同胞だったはずのおれたちは、バラバラになっちゃったってわけだ」

「事情はなんとなくわかったが……それが今回の侵攻とどう関係するんだ？」

「おれらはさ、森人たちの独立領を併合したいんだよ」

シギル王は表情を変えないまま答える。

「今の森人と黒森人はあるべき姿じゃないって、みんな思ってるんだよな。独立領を武力で併合すれば、森人たちの目もきっと覚める。そうすればかつての、おれたちのあるべき姿に……一つの種族に戻れるって、そう考えてるんだよ、みんな。だから人間との戦争はただの口実。いざ開戦したら、頃合いを見て独立領の戦略的重要性を主張して、そっちへの侵攻を主張するだろうぜ。軍の連中は」

「そうだったのか……」

種族の歴史やら主義やらが絡んで、想像以上にややこしい事情だった。

「その……君自身は、どう思ってるんだ。やはり独立領を併合して、一つの種族に戻るべきだと考えてるのか？」

「……いや。アホくせーって思うよ」

シギル王が苦笑する。

「考えてもみてくれよ。おれが生まれる前から、森人と黒森人はこうなんだぜ？　元が一つだったとか知らねーっての。っていうか、今や当時を知る黒森人なんて二、三人しかいないから、お

れと同じように感じているやつは市井にもきっと多いぜ。それに……昔に戻れれば全部解決する
なんて考え方は、正直理解できないよ」

「それなら……」

「ただ、それを大事だと感じてるやつらの気持ちは、馬鹿にしたくないんだ」

シギル王は真剣な声音で言う。

「おれ、これでも王様だからさ。臣民の思いはないがしろにしたくないんだよな」

「……」

「おれは一つの種族に戻るべきとも思わないが、戻らないべきとも思わない。『こうであるべき』なんてものはないんだと思ってるよ。……あー、これで答えになってるか?」

「……ああ。なんとなくわかったよ」

「そうか、よかった。ま、実権のないおれが何偉そうに語ってんだって感じだけどな」

シギル王は、そう言っていくらか明るい笑みを浮かべた。

「ただ、軍部としては今の権勢を維持したいから、戦争で自分らの重要性を高めたいって思惑もたぶんあるんだよな。だから実は種族の問題だけで語れる話でもないんだ」

「や、ややこしそうだな。それはまた明日以降に聞かせてもらうよ……。それじゃあ次は、プルシェ王」

「む、余か」

三眼(トライア)の少女王が目をこすりながら反応する。

どうやら眠たいらしかった。

「先にも言ったが、余は内政などよくわからぬぞ？」

「答えられる範囲でかまわない」

また重たい事情が来たらどうしようと身構えつつも、ぼくは訊ねる。

「代表のパラセルス殿は、侵攻に対して強い否定の立場を取っていた。それはなぜなんだ？」

「そのようなことは簡単じゃ。三眼の民は弱いからじゃな。戦争なんて勘弁願いたいのじゃ」

プルシェ王の言葉に、ぼくはわずかに眉をひそめる。

「邪眼という異能を持ちながら、弱いとはどういうことだ？　邪眼の呪詛は専用の護符や印で対策しない限り、普通は防ぐことすら難しいはずだが」

「詳しいのう魔王よ。確かに我らは強い。狩猟や一対一での決闘ならば、他の種族にも決して引けを取らぬ。しかし……戦争は別じゃ」

首を傾げるぼくに、プルシェ王は続ける。

「自ずと集団戦となるであろう。そうなれば邪眼の優位は失われてしまう」

プルシェ王は自らの額に指を当て、その邪眼が収まる縦の瞼をわずかに開く。

「我らはこの第三の目で見つめ、敵の動きを止める。卓越した者ならば、鼓動をも止め死に至らしめたり、身体を石に変えてしまえるとも聞くの。しかし、集団戦となればそうもいかぬ。視線は周りに釣られ、どうしても一人の敵に集中することが難しくなる。我らの肉体は他の種族に比べ脆弱じゃ。数で勝る人間に対し、分が悪いと言わざるを得ないのう」

「……あー、なるほど」

なんとなく納得した。

そういえば前世で出会った狩人も、はぐれた鳥を狙うよりも群れの中の一羽を射つ方がずっとやりづらいとこぼしていた。それと似たようなものだろう。

「しかし、それならどうして五百年前は侵攻に参加していたんだ？」

「知らん。余はまだこの世に生まれ落ちていなかったからの」

「……」

「じゃが、想像はできる。おそらく単純に、人間側の侵攻が脅威だったのだろうの。我らは森人や矮人と違って人間との交流もなく、魔王と共に武器を取るほかなかったのじゃ。しかし、今は違う。人間との休戦状態は長く続いており、加えて国が大きく豊かになって生活水準が上がったためか、民の間でも厭戦ムードが濃い。五百年前やそれ以前の大戦の時とは、事情が違うというわけじゃ」

プルシェ王の話を、ぼくは感心しながら聞いていた。

「なるほど、だいたいわかったよ。それにしても、内政なんてわからないと言いながらけっこう語れるんだな」

「この程度なら子供でも語れるわ。財政や産業や社会基盤について詳しく教えろと言われても余はわからぬぞ」

「じゃあ、どうしても知りたくなったらあの宰相殿にでも訊くとしよう。さて次は……ガウス王」

「オレの番か！　よし、なんでも訊いてくれ！」

ガウス王が張り切ったように立ち上がる。

この城は巨人でも余裕で入れるほど天井が高いので、ガウス王が立っていても狭さは感じない。

「オレはバカだから、難しいことはわからねーけどな！」

「そんな堂々と言われても困るが……質問はこれまでと同じだ。代表のエンテ・グー殿が魔王軍への不参加を表明していたのはなぜだ？　話を聞いていた限りでは……前回の戦争がきっかけで、他種族に不信感を抱いていたようだったが」

「ああ……それか」

急に気力が萎えたように、ガウス王が再び席へと座る。

「単純な話だ。五百年前の戦争では、巨人族で死人が多く出た。それを他種族に嵌められて、激戦区になっていた前線に送り出されたせいだって言い張ってる連中がいるんだよ。他種族ってのはまあ、悪魔とか黒森人だな」

「おい、聞き捨てならねーぞ」

シギル王が鋭い声を出すが、ガウス王は煩わしそうに手を振る。

「聞き捨てろ、こんなの。言ってる連中だって、どこまで信じてるかわかったもんじゃねぇ」

「……実際にあったことではなかったのか？」

ぼくが訊ねると、ガウス王が肩をすくめるような仕草をする。

「わからねー。なんせ五百年前だ。森人(エルフ)ですら死んじまってるようなはるか昔の戦争を、はっきり語れるやつなんていねーよ。ただ……たぶんだが、どちらとも言える状況だったんだろーぜ。オレたち巨人の者は、肉体だけなら魔族最強だ。だから……頼られて前線に出張ることもあれば、仲間のために、自ら死地に向かうやつだっていたんだろう」

ガウス王らしくない神妙な語りに、円卓には沈黙が降りていた。

ぼくはわずかに間を置いて訊ねる。

「それなら……どうしてそんな、自分たちの先祖を貶(おとし)めるようなことを言う者がいるんだ？」

「……巨人の者は、争いを好まない」

ガウス王がぽつりと言った。

「いや、争いっつーか……人間や他種族との関わりを丸ごと、好ましくないものだと思ってるんだ。オレたちは体の大きさが違いすぎて、他種族とは食べる物も、使う道具も違う。だから、どうしても閉じた暮らしになるんだが……それをどう歪めて受け止めたのか、巨人は他種族と交わるべきじゃねーんだって考えるやつが少なからずいる……そんなわけねーのにな」

「……」

「人間や他種族が発展する中で、オレたち巨人はずっと昔のままだ。他の種族と比べて人口だってそれほど増えてない。いくら力が強かろうと、変化についていけなければいずれ滅びる。親父にどれだけ言っても聞きやしねーがな。……だからオレは、これが最後のチャンスだと思ってるんだ」

ガウス王が静かに言う。

「かつて魔王軍として戦ったオレたちの父祖のように、人間相手に戦果を立てられれば……いや、他種族と肩を並べて戦う機会でも生まれさえすれば、この失った五百年を取り戻して、巨人族としての発展を始めるきっかけになるんじゃないかってな」

「……」

ぼくは、無言のままガウス王を見つめた。

この少年はぼくの考えていた以上に、王として自らの種族を思い、憂（うれ）えていたようだった。

「……この男は馬鹿ですが、今言ったことは間違っていません。魔王様」

おもむろに口を開いたのは、ヴィル王だった。

「巨人族は閉鎖的で、何より種族としての価値観を極度に重んじます……僕ら、鬼人（オーガ）の者たちと同じように」

「……君たちの代表であるドムヴォ殿は、侵攻には賛成の立場を取っていたな」

「ええ」

ヴィル王が険しい表情でうなずく。

「巨人とは対照的に、僕ら鬼人（オーガ）の者は闘争を何より重んじます。戦いこそが鬼人（オーガ）の生き様であり、法も文化も倫理観も、社会のすべてが闘争を前提として発展してきました」

「……」

「しかし昔に比べ、暴力によって生計を立てることが困難になり、それが求められる機会も減ってきています。侵攻は、富の獲得と種族としての在り方の維持、その両方を達成できる手段です。だから僕の母であるメレデヴァ王太后をはじめ、多くの者が支持しているのでしょう。……まったく、愚かしいとしか思えませんが」

「……。それは、どうして？」

「そんなものは場当たり的な対処に過ぎないからです」

ヴィル王は眼鏡を直しながら言う。

「僕ら魔族の人口が増えたためか、森の大型モンスターは昔に比べ減少しています。またかつては時折見られた魔族間での小競り合いも、今ではほとんどなくなりました。狩人としても傭兵としても稼げなくなり、若年層の職不足が深刻となっています。戦争で一時的に雇用を吸収できたとしても、その後は？　根本的な解決にならなければ、結局元に戻るだけです」

「……」

「鬼人(オーガ)に今必要なのは、暴力を至上と捉える意識の改革です。高度な文化を育(はぐく)み、倫理観を養い、学問を励行し、そして新たな産業構造を築き上げなければなりません。巨人族とは抱える課題が違いますが、変化に適応できなければ滅びるのは僕らも同じです。そのために、人間とは敵対ではなく融和しなければならない。戦争なんてもってのほか。彼らの優れた文化を取り入れることが、僕らの生き残る道となる……。これが、鬼人(オーガ)という種族の内情です」

溜め込んでいた思いを吐き出すように、ヴィル王が言い切った。

重い空気の中、ぼくは短く言う。

「……わかった。ありがとう」

そしてわずかに間を空けて、次の王へと話を向ける。

「それでは次に……フィリ・ネア王」

「えー……フィリにも訊くの？」

フィリ・ネア王は、若干気後れしたように言った。

「フィリに獣人族のことなんて訊かれても、なんにも答えられないんだけど……」

「いや、獣人の事情は、ニクル・ノラ殿の話からなんとなくわかっている。少し確認したいだけだ。ええとまずは……猫人の経済状況が、どうも人間相手の商取引に大きく依存しているような口ぶりだったんだが、それは本当なんだろうか。一応人間と獣人は互いに敵対していて、正式な国交はないはずなんだが」

「それは、うん、ほんとうだよ」

フィリ・ネア王がこくりとうなずく。

「もちろん国とのやりとりはないけど、人間にはたくさん物を売っているし、たくさん買ってもいるよ。人間と直接取引しない猫人でも、扱う商品が最終的にそっちに流れていくことも多いから、人間相手に商売できなくなったら困る人が多いと思う。人間側だってそうなんじゃないかな」

「そう……だな」

帝国にも、魔族領産と銘打たれた物品は少なくない数が流通し、特に工芸品の類は貴族が珍品としてありがたがっていた。

もちろん正式に輸入された物ではなく、すべて民間での私貿易品だ。

何も妙な話じゃない。前世でもぼくが生まれるはるか以前に宋(そう)との国交は途絶えていたが、その後も商人たちの私貿易船は来航し続けていた。

「でも、依存しているのはフィリたちだけじゃないよ」

フィリ・ネア王が続ける。

「神魔の魔道具とか、三眼(トライア)の織物とか、鬼人(オーガ)の採掘する鉱物だって、猫人が買い入れるのは人間に売るためだもん。そういう産業にたずさわる人たちも、人間の市場に依存しているようなものじゃないかな」

「確かに、そうとも言えそうだな。しかしそれにしても……君、全然答えられるじゃないか」

「フィリ、お金のことは詳しいよ。好きだから」

「それなら、こちらは難しいかもしれないんだが……」

ぼくはややためらいながらも、もう一つ問いかける。

「猫人以外の獣人は、商いとは縁遠いまったく別の暮らしをしているとも聞いたんだが、それは本当なのか？」

「……うん。ほんとうだよ」

フィリ・ネア王は少々ふて腐れたように、小さくうなずいた。

「牧畜とか農耕とか、傭兵をやってたりとか……種族によって違うよ。こんなに商人が多いのは、猫人だけ」

「それは……どうして？」

「フィリ、かわいいでしょ？」

唐突に、フィリ・ネア王がにこりと笑って言った。

ぼくは思わず目が点になる。

「は？」

「フィリたちは他の獣人たちと比べて少しだけ人間に好かれる見た目をしていて、愛想が良くて……そしてずる賢くて抜け目なかった。だから、商人に向いてたんだと思う」

「ああ、そういうことか……」

「他の獣人もそうだったらよかったのにね。それなら僻(ひが)まれることもなかったし、フィリたち猫人が王様なんてやらずに済んだのに」

ぼくは無言でフィリ・ネア王を見た。

猫人の少女王は伏し目がちに続ける。

「王様になったってほとんどいいことないのに、お金があるから引き受けてただけなのに、文句ばっかり言われて……パパもほんとうに苦労してた。しかも魔王様が戻ってきたら、今度は戦争を始めろだなんて……ばかみたい」

「……ニクル・ノラ殿は侵攻に反対していたが、やはりそうでない獣人もいるのか？」

「うん……みんな、戦ってなにかを奪ったら、豊かになると思ってるみたい。猫人の中にだって、戦争に賛成してる人はいる」

「……」

「たしかに、武器とか売れば儲かりそうだもんね。魔族相手にはもちろん、人間相手にも。でも……」

フィリ・ネア王は、はっきりとした口調で言う。

「フィリ、それはちょっと違うと思う」

「……わかった。ありがとう」

ぼくはそう言うと、重い溜息とともに気力を振り絞り、最後に悪魔の王たる少年へと話を向けた。

「ではアトス王。いいだろうか」

悪魔の少年王が、曇った表情でうなずいた。

ぼくはできる限り明るい口調になるよう続ける。

「ええと、ただ君に訊きたいことはあまりないんだ。少々野心のありすぎる貴族が軍部を掌握し、代表の地位に収まっていることは知っているが……それ以外に悪魔族の抱える問題があれば、教えてほしい」

アトス王は、深刻な顔でわずかに沈思した後、銀の悪魔に耳打ちする。

「はい、はい……。『我が種族は発展を続けており、おおむね良好な社会を維持できています。もちろん細かな問題は多々ありますが、いずれも種族の存続に差し障るような重大なものではありません。最も懸念すべき点があるとすれば、それは、』」

そこで、銀の悪魔はためらったように言葉を一度止めた。

「……『我の存在でしょう』と、王は仰せでございます」

「……。それは、どういうことだ？」

「『ご覧の通りです』」

耳打ちされ、従者の悪魔が答える。

「『満足に言葉を話すことができず、演説ばかりか臣下への呼びかけもままなりません。エーデントラーダ卿のような貴族の増長を許しているのも、我が不甲斐ないためです。年齢のせいばかりではなく、』……。『我が、君主としての能力を欠いていることが原因でしょう』……と、王は仰せでございます」

ためらいがちに、銀の悪魔は言い切った。

アトス王自身は、じっとうつむいたまま。

魔王城の一室に、再び沈黙が満ちる。

「そんなこと言われたら、こっちも立つ瀬がねぇよ。アトス」

それを破ったのは、シギル王だった。

場を和ませるような、朗らかな調子で言う。

「だってここにいるおれら全員、誰も王としての実権なんて持ってないんだしさ」

王たちの間に、苦笑するような雰囲気が生まれた。

実際のところ皆、自らの立場を不甲斐なく思っているのかもしれない。

「……気になっていたんだが、どうして皆、そんなに若い年齢で王になったんだ？」

ぼくは王たちに問う。

「魔族は人間よりも寿命が長く、病にも強いのだと聞いていたんだが……」

「おれの場合は、単なる偶然だよ」

真っ先に、シギル王が答える。

「先王に男児がなかなか生まれずに、早世したんだ。実のところ、寿命まで生きる黒森人（ダークエルフ）は少ないからな。んで、唯一の王子だったおれがそのまま即位したってだけ。人間の歴史でもよくある話だろ？」

「……ああ」

今生ではもちろん、前世でもよく聞いた話だった。

「確か、アトスやヴィル、プルシェも同じような感じだったよな？」

「僕の父は、特に早世というわけではありませんけどね」

ヴィル王が眼鏡を直しながら言う。

「跡継ぎに恵まれなかったわけでもなく、兄もいました。皆互いに争い、怪我（けが）などが元で全員死にましたが」

「余はそもそも実子ですらない。病に倒れ、子がいなかった王の下（もと）に、急遽養子（きゅうきょ）として迎え入れられただけの他人じゃ。喫緊の事情で、わずかに血のつながりもあったとはいえ、このような女児を王位に据えるとは……なんとも陰謀のにおいがしてくるのう」

まるで他人事のように、プルシェ王は笑って言う。

「とはいえ……先王の毒殺疑惑すらある、悪魔ほどではないが」

「……はい。『先王である我が父は、暴君であり暗君でした。実際にはただの病死と結論づけられていますが、そのような疑惑も詮無いことと言えるでしょう』と、王は仰せでございます」

アトス王は再びうつむいてしまう。

ぼくは少し置いてから口を開く。

「……四人はわかったが、フィリ・ネア王とガウス王の場合はどうなんだ？」

「フィリの王位はね、パパが買ってくれたんだ」

フィリ・ネア王の答えに、ぼくはぽかんと口を開く。

「はい？」

「獣人の王位は、毎回競りに出されるんだよ。落札した人が次の王様」

「な……なんでそんな制度になってるんだ？」

「獣人にとって、王位なんてそんなものだから」

フィリ・ネア王が退屈なことのように答える。

「それぞれの種族で自治しているから、誰かに言うことを聞かせるとか、法律を作るみたいな権限は最初からないの。王制ってことにしているのも、他の魔族と対等に付き合うためでしかないもん。お金があって、地位がほしい、余裕とやる気のある人がやればいいよねってことで、こういう仕組みになってるの」

「ええ……」

　思わず唖然としてしまったが、よく考えればそもそも獣人は単一の種族ではない。征服しあったわけでもなく、ただ便宜上団結しているだけならば、君主に強力な権限が集中するはずもない。となると、王の価値もそんなものなのかもしれない。

　そこで、フィリ・ネア王が目を伏せる。

「パパがフィリを王様にしてくれた理由は、よくわかんない」

「……」

「遺言で勝手に落札されちゃったから、なるしかなかったんだけど……フィリならできる、って思ってくれてたのかな。パパ、がんばって王様してたから……フィリになんて、務まるわけないのにね」

　答えに窮していると、ガウス王が口を開く。

「オレの場合は、これが普通だ」

「普通……とは？」

「オレくらいの年齢で王になるのが当たり前ってことだ。若くても関係ない、政務は先王が取り仕切るからな。巨人の王族はこういう伝統なんだ」

「ああ……そういうことか」

「はるか昔、たまたま王や経験豊富な側近らが早死にしちまった時に、先王が政治の場に戻ってきたことが始まりだったそうだぜ」

経緯まで含めて、前世の日本で行われていた政治形態と変わりない。

ぼくが大陸から戻ってきて少し経った頃から、すでに退位した帝である上皇が治天の君となり、若い帝に代わって政の実権を握るようになっていた。

「夜も更けた」

ふと口を開いたのは、プルシェ王だった。

「今夜のところは、そろそろ終いとしてくれないかのう魔王よ。余は眠い」

プルシェ王が大きく欠伸をする。

言われてみれば、ずいぶんと話し込んでしまっていた。

「……確かにその通りだな。みんな、今日は助かったよ。どうかゆっくり休んでくれ」

そう言って、ぼくは席を立つ。

そして踵を返すと、魔王城の一室を後にした。

◆　◆　◆

その後、魔王城のテラスにて。

「重……」

石造りの柵にもたれ、ぼくは思わず呟いていた。

夜の森を眺めながら考えていると、だんだん憂鬱な気分になってくる。

魔族たちの内情は、想像以上に複雑でややこしい、重たいものだった。

とてもぼくの手には負えそうもない。

「……暴力で解決できる問題ならよかったのにな」

「そんなわけがないことくらい、容易に想像がついたはずでございましょう」

頭の上から顔を出しながら、ユキが呆れたように言う。

「力で片が付くような単純な問題ならば、彼ら自身でとうに解決しているはずでございます」

「……」

ぼくは大きく溜息をつく。

「……軽く考えてたなぁ」

政に明るくなくとも、ぼくほどの力があれば何かしら手を出せることがあると思っていた。

しかし現実には、ちょっと呪いが得意なくらいではどうしようもないことばかりだ。

「前世では日本でも西洋でも、それなりに国から頼られる機会があったんだけどな……。考えてみれば、こちらの世界の国々は前世よりずっと発展しているようだから、抱える問題も複雑化しているのかもしれない」

「あるいはかの世界でも、難しそうな問題についてはセイカさまにお呼びがかからなかったのかもしれませんね」

「……」

もはや黙るしかないぼくに、ユキは続ける。

「根本に立ち返ると……セイカさまが王たちに会おうとしていたのは、そもそも彼らの内情を把握するためだったはず。一応目的は果たせたので、そこまで悲観することはないかと思いますが」

「そうだなぁ……」

ユキの言うとおりではあるが、内情を把握したかったのは代表らの議論を誘導し、意見を統一させたかったからだ。

あの子らの話を聞いたことで、それが可能になったと言えるのだろうか……？

「……まあ、彼らにとって人間の国への侵攻が、そこまで切実に必要ではなさそうだとわかったのは収穫か。反戦の方向で結論を導ければいいが……ただ、王と代表の認識が食い違っている種族がいるのが気になる。話を聞く限りではあの子らの意見が正しそうだけど、代表らの言い分もあるだろうしなぁ……」

考えるほどにわけがわからなくなってくる。

やっぱり、魔族の事情になんて首を突っ込んだのは失敗だったのか……。

と、その時。

「ん、あれ……地震か？」

足元に感じた微かな揺れに、ぼくは顔を上げた。

揺れはしばらく続いた後、何事もなかったかのようにおさまる。

この分なら、何かが倒れたりもしていないだろう。

「……さして大きくもなかったが、珍しいな」

前世の日本とは違い、転生してから地震に遭ったことなどほとんどなかったのだが。

「いえ、そうでもございませんよ」

ユキが言う。

「セイカさまは気づかれなかったようでございますが、この魔族の住まう地を訪れてから、幾度か小さな地揺れが起こっておりました」

「え、そうだったのか」

まったく気づかなかった。というより、管狐ほど小さくなければ、感知できるような揺れではなかったのだろう。

「さしたる問題もないかと思い、これまで申し上げませんでしたが、ここはそのような地なのではないでしょうか」

「うーん……」

確かに、土地によって地震の起こりやすさは違う。

そういう場所なのだと言われてしまえば、それまでだったが……。

「セイカ？」

その時ふと、背後から声が響いた。

振り返ると、そこにいたのは神魔の少女、リゾレラだった。

「なにしてるの？　こんなところで……」

「ああ、いや別に。ただ外の空気を吸いたかっただけだよ。……そうだ、さっきの地震は大丈夫だったか？」

リゾレラは一瞬きょとんとして、それからなんでもないように答える。

「あれくらいで、転んだりしないの」

「それはそうだろうけど……」

「なに？」

「いや……怖くなかったのかと思って」

前世での経験上、地震の少ない国の民は、たいていはわずかな揺れでも恐れおののいていたものだったのだが。

リゾレラはおかしそうに笑って答える。

「セイカは怖かったの？」

「そんなことないけど……」

「無理しなくていいの。人間の国は地震が少ないと聞くから、怖くても仕方ないの」

「いや本当に違う。あれくらい慣れてるよ。というか……やっぱりこちらの土地では、地震が珍しくないのか？」

「そうなの」

リゾレラはうなずいて、夜の森が広がる先を指さす。

「ずーっと向こうの方に、大きな火山があるの。それが、地震を生んでいるって言われているの」

「へぇ」

「最近は、それが少しずつ増えてきているの。もしかしたら噴火の前兆かもしれないの」

「えっ！　それ……大丈夫なのか？」

規模にもよるだろうが、ただ事では済まない。

思わず心配するぼくだったが、リゾレラは落ち着いた口調で言う。

「大丈夫なの。魔族がみんなで協力して、大丈夫なようにしているの。そのおかげで、ワタシが生まれる前からずっと、噴火は起きてないの。時々こうして地震が増えるくらいで」

「ふうん……？」

大丈夫なようにしている、というのが気になったが、今訊くことでもないかと思いここはひとまず流すことにした。

リゾレラは言葉を止めると、ぼくの隣に来て同じように柵にもたれかかった。

しばしの沈黙の後、話のきっかけを作るかのようにぽつりと呟く。

「……みんな、大変なの」

「みんな……って、あの子らのことか？」

「うん。だけど、それだけじゃないの」

リゾレラは森の方を見つめたまま続ける。

「メレデヴァも、ヨルムドも、ペルセスシオも……他にもみんな、必死なの。種族を統べるということは、それだけ大変なことなの」

リゾレラの瞳には、憂いがこもっているようだった。

ぼくはわずかに間を置いて答える。

「そうだな……軽い気持ちで訊ねる内容ではなかった」

「……なんだか申し訳ないの」

「……？　申し訳ないって、何が」

訊ねるも、リゾレラは首を横に振るばかり。

仕方なく、ぼくは話を変える。

「そういえば……神魔の内情については、まだ誰からも聞いてなかったな。ルルムが何も言っていなかったから、そこまで重大なことはないと思っていたんだが……何かあるか？」

「……そういうのは、レムゼネルに訊いてほしいの」

「いや、知っていることがあればでいいんだ。というか……レムゼネル殿は、侵攻か現状維持かの議論で態度を曖昧にしていたが、神魔としてはあれで大丈夫なのか？　普通はどちらか、種族として利益の大きい方の立場をとるものだと思うんだが」

「たぶん、ちょっと遠慮してるところがあるの」

リゾレラが静かに答える。

「神魔には、元々王がいないの。人間への感情も、里によって違うの。だから……菱台地の里長でしかない自分が、神魔全体の行く末を決めるのは間違ってるって、レムゼネルはそう考えてるところがあるの。代表というなら、他にもっとふさわしい人物がいるはずだ……って」

「ええ、そうは言ってもなぁ……一度代表に収まった以上は、しっかり務めを果たすべきだと思うけど」

ぼくが苦言を呈すと、リゾレラは言う。

「ああ見えて、意外と気の弱いところがあるの。でも……ほんとうは、とても優秀な子なの」

「そう、なのか？」

内容にしても言い回しにしても、どこか引っかかる物言いだった。

眉をひそめていると、リゾレラが続けて訊ねてくる。

「セイカ。いつまでここに滞在するつもりなの？」

「え、そうだなぁ……」

ぼくは答えに窮する。

内情をだいたい把握し、今後の方針が決まるまで……と、当初は考えていたのだが、なんだかとても無理そうに思えてきた。

悩むぼくに、リゾレラは言う。

「できれば、みんなと一緒に何日か居てほしいの」

「それはかまわないが……どうして？」

「きっと……」

リゾレラが優しげな笑みを浮かべる。

「あの子たちの、いい気晴らしになると思うの」

其の二

翌日。

「何日か居てほしい、と言われてもなぁ……」

朝日の差し込む魔王城内を歩きながら、ぼくは一人呟いていた。

昨夜リゾレラに頼まれはしたが、実際のところ、ここに長く滞在する意味は薄い。

これ以上あの子らから何か聞いたところで、状況は変わらないだろう。

もう少し魔族の社会について知りたいとは思うが、その程度は何も王から聞く必要はない。

手元に置いておく以上は安全に気を配る必要があって大変だし、さっさとそれぞれの王宮へ帰した方がいい気がしてくるが……。

「……ん？」

ふと、昨日話をしていた円卓のある大部屋の前に差し掛かると、中から話し声が聞こえてきた。

なんだろうと、ぼくは扉を開ける。

「だから言っているじゃないか、優れた法が必要なのだと。法に逆らうことが不利益だとわかれば皆自然と意識も変わる。僕ら鬼人（オーガ）に必要なのはまずそれだよ」

「そなたはわかっておらぬ。そんなことでは人は動かぬぞ。理屈ばかり通っていても実現できなければなんの意味もなかろう」

何やら言い合っているのは、ヴィル王とプルシェ王のようだった。

大部屋には他の王たちもそろっていて、皆それぞれの態度で二人の様子を見守っている。

ぼくは近くにいたアトス王に訊ねる。

「えっと、どうしたんだ？　みんな集まって」

「あっ……おはようごっ、ごっごっごっございます……」

アトス王がそう言って、ぺこりと頭を下げる。

ただの挨拶だが、まともに言葉を聞いたのは今のが初めてかもしれなかった。

アトス王はそれから、すぐに銀の悪魔へと耳打ちする。

「『皆、自然とここに集まりました』と、王は仰せでございます」

「え……どうしてまた」

「『きっと、皆まだ話し足りなかったのではないでしょうか』と、王は仰せでございます」

「そうだっ、魔王様はどう思われますか？」

唐突にヴィル王が話を向けてきた。

王たちの視線がぼくに集まり、思わず戸惑う。

「い、いや、急に言われても話が見えないんだけど……」

「僕ら、どのような政(まつりごと)をすべきかについて話し合っていたんです」

朝からまたずいぶんと重たい話題だった。

ヴィル王は続ける。

「僕は、鬼人に必要なのはまず正しい法だと思うんです。正しい法とはつまり、それに沿って暮らしていけば自ずと発展できるという規範です。教育による啓蒙は時間がかかるので、私闘のような誤った慣習をまず法で矯正していく。それによって、社会は望ましい形になると思うんです。人間の国では私闘の禁止なんて常識なんですよね？」

「ふん。魔王よ、言ってやるがよい。そのようなやり方で人は動かんとな」

プルシェ王が鼻を鳴らして言う。

「闘争は鬼人の文化的基盤じゃろう。望まれぬ法を無理矢理押しつけられ、誰が従う？　いやそもそも、定めることさえ難しい。宰相や家臣たちの反発をどう抑え込むのじゃ。人心をないがしろにしては、国を統べることなどままならんぞ」

「だからと言って、君のように宮廷政治にばかり力を入れていたって何も変わらない。魔王様、そうですよね？」

「どう思うのじゃ、魔王よ！」

「ええ、そうだなぁ……」

重たい問いをぶつけられ困惑するぼくだったが、前世の知識から参考になりそうな格言をなんとか引っ張り出してみる。

「えーと……はるか昔、人間の思想家がこんな言葉を残している。『君子、信ぜられて而して後に其の民を労す。未だ信ぜられざれば則ち以て己れを厲ましむと為す』と」

「き、聞いたこともない言語ですね……」

「遠い国の言葉なんだ。で、この意味は、『立派な者は十分に信頼されてから人々を従わせる。もし信頼が足らないまま従わせようとすれば、人々は自分を苦しめようとしているのだと受け取るだろう』という感じだな。孔子は……まあ、この人間の名前なんだが、プルシェ王と似たような意見だ」

聞いたプルシェ王が、ふふんと言って胸を張った。

ぼくは続ける。

「一方で、『民はこれに由らしむべし。これを知らしむべからず』とも言っている。『人々を法によって従わせることはできるが、その理由までをも理解させることは難しい』というような意味だ。これに沿えば、啓蒙は時間がかかるから、まず法から……というのは正しい方法論のように思える」

ヴィル王が得意げな顔をする。

「ほら言ったじゃないか。だいたい、言って聞くような者たちなら僕だって苦労してないよ」

「わかっておらぬな。信頼とは理屈を説いて得るものではない。根回しに賄賂、そして何より礼を尽くすこと。味方を作る道などいくらでもある」

「君は本当にそればかりだな……味方を作ったところで別に何もしないくせに」

「……でもさ、なんかおもしろいよな。おれ、人間の格言なんて初めて聞いたよ」

感心したように言ったのは、シギル王だった。

「なあ、他にもっとねーの？」

ぼくは少し考えて答える。

「『過ぎたるはなお及ばざるがごとし』などはよく引用されていたな。『度が過ぎることは、足らないのと同じくらいによくない』という意味だ」

「おお、確かにそうだな。いいこと言うじゃんそのコーシってやつ！」

気に入ったのか、シギル王は喜んでいる様子だった。

ユキが耳元で囁(ささや)くように言う。

「論語でございますか……ずいぶんと懐かしく思います」

古代の思想家、孔子の言行録である論語は、貴族の子の教養のようなものだ。

ぼくはあまり好きではなかったが、これくらいは知っておいた方がいいだろうと、弟子たちにはよく教えていた。

もう二度と、こんなものを教える機会なんてないと思っていたのだが……。

「なあ、他には？」

「僕ももっと知りたいです。人間が育(はぐく)んできた思想には興味があります」

「それはかまわないが……」

断る理由も特に思いつかず、ぼくはうなずいていた。

どうやら、教える機会がまた訪れたらしい。

それから、授業のようなものをすることになった。

とは言っても、論語や書経などから、彼らにも共感されそうな内容を少し摘まむだけだ。

それでも退屈かなぁと思っていたのだが、意外にもヴィル王、シギル王、アトス王のみならず、フィリ・ネア王、ガウス王、プルシェ王も興味深げに聴いていた。

「フィリ、いつも勉強はちゃんとしてるよ。家庭教師って高いもん」

「オレはバカだから、人一倍勉強しねーとな！」

「ふん……まあ、聞かんでもないの」

本人らはこんな風に言っていたが、ぼくはなかなか感心していた。

呪い（まじな）の勉強はともかく、こういった学問はつまらなそうにしていた弟子も多かったのだが……。

「『その、コーシという人間は、』」

アトス王の耳打ちを受けて、従者の悪魔が言う。

「『人の本性を善なるものと捉えていたのですね。他人の内なる善性に期待するような言葉が多いように思えます』と、王は仰せでございます」

アトス王の的を射た指摘に、ぼくは薄く笑って答える。

「ああ……だからぼくは、正直あまり好きではなかったんだ」

弟子たちとも何度か、これと同じようなやり取りをしたものだった。

意外にも好評だった授業は、結局午後にも、それから次の日にも持ち越すこととなった。

最初はただ聴いているだけだった王たちも、次第に自分の考えや知っている事柄を意見し合うようになり、いつの間にか活気が生まれていた。

どうやら春秋時代の賢人の教えは、異世界の人ならざる者の間でも好まれるらしい。

とはいえ、似たようなことばかりをずっと話していても飽きる。そう思い、今度は試しに漢詩を教え始めた時だった。

「魔王様。その瀑布という言葉は何を指しているのでしょうか？」

李白の詩の異世界語訳を話していると、ヴィル王に訊ねられた。

ぼくは答える。

「ああ、滝のことだよ」

「滝ですか……僕は見たことがないですね」

「えっ、そうなのか」

「余もないのう」

「おれも」

「オレもだ」

「フィリもないよ」

アトス王に目を向けると、彼も首を横に振っていた。

どうやら王たちは皆、滝を見たことがないらしい。

「ひょっとして、魔族領には滝がないのか？」

いつの間にか参加していたリゾレラが、不意に言った。

「滝くらい、普通にあるの。しかもおっきいのが。でもちょっと山奥にあって、行きにくいだけなの」

「へぇ。この詩に出てくる滝くらい大きいのか？」

リゾレラは笑みとともに言う。

「じゃ、見に行くの」

数刻後。

「おお〜〜〜‼」

白い水煙を散らす巨大な滝を前に、皆が歓声を上げていた。

あの後、リゾレラからしつこく促されたぼくは、じゃあ行ってみようかと蛟を喚び出し、王たちと共に乗り込んでこの山奥にまで飛んできた。

途中で川を見失うなど不安になることもあったが、リゾレラの案内は正確だったようで、気づくと眼下にこの雄大な滝が現れていた。

「おい！　こっちの浅瀬に魚がいるぞ！」

「どんな種類なんだろう」

　川を覗き込んでいたガウス王の声に、シギル王とヴィル王が駆け寄っていく。

「マジ⁉」

「おっ、すげーいるじゃん」

「こんなにいるなら釣れるかもしれないね」

「魔王様ー！　釣り竿(ざお)とかねーのー？」

「一応あるが……」

　ケルツを出立する時に念のため買っておいたものが、位相に入れっぱなしになっていた。

　釣り針や糸と共に取り出すと、シギル王へ小言と一緒に手渡す。

「はしゃぎすぎて川に落ちるなよ」

「わかってるって！」

　川に駆け戻った黒森人(ダークエルフ)の王が、意外にも手慣れた様子で竿の準備を始めると、それを鬼人(オーガ)や巨人が覗き込む。

「うおっ！　人間の釣り竿はこんなに細いんだな！」

「道具はそろったけど、餌はどうするんだい？」

「川の石をひっくり返してみろよ。虫がいないか？」

「ふん」

　川縁で騒ぐ少年王たちを見て、プルシェ王が鼻を鳴らした。

「まるで子供じゃの。付き合っておれん」

「そーお？　じゃあフィリは、ちょっと見てくるね」

「『我も向かおう』と、王が仰せでございますので、失礼します」

「んあっ……！　ま、待たんか！　余もっ……」

フィリ・ネア王に、アトス王とその従者も三人の方へ向かうのを見て、プルシェ王が慌てて彼らの後を追った。

はしゃぐ皆の姿を眺めながら、思わず呟く。

「……ぼく、こんなところで何してるんだろう」

魔族の子らを連れて川遊びなど、している場合ではないはずなのに。

「みんな楽しそうだから、いいの」

隣でリゾレラが、ぽつりと呟いた。

「たまには、こういう気晴らしも必要なの」

「そうかもしれないけど、今は重要な時なんだけどなぁ……」

「セイカも楽しんだらいいの。ずっと考えてばかりでも疲れるの」

「楽しむ……ね」

前世では何を楽しみに生きていたっけ……と考えるも、すぐには思い出せなかった。

最期はともかく、決して嫌な日々ではなかったはずなのに。

◆ ◆ ◆

結局日が暮れるまで遊んでしまい、その日は山で野宿をすることとなった。

王たちは、『野宿なんて、小さい頃に兄と狩猟に赴いた時以来です』とか、『余もいよいよ落ちぶれたものじゃ』とか、『オレが薪を集めてくるぜ！』とか反応は様々だったが、皆おおむね乗り気だったように見える。

幸いにも、簡単な天幕や毛布などはケルツで買い揃えた物が残っており、道具は十分足りていた。

夕食には、たくさん取れた魚を焚き火で焼いた。ただ塩を振っただけのそれに、皆夢中で齧り付いていた。普段はもっといいものを食べているだろうに、どの王も不思議と満足げだった。

星を見上げながら眠り、やがて夜が明けた次の日。

「なあ……この後、双月湖へ行ってみないか？」

朝日の中、シギル王がおずおずと言った。

「黒森人の避暑地なんだ。すごくきれいな場所だから、みんなにも来てほしい。せっかくこうして集まったんだし……」

昨日の今日でみんなも疲れているだろうからと、ぼくは初め断ろうとした。

だが。

「いいじゃねーか！　行こーぜ！」

「僕も興味があるよ。こんな機会は滅多にないしね」

「フィリも行ってみたいな」

「『友の誘いだ、乗らぬわけもない』と、王は仰せでございます」

「まあ……行かんでもないの」

王たちに加え、リゾレラまで言う。

「じゃあ行くの。ドラゴンならひとっ飛びなの。ね、セイカ?」

全員が乗り気では、行かないとも言いづらかった。

湖はそれほど遠くもなく、あっさりと到着したのだが――景色を楽しみ、いざ帰る段にな って、別の王が言い出した。今度は白弧(はっこ)の高原に行ってみたい、と。

それからぼくたちは、魔族領のあちこちを巡ることとなった。

どこかへ行く度に、誰かが次の場所を提案する。風の心地いい高原の次は、幻想的な巨大洞窟へ。その次は霧の満ちる不思議な山へ。大河に架かる長大な古橋へ。大地に開いた謎の縦穴へ。

そんな具合で、旅人が訪れそうな珍しい場所を中心に回っていった。

蛟に乗っている時間も短くなく、夜も野宿や、近くの村に簡単な宿を借りるだけだったので皆疲れただろうが、誰も嫌な顔はしていなかった。

その頃には、だんだんぼくもわかってきた。

皆、帰りたくなかったのだ。

魔王城にではない。自分たちの王宮に、だ。

彼らは王であるが、その実権はない。

種族の内情を憂えても、変える力がない。

そんな立場のまま祭り上げられる場所へ、どうして帰りたいと思うだろう。

ただそれでも、彼らは王としての自覚は常に持っているようだった。時間が空けば、皆互いに政（まつりごと）について話し合い、ぼくに人間の国の歴史や偉人の教えを聞きたがっていたから。

みんな大変だから気晴らしが必要、と言っていたリゾレラの言葉が、ようやく腑に落ちた。

こんな子供たちでも……いや、子供であるにもかかわらず、君主なのだ。

大変に決まっている。

夜。ぼくはふと目を開けた。

視界にあるのは、高い天井と梁（はり）。立ち寄った巨人の集落で、外れに建つ古びた社（やしろ）を宿として借りたのだ。宿というには粗末な建物だったが、王たちの身分を明かしたくなかった都合、集落の中心で宿を借りることはしづらかった。

ぼくは身を起こすと、寝入る王たちを見回す。

「……」

やがておもむろに立ち上がり、音を立てないよう静かに社を出た。

そして、外で周囲を気にしながら佇む人物へ声をかける。

「このような夜更けにどうされたのかな、セネクル殿」

銀の悪魔は、はっとしたようにこちらを向いた。

セル・セネクル。アトス王の従者は、確かそんな名だった。

従者の悪魔は、ややすまなそうな笑みを浮かべ、ぼくに答える。

「起こしてしまったようですね。申し訳ございません。少々喉が渇いたもので、井戸の方へ」

「其の方は巨人の井戸を一人で上げられるのか」

「……」

銀の悪魔は、困ったような顔をするばかりだった。

ぼくは続けて言う。

「アトス王がいないようだが、其の方は気づいていたか？」

悪魔の王の寝床は、いつの間にか空になっていた。

セル・セネクルがややためらいがちに答える。

「ええ……ですので、少々様子を見に行っておりました」

「……」

「遠くへ行かれてはいません。すぐそこの、裏手におられます。魔王様の結界から出ていないことは、おそらく把握されていたとは思いますが」

銀の悪魔の言うとおり、アトス王がぼくの張った結界の内側にいることはわかっていた。だから、彼のことはそれほど心配していなかったわけだが。

ぼくは問う。

「なぜ主君のそばについていない」

「……。どうにも、一人にしてほしそうなご様子だったもので」

セル・セネクルは、言葉に迷うようにそう答えた。

自らの行動に、自信が持てていないように見えた。

「おそばへ参ることもためらわれ、しかし私だけ眠るわけにもいかず、こうしてここで陛下のお戻りを待っておりました。何かあっても、すぐに駆けつけることができるようにと」

「……。そうか」

ぼくは肩の力を抜き、一つ息を吐いた。

妙な行動をしていたから問いただしてみたが、別に大したことではなかったようだ。

アトス王がこんな夜に一人でいるというのは少々気がかりだったが……彼にもいろいろ、抱えているものがあるのだろう。前世の経験上、こういう時はそっとしておくに限る。

ぼくは告げる。

「ならば、其の方も眠るといい。そこでずっと待たれていたとわかればアトス王も気にするだろう。あの子のことなら心配いらない」

王たちを預かるにあたり、ぼくはちょっと過剰なくらいの安全措置をとっていた。

たとえ結界から出てモンスターや刺客に襲われたとしても、大事(だいじ)にはならない。

ぼくは踵を返しながら続ける。

「ただ、今後不用意に結界に触れるのはやめてくれ。そのたびにぼくが起き出さなきゃならなくなるからな……」

「あの、魔王様」

銀の悪魔に呼び止められ、ぼくは振り返った。

セル・セネクルは言う。

「よろしければ……陛下を、迎えに行ってはいただけないでしょうか」

「……。一人にしてほしそうなんじゃなかったのか？」

「そうではあるのですが……」

銀の悪魔は、曖昧な笑みとともにぼくへ告げた。

「魔王様に声をかけていただければ、きっと陛下も喜ばれると思いますので」

巨人の造った巨大な社の裏手に回ると、小さな声が聞こえてきた。

それはどうやら、歌であるようだった。

「……」

アトス王の姿を見つけ、ぼくは足を止める。

小柄な悪魔の王は、木材の一つに腰を下ろし、静かに歌っていた。

悪魔族に伝わる歌なのだろうか。それは前世でも今生でも聞いたことのない、不思議な旋律だったが……やや高い少年の声には、よく合っているように思えた。

歌声が止むのを待って、ぼくは声をかける。

「意外だ、君は歌が上手だったんだな」

「あっ！　まっまっまっ魔王様！」

アトス王はびっくりしたように飛び上がると、ぼくへ向き直り姿勢を正した。

それから、うつむきがちに言う。

「ききき、聴き苦しいものを……も、申し訳ありません。うるさかった、ですか……？」

「いや、ここへ来るまで全然聴こえなかったよ。巨人の社は大きいから」

ぼくはそう言って笑みを浮かべると、アトス王の横に腰を下ろした。

悪魔の王が、恐る恐るといった調子で訊ねてくる。

「あの……どうして、わっわっわっ我が、ここにいると？」

「セル・セネクル殿に聞いたんだ。彼も心配するだろうから、あまり一人で抜け出さないように。明日も早いしな」

「はい……」

アトス王はうなずくと、それからぽつりと言う。

「王宮にいる時も……たったたったたまにこうして、一人で歌っていたのです。誰にも、ききき聴かれない場所で……」

「……。それは、悪魔族に伝わる歌なのか？」

「ええ、古い民謡です。幼い頃に、母がよく歌って、ききき、聴かせてくれたもので……わっわっ我も、好きな歌でした」

　ぼくは、少し笑って言う。

「そうだったのか。だが、どうせなら他の者にも聴いてもらえばいいだろうに。王ならば宴席のような場もあるだろう。せっかく達者なのにもったいない」

　聞いたアトス王が、力なくうつむいた。

「わっわっ我の歌う様など……皆を不快に、ささささ、させるだけでしょうから」

「……そんなことはないと思うが……」

「いいえ。きっきっきっ、きっと誰もが、思うでしょう。こっこっ言葉が不得手で、歌ばかり達者とは、まままま、まったく、どうしようもない王だ……と」

　言葉が見つからないぼくに、アトス王が続ける。

「幼い頃から、わっわっ我は、こうなのです。こここ、言葉がうまく、出てきません。直そうと高名な医者や教師を招聘し、さささ、様々な手を試みたのですが、どれもうまくいかず……こ、こ、今日まで、来てしまいました」

「……」

「ならばと、こっこっこっこの欠点を補うべく、王としての勉学に注力してきたのですが……」

　アトス王が目を伏せる。

「ま、ま、魔王様に同行し、久しぶりに皆とさ、さ、さ、再会して……自信を失ってしまいました」

「……。それは、どうして？」

「皆、口ではあれこれ言いつつも……かかか賢く、深い見識があり、明確なこ、こ、こ、志を、持っています。我には……なにもありません」

「……」

「ガウス王にヴィルダムド王は、自らのしゅ、種族の行く末を憂い、どうするべきかをはっきりとみ、み、見定めています。シギル王は、せせせ、政治的なバランス感覚に、す、優れた男です。加齢とともに、ち、ち、ち、力を付けていけば、軍部の舵取りを、うまくやるようになるでしょう。王宮内の、せっせっ政治に長けたプルシェ王は、おそらくすでに、すすす少なくない議員を、味方に付けています。フィリ・ネア王が君臨する獣人族は、こっこっ今後さらに、勢いを増すことでしょう。人間社会から魔族領に、ももも、もたらされた貨幣経済の広まりは、か、か、彼女にとって、追い風となりますから」

「……」

「しかし、わっわっわっ我にはなにも、ありません。種族の目指すべき道筋も見えず、せせせ精通している事柄も、なく……そっそっそればかりか、言葉すらまともに発することのできない、置物の王です。本当は、わっわっ我は、皆と並ぶ資格すら、ないのかもしれない……」

　つかえながら言い終えたアトス王は、また深くうつむいてしまった。

　ぼくは、少し置いて告げる。

「そんなことはないと思うな」

「ありがとうございます。ききき、気休めであっても、うれしく思います」

「気休めではないよ。それどころか……君はあの子らの中の誰よりも王らしいと感じる」

アトス王は驚いたように顔を上げた。

「まま、まさか、そんな……」

「本当さ。立ち居振る舞いに気品があり、種族のどんな事柄について訊いても淀みなく答えられる。言葉が不自由とも思わないよ。だって君がセネクル殿に託す言葉は、いつだって完璧な、王としての言葉だったじゃないか」

「ししし、しかし……」

アトス王が信じられないかのように言う。

「わっわっ我には、種族の目指すべき道筋も、得手とする事柄も……」

「ヴィル王やガウス王の目標が単純で明快なのは、鬼人族や巨人族が発展の余地を大いに残しているからだろう。悪魔族の社会はだいぶ成熟しているようだから、道筋がはっきりしていなくても仕方ない。発展した国ほど政治が複雑になるからな。得手とする事柄も、なくたっていい。君は幅広い物事を決定しなければならない立場なんだ。むしろ専門家をいかに集め、使うかの方が重要となるだろう」

ぼくは告げる。

「君に必要なものがあるとすれば、それは自信だ。もっと胸を張ってもいいんじゃないか?」

「……ありがとう、ございます」

アトス王が、微かな笑みとともに言う。

「すす、少し……自信が持てた、気がします。これでいくらか、こっこっこっ言葉も流暢になれば、いいのですが」

ぼくは、少し考えて訊ねる。

「やっぱり、緊張したりすると言葉に詰まるのか？　初めに会った時より、今の方がずっと自然に喋れている気がするが」

「ええ。あの時は、しっしっしっ失礼しました。ただ平常時であろうと、普通の者のように話すことは、む、む、難しいです。そそそれに、王という立場で、大勢の前では話さないというわけにも、いきません」

「うーん……」

ぼくはずっと思っていたことを告げる。

「ぼくの知る限りでも、前世……あ、いや、人間の歴史の中で、吃音持ちの為政者や指導者は何人かいた。その中には、意外だろうが演説の名手とされる者も。だから決して、致命的な欠点というわけではないと思うんだが……」

「ほんとうですかっ？」

アトス王が、身を乗り出すようにして訊ねてくる。

「では彼らはいったい、どのようにしてこっ、こっ、こっ、こっ、この悪癖の克服をっ？」

「い、いやそこまでは、ぼくも知らなくて……」

幸か不幸か、弟子には吃音持ちがおらず、詳しく調べたことはなかった。

とはいえ、このまま突き放すのもかわいそうだ。

ぼくは頭をひねる。

「……そういえば、セネクル殿に言葉を託す時は普通に話せているのか?」

「はい。セネクルは幼い頃からの従者で、きっきっ気負いなく話せるというのもありますが……

そそそれ以上に、囁くようにして話すと、不思議と淀みなく、言葉が出てくるのです」

「そうなのか。話し方で変わるものなんだな」

しかしかと言って、誰彼かまわず囁きかけるわけにもいかない。

またしばし考えていると、もう一つ気づいたことがあった。

「あ、そういえば……歌」

「……?」

「歌っている時も、言葉に詰まる様子はなかったな。囁いていたわけでもないのに」

「歌……ですか。こっこっこっこれまで気に留めたことも、ありませんでしたが……」

アトス王が、考え込むようにして言う。

「……言われてみれば確かに、そそ、そのようです」

「なら……歌うように話してみるというのはどうだろう」

「えっ、歌うように?」

「ああ。こう、節をつけるというか……そのような歌だと意識して話す。そうすれば、詰まらずに話せるんじゃないか？　もちろん普段からは難しいかもしれないが、あらかじめ話すことを決めているような場面なら、あるいは」

「……興味深い方法です。こっこっこっこれまでどんな医者も教師も、そそそそのように言ってきたことは、ありませんでした」

「まあただの思いつきで、うまくいく保証はまったくないんだが……」

「いえ……光明がみ、み、み、見えた気がします。ありがとうございます、ま、ま、魔王様。練習してみようと、思います」

アトス王は、小さく笑って付け加える。

「歌と同じように、誰にも聞かれぬよう、こ、こ、こっそりと……少々、恥ずかしいので」

其の三

翌日。

蛟に乗ったぼくたちの眼下には、大きな山がそびえていた。

山肌に木々はなく岩ばかりで、ところどころから白い蒸気が上がっている。

ぼくは呟く。

「これが……地震を生んでいるという、果ての大火山か」

「そうなの」

すぐそばで、リゾレラがうなずいた。

昨日の夕暮時のこと。めぼしい場所を回りつくし、次の目的地が誰からも出てこない中で、最後に、とリゾレラが提案した場所が、この果ての大火山だった。

魔族領の東の端に位置する巨大な火山で、魔族領に地震が多い原因とも言われている山だ。

場所によっては火山特有の毒気が溜まっており、山をよく知る者でなければ危険ということで、蛟で上から見るだけとなったが……それでも十分な景色だった。

「みんなは来たことあるのか？」

振り向いて訊ねると、王たちは全員首を横に振る。

まあ場所が場所だし当然だろう。

「山の向こう側には、砂漠が広がっていると聞きましたが」

ヴィル王が訊ねると、リゾレラが答える。

「そうなの。この先はずーっと、海まで砂漠なの」

「ふうん。こちら側は森が広がっているのに、不思議な地形だな」

「山の向こうには太古の昔、人間の国があったの。大きな国だったけど、何千年も昔に大噴火が起きて、溶岩や土砂や噴煙が全部そちら側に流れて、滅びてしまったの。それで放棄された穀倉地帯が、そのまま砂漠になった……っていう古い伝承が、この辺りの魔族の集落に伝わっているの」

「へぇ」

穀倉地帯が砂漠に、ということは、元々土地が痩せていたか、噴火による気候変動あたりが原因だろうか。

蛟でさらに近づくと、火口が視界に入る。

「あー、溶岩湖はないんだな」

思わず呟くと、リゾレラが眉をひそめて言う。

「そんな恐ろしいものがあるわけないの。噴火したわけでもないのに」

「人間の国には、それほど活発な火山があるのですか？」

ヴィル王の問いに、ぼくは言葉を濁す。

「い、いや、そういうのもあると聞いたことがあったものだから……」

日本の富士山には、火口に噴煙をあげる溶岩湖があったので、つい期待してしまった。

ぼくは話題を逸らすように言う。

「でも、この火山もかなり活発なんだな。あちこちから蒸気が出てるし」

「なあ、あそこにあるのはなんなんだ?」

ガウス王が指さす先を目をこらして見ると、山肌にレンガに似た石材で造られた井戸のようなものがあった。一箇所ではなく、ぽつぽつと複数箇所にある。井戸には似ているが釣瓶(つるべ)などはなく、ただ穴が開いているのみのものが多い。その一方で、水車小屋にも似た複雑な機構が付属しているものもある。それらのすべてから例外なく、白い蒸気がもくもくと上がっていた。

ぼくは首をかしげる。

前世でも見たことがない設備だ。ペルシアにあった地下水路(カナート)の竪坑(たてこう)に近い気もするが、温泉でも汲(く)み上げているのだろうか……?

「あれは蒸気井戸なの」

その時、山を見下ろしたリゾレラが言った。聞いたこともない単語に、ぼくは反射的に訊ねる。

「蒸気井戸? なんだそれ?」

「火山から蒸気を取り出す設備なの」

リゾレラはそれから、もう少し詳しい説明を始める。

「溶岩の熱で山の中の地下水が温められて、蒸気ができるの。あの井戸は、それを地中から取り出しているの」

「蒸気だけをか？　そんなことをして何の意味があるんだ？」

「昔はこの辺りに住んでいた矮人（ドワーフ）たちが、鉱石採掘のための動力源に使っていたの」

リゾレラは続ける。

「蒸気が上がってくる力で、水車みたいなものを回すの。それを歯車でいろいろやると……いろいろなことができるようになるの。重い鉱石を持ち上げたりとか、削ったりとか、運んだりとか……」

「細部がすごいざっくりしてるな」

「ワタシも別に詳しくないの。それに今は、そんな用途にはほとんど使われてないの」

「じゃあ、なんであんなにあるんだ？」

あらためて山肌を見下ろす。

水車小屋のような設備が付属している井戸は、そもそもほとんどなかった。大部分は石材で囲まれたただの縦穴だ。

リゾレラは答える。

「蒸気井戸には、噴火を抑える役目があるの」

「ふ、噴火を？」

「そうなの」

リゾレラがうなずく。

「噴火は、土の中にある蒸気の上がってくる力が強くなりすぎて、土砂や溶岩と一緒に地上に飛び出してきてしまうことで起こる……そうなの。だからああやって山に穴を空けて、普段から蒸気を外に逃がしてあげることで、噴火を抑えているの」

「そ……そうなのか？」

初めて聞く情報に、ぼくは呆然と呟く。

「いや、確かに噴煙には蒸気が混じっていると聞くが……そんなことで、噴火などという巨大な現象を抑えられるものなのか……？」

「細かいことは知らないの。でも、大昔に矮人（ドワーフ）の賢者が言っていたことなの。それに実際、矮人（ドワーフ）が蒸気井戸を作り始めた千年前くらいから、果ての大火山は噴火を止めているの」

「……」

理屈としては通るし、歴史的にも辻褄（つじつま）が合うなら……やっぱりそういうものなのだろうか。

ふと、ガウス王が思い出したように言う。

「ああ！　そういえば昔親父が言ってたな。実物は初めて見たぜ！」

「ガウス王は知っていたのか……。ぼくは初めて聞いたよ。魔族の文明もなかなかすごいな」

そう言うと、他の王たちが意外そうな顔をした。

「『むしろ、ご存じなかったとは思いませんでした』と、王は仰せでございます」

「な。てっきり何でも知ってるもんだと思ってたよ」

「魔族ならば多くの者が知っておるがのう」

「へぇ。じゃあみんなも知ってたんだな」

「うん。フィリも、小さい頃に家庭教師から教えてもらったよ」

「僕もいつのまにか知っていました。ちなみに今の蒸気水車を管理しているのは、主に麓の集落に住む鬼人族の者のようです。やはり鉱石の採掘に利用しているのだとか」

「へぇ……」

　ぼくは次第に興味が湧いてきた。

「……ちょっと降りられないかな。小屋のある井戸の近くなら、管理する者がいる以上は当然毒気も溜まっていないんだろうし……」

「やめるの」

　ぼくがそう言うと、リゾレラが即座に止めた。

「前ならともかく、ここ最近は火山が活発になってきているから、毒気もどうなってるかわからないの。蒸気だって、ワタシが昔来た時にはこんなに吹き出てなかったはずなの……。山を知る者の案内がない限り、近寄らない方がいいの」

「うーん……そうか。それならやめておくか」

　実を言うと、今ここにいる全員、多少の毒気を吸ったところで問題はない。

　ぼくがそのようにしているからだ。

　ただ……と、ぼくは山肌に点在する蒸気井戸を見下ろして呟く。

「ま、無理して見るほどのものでもないからな」

その日の夜は、近くにあった鬼人（オーガ）の集落で宿を借りることとなった。

リゾレラが熱心に推していたからだ。なんでも、その村には温泉が湧いているのだとか。

「『温泉ですか！』と、王は仰せでございます」

「おー。ここじゃねぇけど、昔軍の連中と一緒に黒森人（ダークエルフ）の管理する湯治場（とうじば）へ行ったっけ。お前らは？」

「オレも行ったことがあるぜ！　あの時は確か親父とお袋も一緒だったな」

「僕は初めてだよ。楽しみだな」

おおむね好評のようだった。どうやら魔族の間にも湯治の文化があるらしい。

「えっ!?　やだやだ！　フィリはぜったい、入らない～！」

唯一フィリ・ネア王だけは死ぬほど嫌がっていたが、意地の悪い顔をしたプルシェ王と、真顔のままのリゾレラに引きずられて、結局は湯場へ向かったようだった。

風呂嫌いが猫人という種族の特徴なのか……まあもしくは、単にフィリ・ネア王がそうだというだけかもしれないが。

で、ぼくはというと。

「……っと。ふう」

集落の外れにある、ひらけた岩場にて。

位相から出した酒樽を並べ終えたぼくは、額の汗を拭った。

これらはすべて、今までに立ち寄った集落にて、少しずつ買い集めていたものだ。

「さて……」

ぼくのすぐ目の前には、蛟の巨体が浮遊している。どこかそわそわとして、何かを待っている様子だった。

いつまでも焦らしていれば暴れられかねない。

ぼくは龍へと告げる。

「よし。好きに飲め」

言うやいなや、蛟が酒樽の一つに食らいついた。

箍を歪めて器用に蓋だけ割ると、そのまま頭を傾けてごくごくと中身を飲み始める。

あっという間に空になってしまった酒樽を、蛟はその辺にぽいと放り捨てた。そしてすぐに、次の酒樽へと食らいつく。

ぼくはその様子を眺めながら呟く。

「……気に入ったようで何よりだ」

なんと言っても魔族の酒だ。何から造られているのかも定かでなかったが……まあ妖はその辺、気にしないのだろう。

前世でもいろいろ飲ませていたが、濁り酒だろうと清酒だろうと、西洋の葡萄酒だろうと麦酒だろうと反応は特に変わらなかった。

「……なあそれ、どういう味なん……うわっ」

蛟の長大な体が、ぐわんぐわんとうねる。

……どうやら酒樽三杯ほどですでにだいぶできあがってしまったらしい。

酒樽三杯と言えばなかなかの量だが、蛟の巨体を考えれば人間で言う盃一杯にも満たないだろう。下戸にもほどがある。

ぼくは半ば呆れ混じりに呟く。

「天狗などを除けば、妖はだいたいこうなんだよなぁ。どんな酒飲みよりも酒好きな割りに、下戸。まああ意味、安上がりで助かるが……」

頭の上からユキが顔を出し、渋い声音で言う。

「ユキは、酒など嫌いです。あんな妙な味のする水を好き好んで飲む意味がわかりません。褒美ならば、甘い物の方がずっといいです」

「そして中にはこういう変わったのもいる、と。……っていうか、この分ならこんなに酒樽を買い集める必要もなかったな……」

余った分はどうしよう、と考えていた時……。

「え、セイカ……？」

背後から声が響いた。

振り返ると、リゾレラの姿があった。目を丸くして蛟を見上げている。

「こ、こんな時間にドラゴンを出して、どうしたの……？　それになんだか、様子がおかしいの……」

「ああ、別に心配ないよ。酔っ払ってるだけだから」

「酔っ……？」

「ここ数日、蛟をずっと飛ばせ通しだったから、褒美に酒をやっていたところだったんだ」

「ド、ドラゴンが、お酒なんて飲むの……？」

「こいつにとっては大好物のようだな」

リゾレラは、完全にできあがってしまってぐねぐねうねる蛟の様子を、不安そうに見つめている。

「……明日、こんなのに乗って飛ぶなんて心配なの」

「大丈夫大丈夫。限界まで酔ったら寝て、朝起きたらちゃんと元に戻ってるから」

「そんなのぜったい、二日酔いになってるの」

「魔族にも二日酔いってあるんだな。でも翌日に具合悪そうにしているところは見たことないから、心配ないよ。こいつは、人と同じような理屈で酔っているわけでもないしな」

「えっ……どういうことなの？」

「酒を飲むと酔うという、人間の習性を模倣(もほう)しているだけだ。飲んだ酒も、腹に溜まるわけでもなく消える。そういうものなんだ」

「……不思議なモンスターなの」

リゾレラが呟く。

まあ正確には、妖という存在がだいたいそういう性質なのだが。

ぼくは訊ねる。

「みんなはもう上がったのか？」

リゾレラがこくりとうなずく。

よく見ると、風呂上がりなためか、リゾレラの白い肌も少し赤らんでいるようだった。

ぼくは言う。

「そうか。じゃあぼくも入りに行こうかな。こいつも朝まで起きないだろうし」

すでに蛟は神通力を止め、地表に体を横たえて寝息を立てていた。

こうなると、朝まで絶対に起きない。だから前世では、酒をたらふく飲ませ寝込みを襲うのが、強大な妖討伐の常道とされていた。

リゾレラがうなずいて言う。

「そうするの。明日には……帰らなくちゃいけないの。だから今日は、ゆっくり休むのがいいの」

「……そうだな」

この魔族領を巡る遊興も、今日で最後。そういうことにしていた。

明日には皆で一度魔王城へ戻り、荷物を片付けてからそれぞれの王宮へ送り届ける予定だ。

各種族の内情を訊くというぼくの用事は済んでしまったので、これ以上彼らを手元に置いておく理由はない。むしろ、もっと早くに帰しておくべきだっただろう。

それをここまで引っ張ってしまったのは……正直、ぼくもあまり帰りたくなかったからだ。

内情は知れたものの、ルルムの里に戻って代表らにどう働きかけるか、思いついたわけでもない。

王たちを帰した後のことを考えると、かなり気が重かった。

「……みんな、気晴らしにはなっただろうか」

思わず、名残（なごり）を惜しむような言葉が出てしまった。

リゾレラがこくりとうなずいて言う。

「楽しそうにしていたの。こうやって集まって、いろんなところを巡れてよかったの」

「それなら……」

よかった、と言おうとしたところ――――これまであったもやもやとした違和感が、形になっていくような感覚があった。

ぼくはわずかな沈黙の後、違う言葉を発する。

「…………それならどうして、人間だけがこの場にいないんだろう」

リゾレラが、無言でぼくの顔を見上げた。

それを見返さぬまま、ぼくは続ける。

「魔族は単一の種族ではなく、様々な種族の総称だ。中には鬼人（オーガ）のような好戦的な種族や、巨人のような力に恵まれた種族もいる。発展度合いだってそれぞれ異なる。普通ならば……互いに激しく争い、どれか一つの種族が魔族領の覇権を握っていてもおかしくなかったはずだ。それこそ人間の帝国のように」

前世でも、宋やイスラム、かつてのローマなどがそのような歴史をたどっていた。

日本で朝廷が力を持っていたのも、まつろわぬ国々を平定していった結果だ。

「だが現状は、そうなっていない。少々の小競り合いこそあるようだが、うまく共存し合っている。王や代表らの間にも、かつて魔族間で大きな戦乱があったような軋轢は感じられない。きっと昔からこうだったんだろう。不思議だが、そういうものだと納得できなくもない。しかし……どうして人間だけは違うんだ？　なぜ同じように共存できない」

「……」

「人間と魔族は、どうして争うんだ？」

リゾレラは無言のまま、星の瞬き始めた空を見上げた。

それから、おもむろに口を開く。

「……セイカは人間の国で過ごしてきたから、そう思うのも無理はないの。ここ百年くらいは戦争らしい戦争も起こってないから、若い魔族の間でも、そんな風に考える者が増えてきているの。商人たちのおかげで、人間が作った便利な物が手に入るようになったから、最近は特に」

「……」

「でも……」

リゾレラが、思い詰めたような表情になる。

「魔族と人間は、争う定めなの」

「それは、どうして……」

「理由は二つあるの」

「……」

「ねえ、セイカ」

リゾレラが、こちらを仰ぎ見る。

「魔族領は、ほとんどが森なの」

「……？　そうだな」

「大地は、放っておくと勝手に木が生えてきて、自然と森になるの。だからこの大地は、太古の昔そのほとんどが、今の魔族領のような森だったと言われているの」

「……。だが……」

人間の領域は、その大部分が普通の平野だ。

「それなら……」

「そうなの」

リゾレラが静かにうなずく。

「人間が、あそこまで切り拓（ひら）いたの。魔族の住んでいた、太古の森を」

「まさか……あれほどの面積をか……？」

思わず疑問を口にするが、ぼくは前例をすでに知っていた。

前世の西洋だって、かつてはそのほとんどが深い森に覆われていたと言われている。あれほどの発展を見せていたのは、その大部分を人間が開拓したからに他ならない。

その森にもし、人間に似た存在が先住していたとしたら？

開拓の際に、彼らを追いやってしまったとしたら？

彼らは、人間を敵視するようになるのではないだろうか。

「……だが、魔族は……種族に差はあるものの、ほとんどの者は人間よりも強いじゃないか。そんな者たちが、ろくに技術も得ていない、数も少なかった頃の人間に追いやられるなんて……」

「弱い者ほど、どんな手でも使うの。川に毒を流されたり、罠に誘い込まれたりすれば、屈強な鬼人(オーガ)や巨人でも倒されてしまうの。つい数百年前まで、人間はそうやって魔族を殺し、森を切り拓いていたの」

「……」

ありえない、とは言えなかった。

強大な妖(あやかし)や獣に対し、人間がどのようにして対抗してきたかを思えば。

それればかりか、時に同族に対してでもだ。

「たまに、すごく強い人間も現れるけど……そんなの物の数じゃないの。これまで圧倒的に多くの魔族を殺してきたのは、強くもなんともない、普通の人間たちなの」

「……。ならば、魔族は……人間を憎んでいる、ということなのか？　かつて自分たちが支配していた領域を侵し、同胞を滅ぼしてきた敵であるから……」

「憎む？」

リゾレラは目を瞬かせる。

まるで、そんなことを言われるとは思いもよらなかったという顔だった。

「……違うの。魔族が人間に抱く感情は、そういうものじゃないの」

「……」

「力が弱く、魔力もあまり持たず、寿命も短い脆弱な種族であるはずなのに……強いはずの魔族を殺し、森を切り拓いて、その資源を使ってあっという間に増え、自分たちの領域を侵食してくる。そんな存在に抱く感情は、憎しみなんかじゃないの……恐怖なの」

リゾレラは、薄い微笑をぼくに向けた。

「魔族はみんな、人間が恐ろしいの――だからこそ武器を手に、立ち向かってきたの」

静かな夜の岩場に、沈黙が降りた。

長く続いたそれを強引に破るようにして、ぼくは口を開く。

「だが、それは……考えてみれば当たり前のことなんじゃないのか？」

ためらいがちにリゾレラへと言う。

「集落が発展すれば、人口が増える。そうなれば新たな畑や家が必要になる。新天地を開拓していかなければならないのは、どんな生物でも同じだろう。それとも魔族だけは違うというのか？」

「たぶんだけど……そういう傾向が、魔族は人間ほど強くないの」

　リゾレラは静かに答える。

「先祖代々の土地から離れず、集落の境界もあまり広げたがらない。まれに新しい土地を目指す変わり者も中にはいるけど、そんな時も他の集落とぶつからない場所を慎重に選ぶの。他の集落は、彼らの先祖の土地であるから」

「……」

「だから、魔族同士で戦争が起こることは滅多にないの。住む場所が重ならなければ、争いだって生まれない。というよりもむしろ……人間が節操なく広がりすぎなの。海から山から、暑いところから寒いところまで好んで棲み着く生き物なんて、他にいないの。人間同士で争いが絶えないのも、それが原因ではないの？」

「……」

　言われてみれば、そのような気がしてくる。灼熱の砂漠から極寒の雪原に至るまで、人間はどこにでもいる。確かにこちらの方が異常かもしれない。

「しかしそれでは、人口がなかなか増えないんじゃないのか？」

「そうなの」

　リゾレラがうなずく。

「魔族領がここまで後退してしまったのも、増え続ける人間に対して劣勢になったからだと言われているの。だから前回の大戦が終わったあたりで、各種族が人口を増やすような政策をとって、そのおかげでここまで勢力を盛り返すことができたの。この五百年間、魔族の領域は人間に奪われていないの。ただ、その代わりに……種族間のいざこざが増えたりとか、大型モンスターがいなくなったりとか、弊害は出ているけれど」

「なるほど……」

思い返してみれば、王や代表らもそのようなことを話していた。

あれにはこういった背景があったのか。

「なんとなく理解できたが……君は先ほど、理由は二つあると言ったな」

リゾレラがこくりとうなずく。

「もう一つの理由は、なんなんだ？」

「それは……魔王と勇者の存在なの」

リゾレラが、わずかに沈んだ表情になって言う。

「彼らは、争う定めにあるの。そのせいでどうしても、魔族と人間は争ってしまうの」

「……それは、因果が逆なんじゃないのか？　人間と魔族が争っているから、本来ただ強いだけの彼らにそのような役目が与えられるんだろう。それに今は、どちらも人口が増えたおかげで、戦力的には時代後れとなっているとも聞いたが」

「違うの。魔族と人間との争いは、どこまでも彼らが中心となるの」

「それは……なぜ」

「勇者と魔王は――――必ずそのどちらかが、正気を失ったようになるの。物心ついた時から、すでに」

「……は？」

「ううん、言い方が難しいの。正気を失うのとは、ちょっと違うかもしれないの」

リゾレラが難しい顔をしながら続ける。

「でも、少なくとも平穏に過ごすことはできなくなるの。魔王なら人間を、勇者なら魔族を、激しく敵視して、争いの中に身を投じるようになる。やがてそれは種族すべてを巻き込み、大戦へと発展していく……。魔王は大軍を結成して人間の国に攻め込み、勇者は少数の英雄たちと共に魔王を討ちに向かうという違いはあるけれど、行き着く先は同じなの」

「……」

「前回の大戦でも、勇者が攻めてくるという危機感があったからこそ、森人（エルフ）と矮人（ドワーフ）の反発がありながらも魔王軍を結成できたの。これまですべての大戦がどちらかを滅ぼすことなく終結してきたのも、旗頭（はたがしら）となる魔王か勇者が倒されれば、急に両者の間で厭戦的な雰囲気が漂い始めるからなの。なぜか倒した側も、それきり人間や魔族に対して興味を失ったようになって……。きっと魔王と勇者という対立構造がなければ、魔族と人間が全面的に争うことなんてできないの。だって魔族も人間も、本来はその内側でバラバラのはずだから」

ぼくは、わずかに間を置いた後に訊ねる。

「それは……本当なのか？」

「……」

「そんな話、聞いたこともない。人間側の伝承には語られていないし、ルルムや代表たちがその、ぼくや勇者がどうにかなっている可能性については触れたこともなかったぞ」

「今では知る者も少なくなっているの。でも、前回はそうだったの。その前の大戦を知る魔族も、かつて同じことを言っていたの。だからきっと……これはそういうものなの」

「待て。前回はともかく……その前だって？」

前回勇者と魔王が誕生したのは、約五百年前と言われている。そのさらに前となると……確か今から八百年以上も前だ。

しかし、魔族の中でももっとも長い寿命を持つとされる森人（エルフ）と黒森人（ダークエルフ）ですら、寿命はせいぜい五百年程度だったはず。

「なぜ八百年前に生きていた魔族の話を君が知っている。君は……いったい何者なんだ？」

聞いたリゾレラは、目をぱちくりと瞬（しばた）かせた。

「え、あれ……ルルムや他の神魔から、聞いてなかったの？」

「何を？」

「……もしかしてセイカ……ワタシのこと、ただの子供だと思っていたの？」

「人間でいう子供と呼べる年齢かはわからなかったが……まあ、そうだな」

リゾレラは大きく溜息をついた。

「何？　どうしたんだ？　やっぱり見た目以上には生きているのか？」

「……ワタシは、子供じゃないの」

「……」

「こう言うと、まだ若い神魔が背伸びをしているだけのように聞こえるかもしれないけれど……本当に違うの」

リゾレラは目を伏せながら言う。

「ワタシは誰よりも長く生きているの。レムゼネルよりも、エーデントラーダ大荒爵よりも、メレデヴァよりも、ヨルムド・ルーよりも……それどころか、森人や黒森人の長老たちよりも、ワタシは生きているの」

「……何だって？」

「寿命がそれほど長くない神魔にあって……ワタシだけが、『不老』の【スキル】を持っていたから」

リゾレラが、わずかな憂いとともに告げる。

「これまで五百二十年の間、魔族領を見てきたの」

「は……？」

五百二十年。

思わぬほどの時の長さに、ぼくは言葉を失った。

それならば、前回の大戦を直接知っている、ということになるのだろうか。

しかし、どうやってそれほどの時を……。

「……まず訊きたいんだが、その【スキル】っていうのはなんなんだ？」

「四百年以上前、悪魔族に不思議な能力を持つ男がいたの」

　リゾレラが静かに語り始める。

「その男は他人の持つ才能を、姿を見ただけで言い当てられたの。魔力や剣の腕のばかりでなく、商才や話術のようなものまで。それも、本人が自覚すらしていない才能さえも。その男は自らの力を、『ステータス鑑定』という【スキル】によるものだと言っていたの」

「ステータス鑑定……？」

「いわく、他人の持つ力を文字として知覚できるそうなの。自分はその【スキル】を、生まれながらに持っているのだと言っていたの」

「……聞いたことがないな」

　前世でも、そのような能力は噂にも聴かなかった。

　この世界特有のものだろうか……？

　リゾレラは続ける。

「その頃にはもう年を取らないことで神殿に囲われていたワタシは、里長の計らいで、その男に見てもらうことになったの。そうしたら、『不老』の【スキル】を持っていると言われたの。とても希少なものなのだとも」

「それは……そうだろうな」

【スキル】というものが何なのかは今ひとつわからない。だが、生まれ持っての不老が珍しいということはわかる。

前世において、不老とは獲得するものだった。

修行を極め仙人となった者や、妖(あやかし)の肉を食べた者、あるいはぼくのように呪(まじな)いを用いた者もいただろうが、とにかく不老は後天的に得る能力であり、それ以外の例は聞いたことがなかった。

ぼくの常識から考えても、リゾレラのような例はかなり特殊だ。

それだけに、少々信じがたくもあった。【スキル】という未知の概念や、『ステータス鑑定』という謎の能力も含めて。

「……その悪魔族の男以降に、『ステータス鑑定』の能力を持つ者は現れなかったのか？　あるいは、君以外の『不老』持ちでもいいんだが」

ぼくが訊ねると、リゾレラは首を横に振る。

「神殿には探してもらっているけれど、どちらも見つかっていないの。ただ……かなり特別な力だから、いろんな事情でそれを周りに気づかせないまま、死んでしまった者がいてもおかしくないの。『ステータス鑑定』だけでなく、『不老』の方も」

「……『ステータス鑑定』は、隠して生きることもできるだろうが……『不老』は無理なんじゃないのか？　年をとらないんだから」

「『不老』は、『不死』ではないの。怪我はするし、病気にもなる。だから、自分自身でもそうと気づかないまま、若くして死んでしまった『不老』持ちがいてもおかしくないの。元々寿命が長い種族だと、特に」

「ああ、そういうことか……」

確かに、そうであってもおかしくない。

『ステータス鑑定』の方にしたって、無闇に言いふらせば頭がおかしいとも思われかねない能力だ。心の内に秘め、そのまま天寿を全(まっと)うしてしまった者がいないとも言い切れなかった。

一つ息を吐く。

信じがたいのは変わらないが……否定できる要素もないし、嘘をつかれているとも思えない。

ぼくは短い沈黙を経て、神魔の少女へと言う。

「……それにしても、まさか君がそれほどの長きを生きていたとはな。年を取らない特別な神魔とあれば、他の種族の者も一目置くというわけか」

リゾレラの謎が、これでようやく解けた。

もっとも、ルルムや本人に訊けば普通に教えてくれただろうから、謎でもなんでもなかったわけだが……。

「誰も言ってくれなかったから、てっきり地位が高いだけの子供かと思っていたよ。別に、そこまで違和感もなかったし……」

「なに？　性格が子供っぽいって言いたいの？」

「え、いや、その……」

睨まれてうろたえるぼくに、リゾレラはすねたように言う。

「……仕方ないの。見た目が子供だと、周りもそういう風に接してくるし……いつまでも変わらない姿で、変わらない生活をしていれば、性格も変わらないの。ワタシよりずっと短い年月しか生きていない子たちの方が、あっという間に大人になっていくの」

「ああ……いやわかるよ。なんとなく」

ぼくはぽつりと言う。

前世で初対面の者から『思っていたよりガキっぽい性格』と言われ、ショックで二日引きずったことを思い出した。

仕方ないのだ。若い弟子たちに囲まれ、いつまでも変わらない生活を送っていれば、精神的な成長なんてしない。

周りに置いて行かれるばかりの人生だったのは、ぼくも同じだ。

西洋で古代の叡智に触れ――そして妻の蘇生をあきらめたあの瞬間から、ぼくは何一つ変わっていない。

ぼくは微かに笑って言う。

「だが、周りの者は別に君を子供扱いなんてしてないんじゃないか？　レムゼネル殿などは、かなり敬意を払っていたように見えたが」

「レムゼネルは……あの子が小さい頃からよく知っているから」

過去を思い出すように、リゾレラは笑みを浮かべる。

「あの子にとって、きっとワタシはいつまでたっても、少し年上のお姉さんなの」

「ああ、会合の場でレムゼネル殿がなんとなく頼りなかった理由が今わかった」

「もしかしてワタシが隣にいたせい？　なら、これからはもっと厳しくしないとダメなの！」

「これからか？　レムゼネル殿ももう老境だろうに、同情してしまうな」

ひとしきり笑った後、リゾレラがぽつりと言う。

「ワタシが特別に思われているのは……年を取らないだけではなくて、きっと前回の魔王に会ったことがあるからでもあるの」

「えっ、魔王に？」

「前回の大戦を知る魔族は、今でも森人（エルフ）や黒森人（ダークエルフ）の中に少しいるけど……魔王を直接知る者は、たぶんもうワタシだけなの」

「……どんなやつだったんだ？　前回の魔王って」

リゾレラはふっと笑って言う。

「セイカにはぜーんぜん、似てないの」

「ええ……」

「あの人も混血だったの。ただし人間とではなくて、いろいろな魔族との混血。金髪で、肌が少し赤くて、頭には悪魔の角があって、背中には鳥人（ちょうじん）の黒い翼が生えていて、額には第三の眼があった。それでいて……すごく明るい性格だったの」

「……」

「混血は立場が弱いことも多いのだけれど、あの人はずっと機嫌が良さそうで、少しお調子者で、みんなから好かれていたの。あの時はちょうど、後に四天王と呼ばれる者たちと旅をしていた時期だった」

「……」

「会ったことがあると言っても、まだ不老だと知られていなかった小さな頃に、森で迷っていたところを助けられて、少しの冒険をしただけ。それでも、もっとこの人のことを知りたい、一緒にどこまでも行きたいって思えた。そういう人だったの」

リゾレラは数歩進み出ると、ぼくを振り返って言う。

「ほんとうは、セイカが……前世の記憶を持っているんじゃないかって、期待していたの」

一瞬どきりとするぼくに、リゾレラは続ける。

「もしかしたらワタシのこと、覚えているんじゃないかって……。でも、そんなわけないの。だってあの人も、前世の記憶なんて持ってなさそうだったから」

「……」

「それでも、セイカと一緒に行こうと思ったのは……あの頃の何かを、取り戻したかったからかもしれないの。あの時、ワタシにもっと力があって、あの人の旅に付いていくことができたとしたら……何かを変えられたんじゃないかって、ずっと思っていたから。今でも魔法は得意ではないし、剣なんか振れないけれど……でも長く生きてきたおかげで、いろんなことが知れて、いろんなものを用意してあげられるようになった」

「……ああ、そうだな。いろいろと助かったよ」

それからぼくは、わずかに間を空けて訊ねる。

「君は……それならひょっとして、勇者や人間を恨んでいるんじゃないのか？」

「……」

「だって、前回の魔王は……」

前回の魔王は、勇者によって倒されている。

これまでに起こったすべての大戦は、どちらかがどちらかに倒されることで終結しているのだ。

リゾレラは、ぼくから目を逸らして答える。

「恨んでいたことも、あったの。でも長く生きている間に……そんな感情もなくなったの」

「……」

「だってどれだけ敵対していても、人間を伴侶に選ぶ魔族が後を絶たないの。あなたの母のように。結婚の報告で、幸せそうに人間を連れてこられるなんてことが続けば……いつまでも恨んでいることなんて、できなかったの」

苦笑にも似た笑みを浮かべて、リゾレラは言った。

「人間とも、仲良くできたらいいの」

「……そうだな」

「でも、向こうはどう思っているかわからないの」

「……」

「勇者は脅威なの。前回の大戦でも、魔族領に勇者のパーティーが攻めてきた時には、とてもたくさんの犠牲が出たの。だから、今回も……」

リゾレラは、思い詰めた表情で言った。

「すべての魔族が団結して、人間に立ち向かわなければならないかもしれない」

◆　◆　◆

温泉へと向かう道すがら。

ユキが、頭の上から顔を出して言う。

「大火山に不老不死とは、なんだか竹取物語のようでございますね」

「……役者は誰だよ。帝がぼくで、なよ竹のかぐや姫がリゾレラか？」

それならぼくは、あの山で何を燃やすことになるのだろうか。

ユキの戯れ言は半ば以上聞き流していた。そんなものよりもずっと、考えるべきことがあったからだ。

あのわずかなやり取りで、新たにわかったことがいくつもあった。魔族の森を切り拓いてきた人間たち。長きを生きるリゾレラの秘密。だが何よりも――魔王と勇者についてだ。

「正気を失ったようになる、か……」

リゾレラはそう言っていた。

だが、現実にそのようなことは起こっていない。

ぼくはもちろん人間を敵視などしていないし、アミュだってルルムたちと仲良くやっている。

冒険好きで多少荒っぽいところはあるかもしれないが、平穏に過ごすことができないなどということはまったくない。

リゾレラが思い違いをしている可能性を考えないならば、やはりぼくが魔王じゃないということになるのか。しかしその場合、戦いに身を投じるようになるはずの魔王が、未だ世に出てきていないことの説明がつかない……。

「……いや、違う」

ふと気づき、ぼくは思わず立ち止まった。

「……ぼくか」

転生してきてしまったためか。ぼくが――人間を敵視し、戦いを挑むことになるはずだった、魔王の体に。

確証はない。だが、それならばすべてが矛盾なく嵌まる。

だとしたら、異世界人であるぼくが歪めてしまったことになる。勇者と魔王が――人間と魔族が、争う定めを。

「参ったな……」

思わず引きつった笑みが浮かぶ。

まさかただ生まれ変わっただけで、この世界の命運をここまでねじ曲げていたとは。

世界の行く末を左右できる立場なんてごめんなはずだった。力ある者には、それを恐れもしない狡猾な者たちがたかり、食い物にしようとする。だからこそわざわざ転生し、名もなき民衆の一人になろうとしたのに。

ぼくは、視界の先にそびえる果ての大火山を見据えながら呟く。

「結局……避けられないものなのだろうか」

力ある者を待つ、定めというものは。

翌朝。

毎度のように集落の外れに宿を借りていたぼくたちは、外で火を焚き、簡単な朝食をとっていた。

「あの、魔王様」

ちょうど食べ終わったところで、ヴィル王がおずおずと話しかけてきた。

何やら周りの王たちからも視線を感じる。皆早々に食べ終わってこそこそ話していたので、どうにも示し合わせたような雰囲気があった。

素知らぬ顔で、ぼくは水の入った杯を傾けながら訊き返す。

「どうした？　あらたまって」

「実は……僕たち話していて、魔族を代表する機関があればいいんじゃないかということになりまして」

「ぶっ‼　ゴホッゴホッ‼」

「うわっ、大丈夫ですか魔王様……」

思わずむせてしまった。

ヴィル王が不安そうに問いかけてくる。

「いい考えだと思っていたんですけど……ダメでしょうか？」

「い……いや、いい。すごくいいと思う」

思わぬ展開に内心動揺しつつも、ぼくは笑顔を作って返した。

まさか……王である彼らから言い出してくれるとは。

ヴィル王の提案は、ルルムの望みであり、ぼくの望みでもあった。

全面戦争が起こった際に交渉の選択肢が生まれるし、何より魔王に頼らず意思を統一できるのなら、ぼくがいらなくなる。今の状況を考えるとめちゃくちゃに都合がよかった。

とはいえ喜びすぎるのも不自然なので、笑顔を抑え気味に訊ねる。

「しかし、どうして急に？」

「おれらやっぱり、なんだかんだ言ってバラバラだからさ」

シギル王が答える。

「魔族対人間って構図なのに、それはまずいだろってなったんだ。一応人間の側には、帝国っていうでっかい国があるのにさ」

「他にもいいことあるよ。魔族で統一の貨幣が作れれば、いろいろ便利だし。フィリ、そういうのやりたい」

「余はよくわからぬが、種族の枠にとどまらぬ事業などもできるようになるのではないかの」

「なるほどな」

ぼくはうなずき、それから皆に訊ねる。

「機関となれば、各種族の代表が集うことになるだろうが……それはやっぱり君たちが？」

「ええ。とりあえずそういう想定でいます。……みんなで考えたことですので、初めはそれが一番かなと」

ヴィル王が、ちらと他の王たちを振り返る。

視線を交わす彼らの間には——やはり、戦友同士にも似た絆があるように見えた。

ふとリゾレラの方へ目を向けると、彼女は手をひらひらと振って言う。

「ワタシはただ長く生きているだけでそういう立場じゃないから、出ないの。レムゼネルか、もっと若い子を遣るの」

どうやら、リゾレラもこのことを知っていたらしい。

ぼくだけ蚊帳の外だったのか。

「わかったが、それなら……」

ぼくは慎重に問う。

「人間への対応は、どうするつもりなんだ？　神魔の里に集まった代表たちは、たぶん今も揉めていると思うが……君たちはどういう結論を出した？」

「やはり、正式な和平の道を探ろうということになりました」

ヴィル王がはっきりと言う。

「争いは失うものが多いです。最後に魔族の領域を奪われてから数百年という時が経っているので、頃合いと言っていいでしょう。互いに不可侵の取り決めを交わし……そして共に発展していきたい。そう考えています」

「魔族が人間の国にもっと進出できれば、そこで活躍するやつも出てくるかもしれないしな。寿命の長さとか腕っ節の強さとか、人間にない強みがいくらでもあるんだ。獣人や森人(エルフ)や矮人(ドワーフ)くらい、他の種族も積極的に人間と関わっていいんじゃねーかと思う」

「……そうか」

　ぼくはほっとする。

　人口が増えて豊かになり、争いの時代を知る世代も少なくなって、きっとこのような考えを持つ魔族も増えていることだろう。

　しかし、ぼくはさらに問う。

「だが……いいのか？　ガウス王は、開戦を望む立場だったと思うが……」

「いいんだ」

　ガウス王は笑顔で言う。

「みんなと話しているうちに、整理がついた。オレは外交の機会が欲しかっただけだったんだ。他種族と意見を交わす場を得て、人間との交流も生まれれば、それはきっと巨人族の発展に繋がる。オレもこれでいいんだ」

「……そうか。悪魔や鬼人(オーガ)や黒森人(ダークエルフ)の代表も、開戦を望んでいたようだったが……君たちもそれでいいんだな」

「ええ」

ヴィル王とシギル王が笑って答える。

「僕は元々反対の立場でしたから。その方が、我が種族のためになると信じています」

「おれも別に開戦派じゃねーしな。森人との関係改善だって、戦争を起こさなくてもできるはずさ」

アトス王に目を向けると、彼もしっかりとうなずいていた。

「そうか……そうだったんだな」

ぼくは視線を地面に下ろした。

ぼくの知らぬ間に。

この子たちは互いに、種族を思って話し合い――そして自分たちの納得できる結論を、しっかりと導き出していたようだった。

初めに会った時は、王といってもただの子供だと思っていたのに。

ただの余暇のような時間を過ごしていたと思ったら、いつの間にかこんな……。

「あれ、もしかして魔王様……泣いてますか？」

「な、泣いてない泣いてない」

ぼくは目元をごしごしと擦ってヴィル王に答える。

「すばらしい考えじゃないか。それはおそらく、人間側も望んでいることだと思う。きっとうまくいくよ」

「ありがとうございます！　とはいえ……まだ実現できると決まったわけではないんですけどね」

ヴィル王が苦笑するように言うと、他の皆も同じような表情になる。

「おれら、なんにも実権ねーしなぁ」

「親父がなんて言うか心配だぜ……」

「フィリの言うことなんて、みんな聞いてくれるのかな」

「……やりようがないでもないがの。そのような機関ができて他の種族が代表を出すのだと言い張れば、自分たちも出さざるを得ん。それを全種族で繰り返せば、一応形だけはできる。実行力が伴うかは別じゃがの」

プルシェ王はぶっきらぼうに言うが、その先も考えていそうな口ぶりだった。

ぼくは微笑とともに言う。

「そうか。頼もしいよ」

「ふん……そう期待するものでもないわ。たとえうまく始められたとしても……いつまで続けられるかわかったものではないからの」

プルシェ王の目に、寂しい色が混じる。

「こんな仲良しこよしの集まりがいつまでも続くことはない。余たちはほんの短い間、たまたま生きる時期が重なっているにすぎぬ。初めに余とフィリ・ネアが、続いてヴィルダムドにアル・

アトスが、それからガウスが、最後にシギルが死ぬ。その死期はバラバラじゃ。数百年かけて、一人ずつ死んでいく。魔族の生きる時間はそれぞれに異なる。今ここにある志が、いつまで魔族の間に受け継がれるかはわからぬ」

しんみりとした空気が流れる中、プルシェ王は続ける。

「じゃが……それでも今せねばならぬことをするのが政じゃ。数百年先を憂えても始まらぬ。先のことは子孫に任せ、余たちは今ある務めを果たすべきじゃろう」

「……。オレは」

言葉を発しにくい雰囲気の中で、ガウス王がおもむろに言う。

「お前が、オレらの関係を仲良しこよしだと言ったことが意外だぜ……！」

「んあっ……‼ い、言っとらん‼」

「いいや言った！　オレはバカだが耳は悪くねーぞ」

むきになるプルシェ王とガウス王のじゃれ合いを見ながら、ぼくは微笑む。

「……応援するよ。ぼくにできることがあればなんでも言ってくれ」

「ありがとうございます、魔王様。実は一つ、お願いしたいことがあるんです」

「…………ん？」

若干嫌な予感がしつつも訊き返すぼくに、ヴィル王は言う。

「それぞれの種族の代表となる議員のほかに、議長であり人間社会と交渉を行う全体の代表者が必要なんです。それを、魔王様にやっていただけないかなと」

「……え⁉」

思わず呻くぼく。

ヴィル王は続ける。

「いずれの種族からも中立で、人間の血も入っているとなれば、これ以上の適任はいません。魔王様が全体の代表となるならば、誰もが納得するでしょう。引き受けてもらえないでしょうか……?」

「……い、いや……それは……」

嫌な汗が流れる。

はっきり言って、めちゃくちゃ都合が悪かった。

そんな立場に収まったら帝国に帰れなくなる。それどころか、下手したら前世以上に暗殺の可能性に脅かされることになってしまう。

とはいえ……この子らのことは無下にしにくい。

ぼくはしどろもどろになりながら答える。

「きゅ、急に言われても、安請け合いはできないな。これまでそんな地位に就いたことはないし……それに半分は神魔の血が入っているらしいから、中立と言い切れるか……あと寿命も長くないだろうし……も、もう少し、いろいろ検討してもいいんじゃないだろうか……?」

「それもそうですね。まだ設立の目途も立っていないのに、時期尚早だったかもしれません」

ヴィル王があっさりそう言ってくれたので、ぼくは内心でほっと胸をなで下ろす。

「でも、前向きに考えておいてほしいです。魔王様にぜひ務めてもらいたいという思いは、僕らの中で変わりませんので」

「わ、わかった……」

思わずうなずいてしまった。

困ったな……と思いながら、ぼくは誤魔化すように立ち上がって言う。

「よ、よし。じゃあ片付けるか。名残惜しいが、そろそろ出発しよう」

皆ががやがやと言葉を交わしながら動き始める中、ぼくも道具を位相に放り込んでいると、ユキが耳元で言う。

「何やら面倒な役職を頼まれてしまいましたね……。曖昧な返事などせず、はっきりと断るべきだったのではございませんか？　その気もないのに保留にされてはあの者らも困りましょう」

「言うな。仕方ないだろ……断りにくかったんだ」

小声で返すと、ユキが呆れたように言う。

「やはりセイカさまは、子供には甘いようでございますねぇ」

ぼくがさらに言い返そうとした――――その時。

地面が、揺れた。

「っ……！」

「うおっ、地震か!?」

「……大きいようじゃのう」

王たちも手を止め、立ちすくんだように揺れが収まるのを待っている。

地震は、それから少し経っておさまった。

ずいぶんと長く揺れていたように感じる。

「……まずいな、これ。建物とか崩れてるんじゃねぇか？」

「いや……集落の様子を見る限り、そこまでの被害はなさそうだよ。火山に一番近いここがこの程度なら、きっと他の里も大丈夫じゃないかな」

ヴィル王の言う通り、集落に大きな変化はない。

住民である鬼人たちは何事かと外に出てきているが、さほどの混乱はなさそうだった。

「果ての大火山とは遠い場所で地震が起こることもあるけど、この分だとたぶん心配いらないの。だから…………セイカ？」

リゾレラの戸惑ったような声音。

彼女の言葉は、ほとんど耳に入ってきていなかった。

ぼくはじっと果ての大火山を見据える。

妙な胸騒ぎがしていた。

やがて違和感が形になり、口をついて出る。

「……蒸気が上がっていない」

「え……？」

昨日あれほど噴出し、周囲に雲を作っていた蒸気が、今日はほとんど見られない。

胸騒ぎに突き動かされるように、ぼくはヒトガタを取り出す。

「様子を見に行ってくる。少しの間みんなを頼む」

「え、セ、セイカ?」

困惑するリゾレラの声を置き去りにして、ぼくは駆けながらヒトガタを放った。

式神を足場に宙を昇り、そして蛟の扉を開こうとした――――その時。

背後から何かが、ぼくの胸を貫いた。

「ごふっ……」

どろりとした血の塊を、口から吐き出す。

それは胸から突き出た、円錐状の白い金属を赤く濡らした。

首を回し、背後を見る。

円錐状の長大な槍を握っているのは、白い毛並みを持った、巨人に迫る体躯のデーモン。

おそらくは、光属性のホーリーデーモンの一種だろう。

つい先ほどまで、こんなものはいなかったはず。

痛みに明滅する視界が、かろうじてデーモンを召喚した魔法陣と、その術者を捉える。

「――――やれやれ。我が王の御前で、このような狼藉は避けたかったのですが」

デーモンと魔法陣の背後に立つ銀の悪魔――――セル・セネクルが言葉を発した。

主君の言葉を伝える時と、まったく同じような声音で。

「魔王討伐の好機とあらば仕方ありません。仕込みもちょうど終えてしまいましたし、時機としてもこの上ないでしょう」

「……セ……セネ、クル……？」

アトス王が、信じられないかのような目を自らの従者に向ける。

他の王たちも、状況を受け入れられずに固まっているようだった。

セル・セネクルはそれまでと変わらない柔らかな物腰で、周囲の王たちへ小さく礼をする。

「ご安心を。皆様に手出しはいたしません。指導力のある者が魔族の王位におさまることは、帝国としても都合が悪い。これからも変わらず、置物の王でいただけると幸いです」

「そ、そう、か……ごふっ、其の方、は、そう、だった、か……」

血泡を吐きながら言うぼくに、セル・セネクルは穏やかな笑みを浮かべる。

「さすがは魔王様。心臓を貫かれながらまだ口がきけるとは。しかしじきに……」

「はは、は……は、はは、ははは……」

ぼくの笑声に、銀の悪魔の顔から笑みが消えた。

胸から突き出た槍の穂先を掴む。

生み出されたガリアの汞（ガリウム）が、白い金属を侵食していく。

ぼくは首をねじったまま銀の悪魔を見据え、血塗（ちまみ）れの笑顔で言った。

「や、やる、じゃない、か……………ぼく、の身代（みのしろ）を、一つ割る、とは」

セネクルの表情が強（こわ）ばると同時に、白いデーモンが強く槍を引いた。

ぼくから引き抜かれるはずだった穂先は、侵食によって先から折れ砕ける。

縫い止められていた空中から解き放たれ、地面へと降り立った。同時に、大穴の開いていた胸が瞬く間にふさがっていく。

中心に黒ずんだ穴が開き、力を失ったヒトガタがひらひらと草間に落ちる。

振り返るも、セネクルの姿はそこにない。

「転移したか」

ならばまずは、デーモンから片付けるとしよう。

槍をかまえる白いデーモンへ、手にしていたヒトガタを素早く飛ばす。

空を切って飛ぶそれは……しかし突如、地中から現れた黒い石柱に阻まれた。

「っ……！」

石柱は、その一本にとどまらなかった。

ぼくの正面のみならず、左右や後方など、計六本もの石柱がぼくを囲むように立ち上がる。

「これは……」

ただの石柱ではない。

表面には文字のようなものが描かれ、はっきりとした力の流れを感じる。

「……結界、か」

「ええ。私は『銀』の部族の生まれであるため、このような魔法が比較的得意でして」

黒い石柱の一つ。その上に立つセネクルが、微笑とともに言う。

「ドラゴンを喚び、様々な属性を操り、死の淵からも蘇るあなたであっても……魔法を封じる結界の中で、その力を満足に振るうことはできるのでしょうか」

「……」

「せめて人間の血が入っていない純粋な魔族であれば、多少は抗い得たでしょうがね」

白い槍を手にした巨大なデーモンが、石柱の間からぼくに迫る。

どうやらこの結界は、モンスターは通す類のもののようだった。

「では、死になさい」

ホーリーデーモンが、穂先の折れた槍をぼくに振り上げる。

あれだけの槍なら、穂先が欠けていようが関係ない。人間の肉体程度、原型すらとどめずに押し潰せてしまうだろう。

しかし、それがぼくに叩きつけられる瞬間――白い円錐状の槍は、鈍い音とともに半ばから切断された。

「なっ……？」

セネクルが石柱の上で両の目を見開く。

ホーリーデーモンが、おののいたように後ずさった。

「そ、それは……いったい……っ」

両者の目は、つい今し方槍を切断した、一体の妖に向けられている。

槍が振り下ろされる寸前、空間の歪みから現れたのは――甲殻類めいた奇怪な妖だった。

その大きさはデーモンに迫るほど。二本の鋏に、節のついた体に尻尾。全体としては蠍に近いと言えるだろう。だが鋏以外に脚のようなものはなく、頭部には人間のような目と毛髪、そして嘴(くちばし)が生えていた。

何とも形容しがたいその姿に、銀の悪魔は表情を歪める。

「モンスター……だというのか……？　しかし、そのような……」

「……網剪(あみきり)、という」

ぼくは独り言のように呟く。

「本来は犬ほどの大きさしかない、漁網(ぎょもう)や蚊帳を切って人を困らせる程度の妖(あやかし)だ。しかしまれに……このように巨大な個体が現れる。人間から時折生まれる英雄のような、力ある個体が」

「アミキリ……だと？　聞いたこともない。存在しないはずだ、そんなモンスターは……！　そもそもなぜ、私の結界の中で召喚術が……」

ぼくは口の端を上げて答える。

「これ、魔法じゃないんでね」

網剪が滑るように動いた。

デーモンが苦し紛れに突き出した槍の残りを、片一方の鋏で根元から切断。そして流れるように、もう一方の鋏でデーモンの頭部を切り飛ばす。

転がったデーモンの首を、ぼくは見ていなかった。

見据えるのは、石柱の上で転移の魔法陣を構築する、セル・セネクルの姿。

「今度は逃がすか」

《金の相——鉄蜷矢の術》

回転する円錐状の鉄杭が打ち出され——銀の悪魔の肩に、正確に突き立った。

「ぐぅっ……!!」

その衝撃によって、悪魔が地に落ちる。

痛みで集中を切らしたためか、転移は失敗したようだった。

黒い石柱による結界も、落下と同時に力の流れが消える。

「ふう、危ない危ない。当たってよかった」

《鉄蜷矢》は普通の矢よりもまっすぐ飛ぶので当てやすいが、そこまでの精度があるわけでもない。

ヒトガタを周囲に配置し、ぼくの結界を張る。これで転移は確実に不可能となった。

セネクルの下に歩み寄りながら、ぼくは言う。

「悪魔には一度、転移で逃げられそうになったからな……。ちゃんと生きているようだし、今回は我ながらうまくやった」

「……ふ、ふふ……」

肩に鉄杭が突き刺さったまま地面に倒れるセル・セネクルは、微かな笑声を上げた。

さすが魔族だけあって、あれだけの高さから落下しても笑う余裕があるらしい。

「慈悲をかけた、つもりですか……？　この心臓を射貫けば、よかったものを……」

「勘違いするな。其の方にはまだ口をきいてもらう必要がある」

覚のヒトガタを浮かべながら、ぼくは言う。

「帝国側の間者を捕まえたのは初めてだな。誰の手の者かくらいは喋って……」

「ごふっ‼　ぐふっ……‼」

その時、セル・セネクルが大量の血を吐いた。

ぼくは眉をひそめる。

鉄杭は内臓に当てていない。吐血は不自然だ。ならば落下時に骨が肺に刺さったか、胃が破れたか……。

「……まあいい。その程度ならばいくらでも治せる」

ヒトガタを取り出し、軽く真言を唱える。

かつてランプローグ家の庭でカーバンクルを治した時のように、損傷をヒトガタに移していくだけだ。頑丈な魔族ならそれで十分なはず。

――――だが。

「……は？」

ぼくは思わず困惑の声を上げる。

損傷を移していくはずだったヒトガタは……瞬く間に中央から黒ずんで破れ、力を失って地に落ちた。

術に干渉された気配はない。呪いは正しく作用したはずだ。

ならば、これは――――。

ぼくは気づき、愕然として言った。

「お前、まさか……内臓を……っ！」

「……ふふ……」

セネクルが掠れた笑声を上げる。

その腹は、不自然なほどに凹んでいるように見えた。

間違いない。この悪魔は、鉄杭に貫かれるその瞬間――――自らの腹に収まる、主要臓器をどこかへ転移させていたのだ。

自分自身を転移させるのに比べ、距離も精度も必要なかったのだろう。

内臓が丸ごと失われるほどの損傷となると、簡易な呪い程度では治せない。おそらく治癒魔法でも同じだ。だから情報を渡さないことを第一とするならば、これ以上ない確実な手段だったのだろう。

だが、そうだとしても……、

「……なぜだ」

愕然とした表情を隠せないまま、ぼくは悪魔へと問う。

「なぜそこまで……魔族の立場で、どうして帝国に与するんだ」

「ふ……おかしなことを、言います……」

ひゅうひゅうと、悪魔の喉からは喘鳴が漏れていた。

セネクルはぼくを見据えて言う。

「魔族に与する、人間がいるのです……その逆がどうして、いないと言えるでしょう……」

人間ならばとうに死んでいてもおかしくない重傷でありながらも、セネクルはまだ筋道立った言葉を発していた。

だが、そう長くはないだろう。

「心臓、と肺、を、残して、しまったのは……失態でし、た。無駄話をする、時間が、で、できてしまった」

「……そうか。そればかりは、ぼくにとって幸運だったな」

「ふ……。早く、逃げた方が、いい……魔王様」

掠れた笑声とともに発せられた言葉に、覚を喚ぶための印が途中で止まる。

瀕死の悪魔は、しかしどこかやり遂げたように笑っている。

「何を言っている……どういうことだ」

「もう、気づいている、でしょう……果ての大火山の、異変に……」

そして、セル・セネクルは言う。

「蒸気井戸を、すべて……大規模な儀式魔術で、破壊しました……じきに噴火が、お、起きます。かつて、人間の国を……滅ぼしたほどの、大噴火が」

「っ……！」

ぼくは思わず目を見開いた。

「あれだけの、数です。修復は……ごほっ、容易では、ない。魔族は……壊滅的な、被害を受ける、でしょう。帝国に、抗えなくなる……ほどの……」

「……嘘だ」

愕然としながらも、ぼくは言う。

「昨日の今日だ……其の方に、そのような時間はなかったはずだ」

「ふ……儀式魔術と、言った、でしょう。間者は……私一人では、ない」

ぼくは歯がみする。

考えてみれば当たり前だ。下手をすれば……全種族に、このような間者が紛れ込んでいてもおかしくない。

裏切りの悪魔は、時折咳き込みながら言う。

その息は、先ほどよりも弱くなっているようだった。

「お逃げなさい、魔王様……王たちを、連れて。大噴火が起こっ、ても、この広大な魔族領は……滅びは、しません。ただ……生産が、減り、混乱が、生まれ、人間に、抗えなくなる……だけです。此度の、大戦、は、これで……」

「セ……セネクル！」

その時、不意に小さな影が駆け込んできた。

「セネクルっ、セネクルっ」

アル・アトス王は、今にも泣き出しそうな声音で、自らの従者に縋り付く。

「ああ……哀れな、我が、王……」

セル・セネクルは、弱々しい笑みを浮かべる。

その目はすでに光を失っているのか、主君の方を向くこともない。

「残念、でし、たね……悪魔族、は……この先、も、愚かな貴族の、専横が、続く、でしょう……。私が……先王を、殺し……あなたのような子供を、王位に就けた、ために、です……」

「セネクル……!?」

「あなたに、待つのも、苦難、ばかりだ……私も、もう、いない……」

そして最後の一息を吐き出すように、銀の悪魔は言う。

「これから、は……せいぜい……ご自分で、話され、ます……よ、う……」

悪魔の体から力が抜け、首が微かに横に傾いた。

その息が絶えたようだった。

よく晴れた朝にそぐわない、絶望的な沈黙が、辺りに流れる。

そんな中――――ぼくはヒトガタを、裏切り者の死体に跪く小さな悪魔の王へ向けた。

「一応、訊いておこう。アル・アトス王」

「……セ、セイカさまっ？　なにを……」

ぼくのただならぬ様子を感じたのか、ユキが耳元で動揺の声を上げた。

ぼくはかまわず続ける。

「其の方の従者は帝国の手先だった。この事態は……其の方の差し金か？」

「……いいえ」

答える声は、小さく震えていた。

こちらを振り仰ぐ仕草も、ずいぶんと弱々しい。

だが、ぼくを見返すその目には――強い力が宿っているように見えた。

「そのようなことは、決して」

「……そうか」

そう言って、ヒトガタを散らす。

疑う意味はなさそうだった。

ぼくは雲のない果ての大火山を見据えながら、重い息と共に告げる。

「ならば……これからのことを考えよう」

鉄蜷矢の術

螺旋(らせん)が描かれた円錐状の鉄杭に、回転を加えて放つ術。ジャイロ効果により直進性が高い。

第三章　其の一

セル・セネクルの言っていたことは、事実だった。

蛟で果ての大火山へ飛び、眼下の山肌に見たのは、蒸気井戸がすべて破壊された荒涼とした光景だった。

「……」

王たちもリゾレラも、誰も言葉がなかった。

蒸気井戸はそのほとんどが土や瓦礫(がれき)で埋まってしまっており、一朝一夕で元通りに直せるとはとても思えない。

内心で歯がみする。

昨日来た時、リゾレラの制止を押し切って蒸気井戸へ見物に降りていれば、力の気配に気づけていたかもしれない。

だが、それは無意味な仮定だった。

帝国の手の者も、火山が活発になり毒気も増えるタイミングだったからこそ、このような工作に踏み切ったのだ。見物などという理由で気軽に人が近づける状態だったなら、ぼく以前に魔族の誰かが気づいている。

「……猶予(ゆうよ)は、どれくらいあるだろう」

ぼくが静かに問うと、リゾレラがためらいがちに答える。

「わからないの……。でも、過去に火山が活発になった時は、一ヶ月くらいかけて少しずつ地震が増えていたの。今回だと、一番増えるタイミングは、たぶん今から半月後……。噴火が起こるとしたら、それくらいなの」

「半月後、か……」

破滅までの猶予は、ほとんど残されていなかった。

ぼくたちは、急いでルルムの里に戻ることとなった。

事は重大で、時間もない。一刻も早い意思決定が必要だった。

被害の予測や付近の住民の避難、食糧の供給や復興への備えなど、決めるべきことは膨大で、とても一種族の事情に収まるものではない。魔族全体としての意思決定が必要だ。

そのために――魔王の処遇を決めるために集まった代表たちへ、話を持ち込むことにしたのだ。

彼らは彼らの種族の議会などから、一定の決定権を委任されている。集まった目的からはずれてしまうが、噴火への対処のため横断的に物事を決めるにあたり、今彼ら以上の適任はいなかった。

しかし。

「我ら悪魔族は特に、何らかの対処をするつもりはないのである」

王たちを伴って代表たちへ経緯を説明し、驚愕されながらも話し合いが進み始めた時、エル・エーデントラーダ大荒爵が唐突にそう言った。

神魔の代表レムゼネルが、信じられないかのような表情で言う。

「エーデントラーダ貴様、何を言っている……状況がわかっていないのか⁉」

「無論、よくわかっているのである」

金の悪魔は、こめかみに指を当てて言う。

「幸いにして、果ての大火山の近辺に悪魔の集落はないのである。おそらく同胞への被害はないであろう。対処の理由がないのである」

「っ……！　貴様の同胞が人間に寝返り、引き起こした事態だろう！」

「魔王様のお話を聞いていなかったであるか？　セル・セネクルは魔王様と行動を共にしており、今回の破壊工作には直接関わっていないのである。蒸気井戸を破壊した工作員が、我が種族の者である証拠はない」

「そのような詭弁（きべん）を……！」

「詭弁はそちらであるぞ、レムゼネル。間諜が潜（ひそ）んでいる可能性は、どの種族にもある。それは以前から周知の事実であったはず。今一人判明したに過ぎない我が種族にばかり責任を求めるのは、筋が通らないのである」

レムゼネルが押し黙る。

エーデントラーダ大荒爵の言うことには、一見筋が通っているようにも思える。

だが、実行部隊も悪魔族であった可能性は十分にあるのだ。それにもかかわらず何もしないというのは、その実ただ自分たちの負担を避けているだけでしかない。

レムゼネルは、諦めたように鬼人(オーガ)の代表に話を向ける。

「……ドムヴォ殿は、どうされるつもりか。果ての大火山の麓(ふもと)には、鬼人(オーガ)の集落が数多くあったはず」

「儂らも、何もせん」

レムゼネルが目を見開く。

「な、なぜ……」

鬼人(オーガ)の代表ドムヴォは、さすがに以前のような怖気(おぞけ)のする笑みを浮かべてはいない。

しかし、答えは冷酷だった。

「そこに住む者らは、火山の脅威を知ったうえで暮らしを営んでいたはず。普段は魔石や鉱石など火山の恩恵にばかりあずかり、いざ脅威が迫れば同胞へ助けを求めるなど、弱者のすることよ。そのような者は同胞ではない。彼らは、彼ら自身で助からねばならぬ」

「か、勝手だ！」

こらえきれずに叫んだのは、ヴィル王だった。

「彼らが採掘した富の一部は、僕らにも恩恵を与えていたじゃないか！　収益からは税収が上がり、彼らの使う金は行商人などを通じて他の集落にも巡っている！　蒸気井戸をずっと手入れしていたのも彼らだ！　それなのに、災害が起こったら見捨てるだなんて……っ！」

「それは、これまでがそのような形であっただけのことですぞ、陛下。儂らと彼らはなんの約束事も交わしておらぬ。状況が変われば、自然と形も変わる。ただそれだけのこと」

「そんなっ……安全な者にばかり都合のいい理屈、僕は認めない！　王として命ずる！　他種族と協力し、噴火への対処を決めるんだ！」

「陛下」

ドムヴォは、静かに問う。

「国母様は……メレデヴァ王太后陛下は、なんと？」

ヴィル王は愕然として目を見開く。

「母上は……関係ない……っ！」

「グフ……陛下も鬼人（オーガ）ならば、ご理解できるはず」

ドムヴォは、例の怖気のする笑みと共に言う。

「力ない者は、何一つとして為せぬのだ……と」

言葉を失うヴィル王。

そんな中、獣人の代表であるニクル・ノラが言う。

「わいらは、同胞くらいは助けんとなぁ。もちろん猫人に限らず、他の連中も。あの辺にも集落があったはずやから」

「ニクル・ノラ殿……ならば、避難民への食糧供給や、復興のための資金の拠出（きょしゅつ）も願えないだろうか」

レムゼネルが言う。

「現状、魔族の中で最も財力を有するのが獣人族だ。無論ただ資金提供を頼むのではなく、各種族で債券を発行し、それを買ってもらうという形ではどうか。将来的に、発展に伴って返済を……」

「できひんなぁ、それは」

ニクル・ノラは冷たく言い放った。

レムゼネルが、歯がみするように問う。

「……なぜ」

「あんなぁ、金っちゅーのは返せる奴にしか貸さへんもんなんやで？　しかも噴火の復興資金なんて、物乞いに気まぐれに施すのとはわけが違う額や。発展したら返しますーって、五百年かけて大して変わってへん連中もおるのに、何を期待せぇ言うねん。アホくさ」

「あ、あの……」

小さく声を上げたのはフィリ・ネア王だった。

「フィリは……」

「ん？　ああ、お嬢もおったんやったっけ。お嬢の方からも言ってやってくれへんか？　泥船に金貨積むなんてアホのすることやって」

「え……で、でも……」

フィリ・ネア王はそれ以上何も言わず、そのままうつむいてしまう。

ニクル・ノラが続ける。

「そうそう。食糧供給なら、巨人族がやればええんやないか？　よくわからんバカでかい作物ぎょーさん作っとるやろ。わいらが食べられるのかは知らへんけども、それを少し回すだけで避難民の食糧には十分なんと違う？」

「……断る」

巨人の代表エンテ・グーは、迷いない口調で言った。

「これ以上……他種族のために、我らが負担を強いられる筋合いは……ない。同胞へ……施すのみだ」

「……いつまでそんなこと言ってやがるんだ！」

声を上げたのは、ガウス王だった。

「五百年も前のことをうだうだうだうだと！　オレはバカだが、そんな女々しい真似は絶対に許さねぇ！　食糧くらい回してやったらいいじゃねーか！」

エンテ・グーは、ゆっくりとガウス王を見る。

「先王陛下ならば……そのようなことは、おっしゃらない」

「っ……!!　オレとっ、オレと親父の何が違う!!」

「ご自身で今、おっしゃったはず……自分は馬鹿なのだと。それが……答えです。もっと、学ばれなさい。いずれ先王の地位に……就くまでの、長い間に」

ガウス王が目を見開き、唇を引き結ぶ。

他の者たちに続き、三眼（トライア）の代表であるパラセルスに、黒森人（ダークエルフ）の代表であるガラセラ将軍が言う。

「我ら三眼（トライア）の方針も、獣人や巨人と近いですね。同胞は助けますが、それ以上の協力はいたしかねます。そもそもこれまでに、こういった横断的な事業は前例がほとんどないでしょう。それこそ魔王軍結成くらいでは？　正直、なぜ今ばかり……という印象ですね」

「我々黒森人（ダークエルフ）としても同じだ。戦争を控えている今、軍事費を圧迫しかねないほどの大きな出費は控えたい。どうだろう、今回の噴火はそれぞれの種族で対処するというのは。はるか昔の話になるだろうが……おそらく前回の噴火時もそうだったのではないか？」

三眼（トライア）も黒森人（ダークエルフ）も、魔族全体としての対処をはっきりと拒（こば）んでいるようだった。

「パ、パラセルスよ。なにもそう薄情なことを言わずともよいではないか」

その時、おずおずといった調子で、プルシェ王が口を開いた。

「魔族のためになることなのじゃ、もう少し前向きに検討しても……な？　そうじゃ、余は今回、魔王と共にあちこちを回ってな。そなたの母君と妹君の喜びそうな物を、また……」

「陛下」

パラセルスが横目でプルシェ王を見やり、冷たい声音で言う。

「ここは王宮ではございません」

「え……」

「そのようなことは、この場ではお控えください。私はペルセスシオ宰相と議会の承認を得て、種族の意思決定を委任されています。私はそのような立場、ここはそのような場なのです。ご理解ください」

途方に暮れたような表情で、プルシェ王が立ち尽くす。

見かねたように、今度はシギル王が口を開く。

「な、なあ。おれらは、協力してやってもいいんじゃねーか？　復興となると人員が必要だろうし、兵たちのいい経験になるじゃねーか。軍事費っつっても、このままじゃ戦争どころじゃなくなる。だから……」

シギル王の声は、次第にしぼんでいった。

ガラセラ将軍は、何も答えなかった。自らの王へ、視線を向けることすらもせず、ただ沈黙を保つのみ。

シギル王の表情がこわばり、その拳が強く握られる。

「貴様ら……いい加減にしろ‼　状況がわかっているのか⁉」

レムゼネルが、強く言い放つ。

「人間側の破壊工作により、魔族領が危機に陥っているのだぞ⁉　果ての大火山の噴火ともなれば、被害が周辺の集落だけでは済まない可能性もある！　漫然と対処していれば種族間の損害の差が大きくなり、我らの分断は進むだろう！　それこそ人間どもの思う壺だ！　そんな状況にもかかわらず貴様らは……っ！」

「もういい」

その声を遮るように――――ぼくは言った。
「もういい……もう、わかった」

その日の夜。

ぼくは、里の外れにある小高い丘へやってきていた。

代表らと初めて会合を行ったあの時と同じように、白い石柱に背を預けて溜息をつく。

「……勇者の娘らと会わずともよいのですか？」

頭の上から顔を出し、ユキが言った。

ぼくはぽつりと答える。

「そういう気分じゃないんだ」

とても今、アミュたちと話す気にはなれない。戻ってきたことを伝えてすらいなかった。

「……あの山が火を噴くことが、それほどの大事となるのでしょうか」

ぼくの心情を察したのか、ユキが別の問いを投げかけてくる。

「かの世界でも、たしか一度か二度、富士の山が火を噴いておりましたが……都へは少々の音が轟いた程度で、ほとんど影響はなかったではありませんか。ここ魔族領は、おそらく日本よりも広大。大都市が付近にあるわけでもなし、そこまでの懸念を抱く必要もないかと思われるのですが。だからこそあの魔族の者らも、さしたる動揺を見せていないのでは？」

「……そうとも言い切れない」

　ぼくはぽつぽつと答える。

「確かにぼくが生きていた頃に起きた噴火は、それほど大したものではなかった。だが……ぼくが生まれる百五十年ほど前に起きた富士山の噴火は、あれらとは比べものにならないほどの規模だったらしい。麓の湖が溶岩で埋まり、森の木々は焼き尽くされ、大勢の人々が家を追われたのだと、当時の記録に残されている」

　ぼくは続ける。

「噴火の脅威は、何も溶岩や土砂ばかりじゃない。噴煙と共に空へ舞い上がり、後に降ってくる灰も問題だ。山の周辺では道や建物を埋めてしまうほどに降り積もるが、これは風向きによってはかなり広範囲に広がってしまう。それほどの量がなくとも、畑に降れば農作物に影響が出る。被害は麓の集落にとどまらない。あらゆる種族の食糧生産が減り、魔族全体の力が削がれることになるだろう。これは……そういう事態なんだ」

　さらに言えば、おそらくはレムゼネルが懸念していたように、種族間での分断が進むことになる。

　被害の少なく余裕のある種族と、復興に必死な種族とで、足並みがそろうわけがない。そうなれば、もはや魔王軍どころではない。被害の数字以上に、魔族の力は弱まることとなるだろう。

　もちろん、そうならない可能性だってある。そこまで大きな噴火にはならないかもしれない。

　それどころか、噴火が起きないまま火山活動が収まってしまっても不思議はない。

だが、そんな希望的観測に縋っていい状況ではなかった。

あの火山はかつて、その向こうにあったという人間の国を滅ぼしているのだ。その圧倒的な自然の力が、今度は魔族領側に向かないとも限らない。

セル・セネクルの言っていた通り、そうなったとしてもこの広大な魔族領が滅ぶことはないだろう。影響のまったくない地域の方が圧倒的に多いはずだ。

しかし。

勇者と魔王が誕生し、開戦の火種が燻っているこの時に、もし最悪の事態が起きてしまえば……、

「……ならば」

わずかな沈黙を経て、ユキが口を開いた。

「ユキは、あえて申し上げましょう……セイカさま。これは好機にございます」

「……」

「セイカさまは、魔族の者らとの関係に折り合いをつけ、人間の国に帰ることが目的だったはず。此度に起こる噴火は、その絶好の機会にございます。その被害が大きければ大きいほど、ここの者らは対処に追われ、魔王や戦争どころではなくなることでしょう。場合によっては……セイカさまがそれを引き起こしてしまうのも、よろしいかと存じますが」

「……。それは……」

ぼくは口ごもる。

ユキの言うことは、まったく間違っていなかった。

しかし……、

「わかっております」

ぼくが答えに窮するのを知っていたように、ユキは言う。

「セイカさまは、そのようなことはなされないでしょう。あの魔族の子らを……縁を結んだ幼き王たちを、見捨てるような真似は決してなされないのでしょう」

「……」

「久々に、弟子ができたようでございましたものね。ユキも……少々懐かしくなりました」

穏やかに言ったユキが、頭の上から丘へと飛び降りた。

ぼくを正面に見据えて、言う。

「それならば、セイカさまのなすべきことは、明らかにございます」

「……」

「あの山の噴火をお収めくださいませ――――セイカさまであれば、それも可能でございましょう」

ぼくは、わずかな沈黙の後に答える。

「方法は、なくはない。だが……とても簡単とは言えない。このぼくであってもだ」

ぼくは重々しい口調で続ける。

「火山の噴火は、とてつもない規模の自然現象だ。それを完全に思い通りにするのは難しい。同じ規模の破壊を行うよりも、ずっとだ」

　ラカナのスタンピードも大災害と言えるものだったが、今回は事情が違う。

　ただモンスターを倒せばいいのではない。その膨大な力を制御しなければならないのだ。

「確実にうまくいくとは言えない。もし失敗すれば、その瞬間に噴火が起こってしまうだろう。そうなったとき……少なくない魔族の者たちが、命を落とすことになるかもしれないが……」

　事件の前日に温泉を借りた、鬼人(オーガ)の村を思い出す。

　住民こそ魔族だったが、それ以外はどこにでもありそうな素朴な村だった。湯を貸してくれた礼として余っていた酒樽を渡してやった時には、村人たちも喜んでいた。

　あそこもきっと……土砂や溶岩に飲み込まれるか、そうでなくても灰に埋まってしまうだろう。

「……ぼくに、そんな責任は負えない。所詮、ぼくは魔族ではない人間……ここでは部外者にすぎないんだ。彼らの命運を、ぼくが左右してしまうのは……とても道理に合わない」

「ならば、備えさせればよいではありませんか」

　ユキは言う。

「どのみち噴火は起こるかもしれないのです。もしもの時に備えあらかじめ付近の住民を避難させ、食べ物と家も用意させ、別の場所で暮らしを送れるようにさせましょう。結果としてうまくいかず、多少の不便が生じてしまっても、それは手を尽くしたセイカさまが責を負うものではありません。当事者は彼らなのです。その程度の協力と配慮は、当然にございます」

「……そう簡単にはいかないさ」

ぼくは力なく笑う。

「お前の言う備えには、かなりの金や人の手が必要になる。だが……代表らの様子を見る限りでは、どれだけやってくれるか知れたものじゃない。彼らが最も重視しているのは、魔族全体の利益などではなく、自らの種族の利益だ。他種族のための負担などは当然嫌がる。結果として互いに牽制しあい、先の話し合いのようになってしまう。あの様子では魔族全体での対処なんてとても無理だ。辺境の小さな集落のために、権力者たちがどれほど金を出すかも怪しい。避難すらも、どれほど行われるか……」

「……ならばっ」

その時、ユキが強い口調で言った。

「あの幼き王たちに、求めなさいませ」

「え……？」

「セイカさまがこれから行うことの、助けとなるよう。あの者たちは王であり、そして互いに友誼を結んでもおります。きっと成し遂げられるはずでございます」

「それは……無理だ」

ぼくは諦めとともに首を横に振る。

「あの子らは、まだ子供なんだ。王としての実権だって……」

「いいえ。きっと……きっと成し遂げるでしょう。ユキにはわかります」

ユキは、断言するように言った。

「たとえほんの一時であれ——セイカさまに師事していた者たちなのですから」

◆　◆　◆

翌日。

ぼくはリゾレラと王たちを蛟に乗せ、再び空にいた。

どこかへ向かおうとしているのではない。これからする話を、誰かに聞かれたくなかったためだ。

沈んだ表情の王たちが、何を言われるのかとこちらに顔を向けている。

ぼくは、この期におよんでも未だためらっていた。

しかしそれでも口を開く。

「……ぼくは人間の統べる国で生まれ、人間の術士として育った。これまでずっと」

幼き魔族の王たちに向かい、ぼくは続ける。

「人ならざる者は、ぼくにとっての敵か、あるいは力で従わせ利用する下僕か……その程度にしか考えてこなかった。多少の例外はあっても、だ」

「……」

「魔王などと言われても、未だに実感は湧かない。人外の者たちを導こうなどという気は、今に至ってもまったく起きない。ぼくはどこまでも人間で、人間以外の存在にはなれないのだろう。

……だが」

ぼくは、わずかに口ごもった後に告げる。

「それでも……君たちとは縁が生まれてしまった」

「……」

「いや、君たちだけじゃない。ぼくたちは様々な場所へ赴き、そこに住む者たちと出会った。世話になった者、言葉を交わした者たちがいる。その記憶はもう、ぼくの中で無視できないものになってしまった」

「……」

「ぼくはすべての者を等しく救いたいと思うような善人ではない。そこまでの慈悲の心は持ち合わせていない。だが……縁や義理のある者は、助けることにしているんだ」

ぼくは、王たちを見つめながら告げる。

「率直に言おう──ぼくならば、噴火を止めることができるかもしれない」

皆が、驚いたように目を見開いた。

ぼくは続ける。

「だが、確実ではない。試み、もし失敗すれば、その瞬間に噴火が起きてしまうだろう。溶岩や土砂が麓の集落を飲み込み、高く舞い上がった灰がその周囲の集落をも白く埋める……そうなってしまう可能性がある」

「……」

「ぼくにその責任は負えない。所詮人間でしかないぼくには、ここに住む者たちの命運を左右する道理がない。このままでは、残念だが何もすることはできない。——だから、」

ぼくは、幼き王たちへと呼びかける。

「君たちに、すべての魔族を動かしてもらいたいんだ」

王たちの反応を待たず、ぼくは続ける。

「噴火の影響を受けそうな集落の者たちを、どこかへ避難させてほしい。ぼくが彼らを滅ぼしてしまわないように。同胞は助けると言っている種族もあるが、金や人手には限りがある。おそらく完璧に対応しきれるものにはならないだろう。取りこぼしなくやり遂げるためには、魔族全体が協力し合うことが必要だ。だが……現状はとてもそのような状態にない」

「……」

「だから、王である君たちを頼りたいんだ。もちろん君たちの状況はわかっている。君たちにとってそれが、どれだけ困難なことかも。しかし……もうそれ以外に、方法は思いつかない。だからどうか……君たちの手で、自らの種族を動かしてはもらえない、だろうか……」

言いながら、ぼくの内心には罪悪感が募っていった。

ユキに言われ、一応伝えてみることにはしたが……こんなこと、やはり頼むべきではない。

彼らは、まだ子供なのだ。王としての実権もなければ、強大な暴力も持たない。

弱いこの子らにとって、こんな頼みごとをされても途方に暮れるばかりだろう。

それを理解しながら……ぼくは、なんて重荷を背負わせようとしているのか。

やっぱり忘れてくれ、違う方法を考えるから、と、取り消しの言葉を発しようとした——

その時だった。

「やるよ！」

王たちの中から、声が上がった。

「フィリ、やる！　フィリにまかせて！　ぜったいみんなを説得するから！」

フィリ・ネア王だった。

その青い目にうっすら涙を浮かべながら、それでもまっすぐにこちらを見つめ返してくる。

「いい……のか？　しかし君の立場では……」

「いい。いいの」

両目をごしごしと手で擦りながら、フィリ・ネア王は言う。

「きっとパパなら……同じように言ってたと思うから」

「……ならば、余も力を貸すとしよう」

静かに言ったのは、プルシェ王だった。

微かに笑い、ぼくに言う。

「なに、案ずるな魔王よ。他の者はともかく、余にはその程度わけもない」

「じゃ……おれもやるよ」

そう言って困ったように笑ったのは、シギル王だった。

「まあ、なんとかなるんじゃねぇかな……やれるだけやってみるよ」

「それならオレも負けてらんねぇな！」

　ガウス王が、そう言って豪快に笑う。

「親父は話がわかるからな！　全力でぶつかればきっと大丈夫だ！」

「僕もやります」

　強い眼差しとともに、ヴィル王が言った。

「果ての大火山の麓に住むのは、多くが鬼人の民だ。王である僕が、ここで弱音を吐くわけにはいかない」

　ふと視線に気づき、ぼくは最後にアトス王を見た。

　従者を失った悪魔の王は、こちらをまっすぐに見つめながら深くうなずいた。

　ぼくは思わず、ためらいがちに言う。

「本当に……いいのか？　ぼくが言うのもなんだが、これは君らが背負い込むようなことでは……」

「セイカ。みんな、覚悟してるの」

　答えたのは、リゾレラだった。

　真剣な表情で言う。

「この子たちは、子供である前に王様なの。その覚悟を、軽く見るべきではないの」

　その言葉にはっとし、ぼくは王たちを見回した。

　彼らは一様に、見覚えのある表情を浮かべていた。

　巣立っていったかつての弟子たちと、同じような――。

「任せてみるの。いい、セイカ？」

「……わかった」

ぼくは静かにうなずいて答える。

ああ、そうか――――、

「頼んだ、みんな」

この子たちも、ぼくを置いていくんだろう。

其の二

初めに向かったのは、黒森人(ダークエルフ)の王都だった。

「事情はわかりました。しかし……到底協力はできませんな」

長い長い卓を囲む、一人の年老いた黒森人(ダークエルフ)が言った。

巨大な神樹の根元にある王宮。その中の一室にて、議会が開かれていた。

議題は無論、今回の事件について……そして、住民の避難に際して必要となる、人員の拠出についてだ。

「うむ、我らの兵を派遣するべき事態とは思えん。被害の範囲も限られたものとなるだろう。同胞を助けるための、最低限の対処のみすればよい」

軍装をした、別の黒森人(ダークエルフ)が言う。

事情はすべて説明した。事件の経緯から、魔族全体の協力が必要なことに至るまで。

楽観視されても困るので、噴火を止められる可能性については伏せたが……それ以外のことは、ぼくとシギル王とで誠心誠意話したつもりだった。

「ガラセラ将軍も同様の判断だったのなら、間違いない。わざわざ魔王様や他種族の王に同席していただく事柄でもなかったのでは?」

また異なる黒森人(ダークエルフ)が言う。

やはりというべきか、ここでも協力を得られそうな雰囲気はなかった。

説明のためという名目で、議会にぼくや他の王たちも同席していたが、だからといってぼくらの意思を尊重する様子も見られない。

「しかし……さすがに果ての大火山の噴火となるとただごとでは済まないのでは？　陛下のおっしゃるとおり、食糧生産にも影響が出る可能性もある。ここは他種族と足並みをそろえた方が……」

「ならばなおのこと、出費は抑えねばならぬ。貴殿はその方面に疎かろうが、兵を動かすのもタダではない。食糧が高騰するのなら、そのための資金を蓄えておかねば」

議員の顔ぶれを見ていて気づいたのは、やはり軍の派閥が多そうだということだった。

軍装の者こそ限られているが、それ以外にも体つきや立ち居振る舞いに武人の気配がある者が多い。おそらく、軍を退役した後に議員となった者だろう。

そういった者たちが議席の過半数を占めている。そのせいか、文人議員の立場は弱いようだった。

「……」

卓の最奥に着くシギル王は、ずっと静かなままだ。初めに事情を説明したきり、沈黙を保っている。

だが……不意に、席を立って言った。

「悪い、ちょっといいか」

場の全員が、シギル王を見る。

「この議会は、対応の是非を決めるために開いたわけじゃない。先に説明したとおり、他種族との協力は必須だ。今はそういう事態なんだ」

「……」

「魔王様と、黒森人(ダークエルフ)の王であるおれが決めたこの方針について、具体的な方策を考えてほしい。今日みんなを集めたのはそのためだ」

議場から、失笑の声が上がった。

「しかしながら陛下。それにはまずその方針の是非を問わねば。議会とはそういう場ですぞ」

「我らがいるのもそのため。それとも陛下は、専制君主として君臨されたいのですかな？」

「これ、さすがに言葉が過ぎるぞ。陛下はまだ幼いゆえ、政(まつりごと)に疎いのだ。我らが支えつつ、これから学べばよい」

取り付く島もない議員たちに、シギル王の目が細められる。

「おれがここまで言っても……まだ聞き入れようという気はないのか」

長い卓のどこからも、言葉は返ってこない。

「そうか……なら、もうたくさんだ」

どこか芝居がかった口調で言いながら、シギル王は目を鋭くする。

「お前らにはもう愛想が尽きた。おれはここを出て行くことにする」

議員の間から、先ほどよりも強い失笑の声が上がった。

「おっと、また家出なさるおつもりですかな」

「さすがに勘弁してもらいたいものだ……先には我らがどれほど混乱したことか」

「して、次は誰の下(もと)へ？」

どこか呆れたように笑う議員たち。

だが次に発せられたシギル王の言葉により、その表情が凍り付く。

「森人(エルフ)と矮人(ドワーフ)の独立領だ」

「……は？」

「それは……どういうことですかな」

「どういうことも何もない、そのままの意味だ。おれはこの王宮を出て行き、以後は独立領に居をかまえることにする。森人(エルフ)たちはかつての同胞をきっと歓迎してくれるだろう。おれと共に行こうという奴はついてこい」

議場がざわめき出す。

そんな中、一人の年老いた黒森人(ダークエルフ)がシギル王に問う。

「どういうおつもりですかな、陛下。もしや……王位を捨て、市井(しせい)に下られると？」

「いいや。おれは王位は捨てない」

シギル王が、強い口調で言う。

「だからおれがいる場所が王宮、おれが住む街が王都だ。これから黒森人(ダークエルフ)の王都は、森人(エルフ)と矮人(ドワーフ)の独立領に移る。この街はただの一集落に成り下がる」

「なっ……！」

「だから言っただろ。おれと共に行こうという奴はついてこいと」

議員たちが、そろって動揺の声を上げる。

「独立領の中に王都だと⁉」

「それでは……まるで亡命政府ではないか！　陛下は神樹と我らを捨てるおつもりか！」

「そんな大げさなものじゃない。ただの遷都だよ。何をそんなに騒ぐことがある」

シギル王が、口の端を吊り上げて言う。

「お前らも満足だろ。これで森人と黒森人は、また同胞に戻れるんだ」

議員たちは絶句していた。

満足なわけがない。

黒森人は元々、人間との交流の差により森人と袂を分かった。それを踏襲する者たちは、だからこそ戦争に際し独立領を武力で併合することで、かつての関係を取り戻そうとしていた。

つまり……森人の側に歩み寄ろうというつもりなど、まるでなかったのだ。

シギル王は逆に、黒森人が森人に歩み寄るのだと言っている。独立領の中に王都を築くとは、そういうことだ。

王の考えに賛同し、共に行こうという者もいるだろう。だが、決して譲れない者もいるはずだ。

だから下手をすれば……今度は黒森人という種族が、真っ二つに割れかねない。

シギル王は、そのような事態を引き起こすと言っているに等しかった。

ぼくも驚いていた。

どこか苦労人のような雰囲気で、それでも大勢の者たちのことを考えていた少年王が、まさかこんなことを言い出すなんて。

「陛下……ご自分が何をおっしゃっているか、理解されているのですかな」

年老いた黒森人（ダークエルフ）が、表情を硬くしながら言う。

「そのようなこと……我らが認めると？」

「認めなかったらどうするんだ？　また軟禁でもするか？」

それを真っ向から見返しながら、シギル王は言う。

「だけどな、それもいい加減にしておかないと他の者が黙ってないぞ。やりすぎだってな」

軍派閥の議員たちが、苦い表情で押し黙る。

当然だろう。軍以外の派閥の者だっているのだ。軍の専横が目に余れば、反発の動きだって出てくるに決まっている。どこまでも好き放題にして、今の秩序を維持できるわけがない。

「それに聞くが、お前ら今何歳だ？　二百か？　三百か？」

今や聞かされるばかりの議員たちに向け、シギル王は話し続ける。

「おれはまだ十五だ。お前らは未熟だと笑うが、いいことだってある。おれはこれから、お前らよりずっと長い時を生きるんだ」

「……」

「おれをいつまで軟禁していられる？　二百年か？　三百年か？　いいぜ、いつまでも付き合ってやるよ。お前らが死に絶え、その意思が途絶えたその時に、おれはここを出て独立領に王都を築く。そしてお前らは、せいぜい子孫に恨まれればいいさ。問題を先送りにして、自分たちに混乱をもたらした愚かな父祖だってな！」

議場はすっかり静まり返っていた。

そんな中、シギル王は静かに席に着く。

「兵を出せよ。それくらいわけないだろ」

「……」

「金のことは心配しなくていい。物資も食糧も、きっとみんながなんとかしてくれる。おれたちが一番貢献できるのは、統制の取れた人員の手配だ」

「……」

「おれたちの兵を自慢してやろうぜ。人間を殺す時なんかじゃなく、誰かを助けるこの機会にさ」

沈黙は続く。だが、確実に流れは変わりつつあった。

その時シギル王が、小さく溜息をついて言った。

「もし協力してくれるなら、多少は軍に歩み寄ってやってもいい」

何人かの議員が顔を上げた。

シギル王は続ける。

「お前らおれが文人ばっかり目をかけるから、すねてたとこあっただろ。だからいくらかは、お前らの言うことを素直に聞いてやってもいいって言ってるんだ。今回苦労かけるわけだしな」

「……それは、本当ですかな。陛下」

古びた眼帯を直しながら、年老いた黒森人(ダークエルフ)が言った。

シギル王は、微かに笑って答える。

「ああ。おれは約束を守る」

「……。先王陛下には似られませんでしたな。あの方ならば、このような手は使われなかった」

「おれはおれだよ。だからおれの思うとおりにやる」

「……よいでしょう。それならば――――」

「いやぁー、なんとかなってよかったぁー。ははっ」

数刻後、ぼくらは再び蛟の上にいた。

あの後は無事話がまとまり、避難場所の設営などにあたって黒森人(ダークエルフ)軍の派遣が決まったのだ。

軍には工兵もいる。きっと大いに役立ってくれるだろう。

まさか、本当に成し遂げるとは思わなかった。

「あの手、なんとなく考えてはいたんだけど、言ってる間はほんとドキドキだったよ。どうぞどうぞ出て行ってくださいなんて言われたらどうしようかと思った。まさかあんなにうまくいくなんてなぁ……まあもうこれで、同じ手は使えなくなったけど」

「そうだったのか……それは悪かった。議会を動かす貴重な手段を使わせてしまって」

ぼくが言うと、シギル王は笑って答える。

「何言ってんだよ。こんな時のために考えてたんだ。むしろおれの役目を果たせてほっとしてるよ」

「そうか……。だが、よかったのか？」

ぼくはためらいがちに問う。

「軍の便宜を図るような約束をしてしまって……。軍の方針に、君は反対だったはずじゃ……」

「あー、まあ大丈夫だろ」

頭を掻きながら、シギル王が答える。

「あいつらだって、おれの大切な臣下なんだ。軍はなくてはならない以上、あんまり無下にもできないさ。特に今回は苦労をかける分、多少はいい目を見せてやらないと」

「そうか……」

「それに……あれ、ただの口約束だしな」

シギル王は、そう言っていたずらっぽく笑った。

「まあこれからもうまくやるよ。バランス取りつつな。なんだっけあれ、『中庸(ちゅうよう)の徳たるや、其れ至れるかな』ってやつ」

「……ああ」

ぼくは小さく笑う。

極端さのない、ほどほどの調和こそが最も望ましい形である。

そんな孔子の言葉の通り、彼はうまくやっていくのだろう。

「で、次はプルシェだけど……お前のとこは大丈夫なのか？」

「余を甘く見るでない」

プルシェ王が、シギル王につんと答える。

「そなたよりもうまくやってやるわ」

◆◆◆

続いて赴いたのは、三眼の王都だった。

「ふむ。おおむね、意見が出そろいましたな」

階段状に席が並ぶ広大な議事堂にて、王のそばに立つ宰相のペルセスシオが言った。

「やはり大規模な支援は控えるべき、というものが多かったようですが」

三眼の議会も、黒森人の時と同じような流れをたどった。

ぼくとプルシェ王の主張通りに、他種族と協力し合おうという意見もないではなかったが……

やはり負担を厭い、同胞への支援にとどめるべきという者の方が多数派だった。

黒森人の議会のように、一定の派閥の者が幅を利かせている雰囲気はない。

しかしそれでも、プルシェ王の主張が顧みられる様子はなかった。彼らは政治家として、その方が種族の利益になると信じているのだろう。

厳しい状況にもどかしさが募る。

「では決を採りましょう」

「その前に、余から皆へ言うべきことがある」

ペルセスシオの進行を遮り、不意にプルシェ王が声を上げた。

議員らが注目する中、宰相が王へ問いかける。

「どうされましたかな、陛下」

「うむ、ちょっとな。時間を奪うことを許せ、じぃや」

「……陛下、不満はおありでしょう。しかしここは議会。それぞれ腹に抱えるものはあれど、皆が我が種族を思い、物事を決める場です。いくら魔族全体のためとはいえ、陛下の一存で……」

「わかっておる。だから少しばかり静かにしておれ」

そう言って、プルシェ王が議場を見回した。

「えー、皆の者」

大きな机を前に、プルシェ王の小さな体はほとんどが隠れてしまっている。

その姿は、まるで場違いな子供のようだ。

ただそれでも、彼女の高い声は議場によく響いた。

「せっかく魔王と共に見聞を広げてきたというに、土産(みやげ)がこのような面倒事ですまぬの！」

議場から笑声が上がる。

それに応えるかのように、プルシェ王はわずかに笑みを浮かべる。

「余の贈り物は常々、そなたらの妻や夫、子や親御にも大層喜ばれてきたと自負しておる。だからこそ、此度はこのようなものを持ち帰ってきてしまい、恥じ入るばかりじゃ。さらにはこれから……そなたらにわがままで言い、恥を重ねねばならぬとは」

いつの間にか、議場は静まり返っていた。

プルシェ王は続ける。

「魔王が訪れたかの時、余がこの王都から連れ去られることがなければ、余もそなたらと同じ判断を下していたじゃろう。他の種族など知らぬ、魔族領など知らぬ、我らが三眼(トライア)の民さえ栄えればよい、と。しかし……うむ、あそこに座っておる阿呆(あほう)どもに絆(ほだ)され、どうやら心が変わってしまったようなのじゃ。少しばかりなら、あやつらと足並みをそろえるのも悪くない……と」

「……」

「まったくの私情、ただのわがままですまぬ。だが今ばかり……今ばかりは、そなたらに頼みたい。どうか、余の願いを聞き入れてほしい。以上じゃ」

言い終え、プルシェ王が沈黙する。

静まり返る議場にて、ペルセスシオの声が響く。

「……よろしいですかな、陛下。では決議に移ります。噴火にかかる魔族全体での対処のため、各種支援に賛成の者は、挙手を」

ぽつりぽつり、と手が上がっていく。

その数は、少ない。

賛成している者も、その表情や仕草から、強い信念があるようには見えなかった。どこかやれやれと、仕方なさそうな様子だ。とてもではないが、議場の空気をプルシェ王が変えたようには見えない。

ただ――挙手の流れは、止まらなかった。

次々に手が上がっていく。

その勢いは次第に強くなっていき、全体の三割を、四割を超え……やがて過半数を大きく超えた時に、ようやく挙手は止まった。

「こ、これは……」

宰相のペルセスシオが、両の目を見開く。

ぼくにも一瞬、何が起こったのかわからなかった。

プルシェ王の演説が議員たちの心を打った、という様子ではない。現に手を上げていない議員たちは、信じられないかのような面持ちで周囲を見回している。

だとすれば、可能性は一つだ。

初めに一定の派閥の者が幅を利かせている雰囲気はない、などと感じたのが間違いだった

――プルシェ王の派閥こそが、この議場で最大の勢力だったのだ。

それも、ただの現王派の派閥などではない。普通幼い王の派閥というものは、それを傀儡（かいらい）とし、自らの権勢を高めようとする貴族などが背後にいるものだ。

だがこの状況を見るに、そうではない。

プルシェ王自身が、確かにこの派閥の長として君臨している。

「すまぬの、じぃや」

プルシェ王が議場を向いたまま、ぽつりと言った。

「じぃやの思いは知っておる。これまで余を守ってきてくれたことも。国のため、老身を押して政務に励んでくれたことも。この支援には、本心では反対であろうことも。だが……今ばかりは許せ、じぃや」

「……このペルセスシオ、見誤っておりました」

宰相が言った。

その目は議場を向いており、顔からは感情がうかがえない。

「王の血筋からあなた様を見出し、他の者たちを政争で廃して養子につけさせたことは……私がこれまで成し遂げた功績の中で、最高のものだと思っておりました。後に即位したあなた様へ、私の政(まつりごと)を見せ、学ばせ、落命とともにこの国を任せる。それこそが私に与えられた定めなのだと、そう信じておりました。しかし……」

ペルセスシオが、プルシェ王に顔を向けた。

そこには、深い皺に混じって穏やかな笑みが浮かんでいた。

「まさかこれほどに早く……立派になられていたとは」

ペルセスシオが再びプルシェ王から視線を外し、前に向き直る。

「もう、じぃやは必要ないでしょう……我らの命運を託しましたぞ、プルシェ陛下」

「なにを言っておるのじゃ」

その時、プルシェ王が呆れたように言った。

「じぃやはなにも見誤っておらぬ。隠居にはまだ早いぞ」

「む、しかし……」

困惑する宰相へ、三眼の王がまったく悪びれる様子もなく言う。

「余はまだ、政なぞぜんぜんわからぬからの！　此度の支援も詳しい内容はじぃやに決めてもらうつもりだったのじゃ。余の世話を放り出すでない。……これからも頼むぞ、じぃや」

ペルセスシオは一瞬呆気にとられたような顔になったが――やがて、仕方なさそうな笑みとともに言った。

「これはこれは、仕様がありませんな。謹んで承りましたぞ、我が王よ」

その表情はどこか、プルシェ王の派閥の者たちが浮かべるものにも似ていた。

「ま、ざっとこんなもんじゃの」

数刻後。蛟の上で、プルシェ王がなんでもなさそうに呟いていた。

実際、彼女にとってはなんでもないことだったのだろう。

「驚いたよ。君、本当は王としての実権を握ってたんだな」

ぼくが言うと、プルシェ王が鼻を鳴らして答える。

「ふん、実権などと呼べるものではない。いざという時の保身のため、味方を増やしていただけじゃ。政（まつりごと）のわからぬ余にとって、議場で有利を取ったところで意味がないからの。ただただ我が身のために他者へ礼を尽くし、金品を贈り、困った者のことは求められずとも助けてきた。それが……こんな形で役立つとは、思わなかったがの」

「でもプルシェ。お前、やっぱりおれたちのこと友達だと思ってくれてたんだな。おれは嬉しいよ」

「んあっ……！　あ、あれはただの方便じゃ‼」

どこかからかうようなシギル王に、プルシェ王がむきになって答える。

「ふんっ、まあよい。次はヴィルダムド、そなたの番じゃな」

そう言って、意地悪そうな笑みを浮かべる。

「あの恐ろしげな母御（ははご）をいかに説得するか、妙案は浮かんだかの」

「正面からぶつかるよ」

ヴィル王は言った。

その手が、一冊の本を強く握りしめる。

「母上の望む方法でね」

続いて向かったのは、鬼人（オーガ）の王都だった。

通されたのは議場ではなく、王太后メレデヴァの待つ巨大な一室だ。

「ドムヴォから、すでに便りは届いていたわ」

ヴィル王の母メレデヴァは、寝台に巨大な体を横たえたままで言う。

「でも、できればあなたから聞きたかったわ、陛下。魔王様と共に、その場にいたのでしょう?」

「ええ」

ヴィル王が、自らの母を正面に見据えて言う。

「ドムヴォからそこまで報告を受けているのなら、僕が何を求めているのかもすでにご存知のはず」

「麓の集落の者たちを避難させろと言うのでしょう?　それは認められません」

寝台の上で、メレデヴァが首を横に振る。

「噴火の危機を伝えるくらいはいいでしょう。ですが避難場所の確保や、食糧に住まいの融通はできません。それは鬼人（オーガ）の生き様に反することです」

「いったい何が……鬼人（オーガ）の生き様なのだと?」

「強き者が生き残り、望む物を手にする……ということですよ、陛下。言うまでもなく」

「……そうですか」

ヴィル王が、一歩前に進み出る。

「ならば、僕が今ここで力を振るい、望むものを手に入れようとしても——母上はそれを受け入れるのですね」

「はぁ……ヴィル。まったく、仕方のない子」

メレデヴァが嘆息すると同時に、背後に控えていた一人の兵が、その前に歩み出た。

屈強な鬼人(オーガ)だった。大柄なヴィル王よりも、さらに一回り大きい。得物として槍を持ち、体には防具を纏っている。

メレデヴァが、失望したように言った。

「この私が、その程度も覚悟していないと思って?」

兵が踏み込み、同時に槍の石突(いしづき)を振り上げた。

王でもある息子へ、メレデヴァは力を振るうことをためらう様子もなかった。

介入するべきかと、ぼくはヒトガタを掴み一瞬迷う。

思いとどまったのは――ヴィル王が目前の兵を、まったく恐れていない様子だったためだ。

彼の大きな手が、掴んでいた一冊の本を開く。

「――昏(くら)き湖底(こてい)より来たれ、【アビスクラーケン】」

ヴィル王の呟きとともに、本を中心に猛烈な力の流れが湧き起こる。

そしてページからにじみ出た光の粒子が――吸盤の並ぶ太い触手となって実体化した。

「む……っ！　ぐぅっ……!!」

触手は瞬く間に衛兵を捕らえると、宙へ持ち上げて締め上げる。

その間にも、実体化は続いていた。

黒く蠢く触手が、五本、六本と増えていく。青白く光る目玉に、禍々しい四つの嘴が形作られる。

それは蛸や烏賊にも似た、水棲の強大なモンスターであるようだった。

水と闇属性の上位モンスター、アビスクラーケン——あの本は、そいつと契約を結んだ魔導書なのだろう。

鬼人は膂力ばかりでなく、魔族だけあって魔力にも優れる。ヴィル王がこれだけのモンスターを喚び出せても、不思議ではない。

ただ、意外ではあった。

「勝負はついたでしょう」

ヴィル王が呟いて、本をぱたりと閉じる。

その瞬間、衛兵を口に運ぼうとしていた大蛸が消失。光の粒子となってページの間に吸い込まれていく。

どさりと床に落ちた衛兵は、防具が歪んだためかうまく立てないでいるようだった。

手の本に目を落とし、ヴィル王が言う。

「空の上はこの魔導書を解析する時間が取れてよかった。それにしても、この程度の魔力量でアビスクラーケンを喚び出せるなんて……契約の内容が本当に洗練されている。やはり人間の知恵と工夫はすばらしい」

「ああ、本当にこの子は」

そんなヴィル王を見て、メレデヴァ王太后が嘆くように言う。

「なんて戦い方をするの。せっかく、大きな体に生んであげたのに」

「母上からは、何よりこの頭脳をいただきました。それは今見せたとおりです」

「……」

沈黙するメレデヴァ王太后に、ヴィル王は言う。

「これで満足ですか、母上」

「……」

「このような決着で、本当に満足なのかと訊いているんです。道理もなく、意見の優劣を鑑みることもなく、単なる暴力の比べあいで物事が決まったことに……母上は納得できるのですか」

「……やっぱり、あなたは何も分かっていないわ。ヴィル」

メレデヴァは困った子を見るように微笑んで言う。

「納得するもしないも、関係ないわ。だって世界は最初からそういうものだもの。鬼人はもちろん、それ以外の種族も」

「……」

「多くが発展とともに社会の奥底へ埋没させてしまったその構造を、鬼人が原初のまま保ってきただけ。わかりやすいか、そうでないか。鬼人とそれ以外との違いは、その程度でしかないわ。その証拠に、あなたの大好きな人間は……私たち以上に、互いに争いあってきたじゃない」

「……それでも、僕たちは変わらなければならない」

「あなたにそれができる？　ヴィル」

　メレデヴァ王太后は穏やかに、しかし苛烈に問いかける。

「今、暴力に頼ってしまったあなたが。母に人間の魔導書を向けたあなたが、いつまでその理想を語っていられる？」

「母上は勘違いしているようですが……僕は別に平和主義者じゃありませんよ」

　目を瞬かせるメレデヴァに、ヴィル王は言い放つ。

「争いは結構。僕だって他人に勝ろうと努力してきました。それが鬼人の生き様だというのなら、もう否定しません。ただ……暴力の強さなどという、非生産的で時代後れな基準に頼るのはやめろと言っているんです。これから生き残る強き者とは、賢い者だ。生き残っていくために、僕の理想が鬼人を強くする」

　そして、ヴィル王は告げる。

「そのために、もう手段は選びません。力比べを望むなら受けて立ちましょう。それが僕の覚悟です」

　メレデヴァは目を閉じ、しばしの間沈黙していた。

　だが、やがて口を開く。

「いいでしょう。好きにしなさい」

　ぽかんとして目を丸くするヴィル王に、メレデヴァは告げる。

　その口元には、穏やかな微笑が浮かんでいた。

「あなたは母に勝ち、その権利を手に入れたのですから」

翌日。

ぼくたちは蛟に乗り、鬼人（オーガ）の王都を発っていた。

ぼくはヴィル王へと言う。

「少し……意外だったよ」

「君があんな風に母に立ち向かうだなんて」

てっきり、論戦でも仕掛けるものかと思っていた。

ヴィル王は、暴力の野蛮さを唾棄（だき）していたように思えたから。

「ああでもしなければ、母も聞き入れないと思っただけです」

ヴィル王がそっけなく答える。

「以前プルシェ王に言われ、僕も少し反省しました。闘争が鬼人（オーガ）の文化的基盤なら、多少は寄り添ってやるべきなのかな……と。離れた場所から口で言うばかりでは、確かに納得できるものもできないでしょう」

「そうか……」

「まあ、あとは」

付け加えるように、ぽつりとヴィル王が言う。

「鍛錬だ一番槍だとしょっちゅうのたまっていた図体のでかいバカに……いくらか影響されたのかもしれませんね」

「しかし、よかったのうヴィルダムドよ」

愉快そうに、プルシェ王が言う。

「要求が通ったばかりか、あの恐ろしげな母御もどこか嬉しそうにしておった」

「え……そうかな。予想以上にあっけなくて、僕には何を考えてるのかよくわからなかったけど……」

「人心に敏(さと)い余にはわかる。あれは頭でっかちな息子をずっと心配していたようじゃ。これからはきっと助けてくれることじゃろう」

「頭でっかちは余計だよ。でも……そうだといいけどね」

「それより、問題は次だよな」

やや不安そうな声で、シギル王が言う。

「おーいガウス、いけそうか？」

「……ん!?　なんか言ったか？」

ガウス王が、聞いていなかったようにガバッと顔を上げる。

その手元には、ヴィル王から借りてきた本が開かれていた。

巨人の王都へは、日の高いうちにたどり着いた。

「エンテ・グーから報せを受け、経緯は聞きおよんでおりました。大変でしたな、魔王様」

ぼくが今回の事情を説明すると、先王ヨルムド・ルーはゆったりとした口調で、同情するようにそう言った。

しかしぼくがそれに答える前に、ヨルムド・ルーは続けて言う。

「ただやはり、食糧の拠出はいたしかねます」

「……」

「魔族領の危機となれば、まず助けるべきは同胞。被害の規模が予想できぬうちから支援の約束はできかねます。さらに言うならば、我らが食用とする穀類や菜類が、他種族の食用に適すかはわかりません。我ら巨人の者は毒にも強い。普段何気なく口にしているものが、他種族にとって致命とならないとも言い切れません。我らには、それを確かめている時間もない。そうではありませんかな？　魔王様」

「……」

「ご理解を求めます。いくら私を説得しようとも、我らには我らの事情が……」

「いや」

ぼくが首を横に振ると、ヨルムド・ルーは不思議そうに言葉を止めた。

「説得するのはぼくではなく、ご子息の役目なんだ」

「はて……」

「おーい、親父！　開けてくれーっ！」

その時、部屋の扉の向こうから、ガウス王の大声が響いた。

「なんだ、なんだ」

ヨルムド・ルーが困惑したように、手下の者も使わず自ら歩いて扉を開ける。

「おっ、助かったぜ親父」

「……ガウス」

息子の姿を見て、ヨルムド・ルーが呟く。

その声には、呆れが混じっていた。

「いったいなんだ、それは」

ガウス王は、膨大な量の紙や書物を両腕いっぱいに抱えていた。

前がよく見えないのか、覚束（おぼつか）ない足取りで部屋の中央まで歩くと、それらをどさっと床に置く。

「これは……？」

「書庫にあった資料だ！　あとは……学者気取りの鬼人（オーガ）から借りてきた本だな！」

ガウス王は額の汗を拭うと、大きな声で言う。

「親父、オレが言いたいことは一つだ！　オレたち巨人も噴火に備えて支援を出そう！　他種族と足並みをそろえるんだよ！」

「……ガウス。それは今、魔王様にもご説明した通りだ」

「大丈夫だ！」

ガウス王が資料の山をばんと叩く。

「今備蓄している量と、今年収穫できる量。合わせればかなり余裕がある！　火山の近くに住んでいる奴らの分を差し引いてもだ！　他種族の連中なんて大して食わねーから、十分わけてやれるぜ！　ちゃんと計算したからな！」

「計算……ガウス、お前がか」

「ああ！　……学者気取りの鬼人(オーガ)と、金好きの獣人にはちょっと手伝ってもらったけどな！　間違いないぜ！　なんなら詳しく説明してやろうか？」

「……」

ヨルムド・ルーは、たくさんの栞(しおり)が挟まれた資料の山を無言で一瞥(いちべつ)し、首を横に振る。

「……だが、駄目だ。我らの食糧を他種族に施し、万一があれば問題になるだろう。そのような危険を冒してまで、他種族に支援する理由がない」

「それも大丈夫だ！」

ガウス王が再び、資料の山をばんと叩く。

「魔族の旅人が、巨人の里を訪れた手記をたくさん読み込んだ！　食べられる物と食べられない物がこれでもかと書いてあったぞ！　旅人ってのはどの種族も食い物にこだわるものなんだな！　ちなみにほとんど問題ないみたいだったぜ！」

「……そんなもの、どこで」

「鬼人(オーガ)から借りた！　あいつ人間の本だけでなく、魔族の本も集めてたみたいだったからな！

なかなかおもしろかったぜ、親父も読んでみるか？」

「……」

ヨルムド・ルーは、無言のまま資料の山を見下ろした。

ガウス王は、そんな父へ言う。

「親父……オレはもう、自分をバカだと言うつもりはねぇ」

「……」

「そうじゃなくなるまで努力するだけだ。これまでオレをチビだとバカにしたやつは、体を鍛えて見返してやった。今度はそれを、頭でやるだけだ」

「……」

「オレは変わる。だが、巨人も変わらなきゃならねぇ。そうだろ？　親父……怖がってんじゃねぇーよッ‼」

「……ああ、そうだ。私は怖い」

ヨルムド・ルーは顔を上げ、ガウス王を正面から見据える。

「巨人はこれまで、変わることのないままうまくやってきた。我らは強い。力ばかりでなく、飢えや病にも。変わる必要がなかった。先祖たちの営みを繰り返すだけで、平穏に生きられることがわかっていたからだ」

「……」

「お前はそれを、変える覚悟があるのか？　ガウス」

ヨルムド・ルーが、息子である王へと問う。

「変革を受け入れる覚悟ではない、他者へ受け入れさせる覚悟だ。反発はあるだろう。そればかりか……良く変えようとした結果、より悪い方へ物事が進むことすらもある。世界は我らに予期できることばかりではない」

「……」

「お前に、その覚悟はあるか？　責任が取れるか？　折れることなく、時には柔軟に……理想を求め続けることができるのか？」

「……ああ。当たり前だぜ親父」

ガウス王は、にっと笑って父に答える。

「良く変えようとしたら悪くなるなんて、オレにはしょっちゅうだったぜ。剣を振れば怪我をした。昨日だって、難しい本を読んでいたら頭が痛くなった。だけどそうやってオレは変わってきたし、これからも変わる。巨人は強いんだろ？　大変かもしれねーが、きっと変化だって受け入れられるさ」

「……」

「食糧の支援は、その最初の一歩だ。いつまでも自分の里に引きこもるばかりじゃいられねー。ここから少しずつ始めよう。だから……オレに任せてくれよ、親父」

ヨルムド・ルーは無言のまま静かに目を閉じた。

だがやがて、ゆっくりとした動きでガウス王に背を向け、小さく答える。

「駄目だ」

「なッ⁉」

「お前にはまだ早い。とてもではないが、任せることはできない」

「この……ッ！」

「私がやる」

ガウス王が、放心したように目を瞬かせた。

ヨルムド・ルーは、息子に背を向けたまま続ける。

「先王は私だ。政を取り仕切る役目は私にある。だから……お前の考えを、私に説明してみせなさい」

「親父……」

「巨人の時間は長い。だからこそ、急な変化は受け入れがたい。ここから少しずつ始めるのだ、ガウス」

ヨルムド・ルーは、まるで鯨が歌うように、ゆったりとした口調で言った。

「まずは、私から変えてみせなさい」

「やっぱり親父は話のわかるやつだったぜ！」
数刻後。蛟の上で、ガウス王は機嫌良さそうに言った。

あの後ぼくは席を外したので、先王とどのような取り決めがなされたのか詳しくは知らない。

しかしどうやら無事、食糧の拠出は決まったようだった。

「どうだ魔王様！　言った通りだっただろ？」

「あぁ……すごいよ」

ぼくは静かに答える。

「何より、君自身が。この短い期間によくあそこまで、説得の材料を用意できたな」

「へへっ、オレはやる時はやる男だからな！」

「ふん。よく言うよ、まったく」

ヴィル王が呆れたように言う。

「説明の途中でわけがわからなくなって僕とフィリ・ネア王を呼んでいたくせに」

「悪いな、難しい言葉はまだちょっと苦手だ！　あとは金勘定も苦手だな！」

「……先王の苦労が想像できるよ。賢い巨人を王宮に雇い入れるべきだろうね」

「それはいいな！　お前らみたいなのがいないか探してみるぜ！」

溜息をつくヴィル王に、ガウス王が穏やかに言う。

「それと、本も助かったぜ。親父んとこに置いてきちまって悪かったな。騒動が終わったらなるべく早く返しに行ってやるよ」

「別にいいよ。しばらく貸しておく」

意外そうな顔をするガウス王に、ヴィル王は眼鏡を直しながら言う。

「本は一度読んだだけではすべてを理解できない。僕も読み返すたび、何度も新しい発見があった。他種族と交流を始めるにあたり、あれらの手記を一番必要としているのは君だろう。不要になったと感じた時に返しに来てくれればいい」

「へへっ……悪いな」

ガウス王が、にっと笑って言う。

「それまでにくたばるなよ」

「何百年借りるつもりなんだ、君は……」

「これ、いつまでも浮かれているでない。これからの者もいるのじゃからな」

プルシェ王が咎めるように言い、それから静かに座っているフィリ・ネア王へと目を向ける。

「先ほどから口数が少ないが、フィリ・ネア……勝算はあるのかの」

「ちょっと話しかけないで」

フィリ・ネア王が、彼女にしては珍しくとげとげしい口調で答えた。

「フィリ、今考えてるから」

◆◆◆

事前に文を出していたおかげか、獣人の王都に着いた頃には議会の準備が整っていた。

議場の席には、様々な種族の獣人が着いている。ただやはり経済力の差なのか、猫人が多いようだった。

「ニクル・ノラの帰還は間に合わなかったが、結論に変わりはないだろう」

長い毛を持つ、老いた猫人が言う。

「果ての大火山周辺に住む同胞へ報せを出し、避難を促す。段取りはどうなっている?」

「もう進めてるよ」

官僚でもあるのだろう黒毛の若い猫人が、軽薄そうに答える。

「受け入れ先の集落にも目途を付けて、すでに報せも出した。噴火までには余裕で間に合うね」

「住まいを追われるのだ。十分な金銭的支援も必要だと思うが、その辺りはどうかね」

片眼鏡をかけた別の猫人が問うと、若い猫人が当然のように答える。

「もちろん、それは国庫から支出しよう。こんな時だから仕方ない。あの辺の人口を多めに見積もっても、十分まかなえると思うよ。僕ら猫人は、魔族の中でもお金持ちだからね」

「猫人は、ね」

鋭い目つきをした犬人が、重厚な声音で呟く。

「ここが獣人の寄り合いであることを忘れてはいないかね。税収に貢献の少ない種族はいないも同然か?」

「まさか! ごめんごめん、僕の失言だったね」

「……一つ、要望を申し立てたいのだが」

長い耳を垂らした老いた兎人の男が、手を上げて言った。

「家畜を多く持つ者への配慮を願いたい。あれらは避難に時間がかかり、受け入れ先で餌場を見つけるのも苦労するはずだ。できるならば、人員と飼料の援助を……」

「できないね、それは」

目を見開く兎人の男に、若い猫人がそっけない調子で続ける。

「要するに特別扱いしろってことでしょ？ そんなの不公平だよ。他の資産、たとえば家や土地を持っていた人はそのまま失うことになるのに、どうしてそいつらだけ助けなきゃいけないの？ 最初から何も持ってない人だって不満に思わない？」

「っ、だが……」

「家畜なんて、売ればいいんだよ」

若い猫人が目を細めて言う。

「資産が負債になる前に、お金に換えちゃおう。こんな時なんだから身軽にならなくちゃ。なんなら僕の商会で見積もりを出してあげようか？」

「っ、ふざけるな！ 非常時だからと買い叩くつもりだろう！ 何より……牧畜は我ら兎人の伝統的産業だ！ 先祖から受け継いできた暮らしを、そのように軽く手放せるものではない！」

「ふーん、じゃあ好きにしたら」

頬杖(ほおづえ)をつき、若い猫人が気だるげに言う。

「国庫のお金だっていくらでもあるわけじゃない。できる支援も限られる。守りたいものがあるなら、自分でがんばらないとね」

一見、公平な意見にも思える。だが実際のところは、猫人にばかり都合のいい理屈だった。

商業種族である彼らが抱える資産は、貨幣や貴金属、それに商品だ。物にもよるが、少なくとも家畜よりはずっと持ち運びしやすく、避難先でも活用しやすい。

ここの議員たちも政に関わる身だ。この事実に気づかない者はいないだろう。

それでも異議が上がらないのは、猫人の発言権が強いからなのかもしれなかった。

「そういうわけだから、お嬢もあんまりわがまま言わないでね」

若い猫人がフィリ・ネア王に顔を向け、半笑いで言う。

「同胞に施せるお金さえも限られるんだ。他種族のための支出なんて、民の理解が得られない。そうだよね？　みんな」

賛同の声は特に上がらない。だが、議場の空気はそれを認めるようなものだった。

まずい流れだ。

しかし、それでも――――。

「……あの、フィリは」

フィリ・ネア王は議場を見渡し、おずおずと口を開いた。

「あなたたちを説得したくて一生懸命考えたんだけど、でもフィリ、他のみんなと違ってちゃんとした王様じゃないから、全然思いつかなくて……。だから代わりに、儲け話を持ってきたの。フィリが得意なの、お金だけだから」

議場の空気が、微かに変わる。

「みんながたくさん儲かるなら、フィリの言うことも聞いてくれるよね？」

議場がざわつく。

それは奇妙な騒々しさだった。

半分は、年端もいかない小娘が何を言っているのかというものだ。

しかしもう半分には、何かを期待するような薄暗い興奮がある。

「わしは聞きたいね」

片眼鏡をかけた猫人が言う。

「あの商王の娘が持ってきた儲け話だ。商人として気にならんわけがない」

「ふーん、なんなの？　儲け話って」

若い猫人も、試すような声音で言う。

議場の落ち着きを待って、フィリ・ネア王は話し始める。

「フィリは、獣人のみんなもだけど、できれば他の種族も助けてあげたいなって思うんだ。でもお金は限られてる。だから代わりに商品券を発行して、それを貸し付けるようにしたらいいかなって思うの。復興できたら返してねって言って」

「その、商品券……とは？」

老いた猫人の問いに、フィリ・ネア王が答える。

「商品を買うことができる、お金の代わりになる紙の券だよ。額面には人間のお金を基準に、額を書き入れるの。銀貨何枚分、銅貨何枚分って。それで必要な物資や食糧を買ってもらう」

「……要するに、人間の銀行が発行する預かり証のようなものですかな」

片眼鏡をかけた猫人が言う。

預かり証とは要するに、貴金属などの保管を請け負った商人などが、所有者に発行する保管証のことだ。

保管品と引き換えられるために、預かり証そのものが価値を持ち、売買されることもある。

「担保には国庫の貨幣を？」

「うん。希望する人には、商品券と額面に書かれた分の貨幣を交換してあげるの。それならみんな、安心して使えるよね？」

「あー、わかるわかる。いいよね預かり証。紙だから軽くてかさばらないし、何より預かってる以上の量を発行することもできる。僕の商会でも作ったことあるよ。でもさ……それのどこが儲け話なの？」

若い猫人が、笑みを消して問う。

「他種族は避難民への支援のために、それを使う。使われた商人は僕らに貨幣との交換を求めてくる。商品券が戻ってくる代わりに、国庫からお金が出ていく。それだけだ。多少の時間差はできるけど、結局のところ返せるかもわからない連中にお金を貸してやっただけなんじゃないの？」

議場には、同意するかのような沈黙が流れていた。

実のところ、ぼくにもそうとしか思えない。

しかし、フィリ・ネア王は首を横に振る。

「ううん。お金を貸すんじゃなくて、商品券を貸すの。だから、返済の時も商品券で返してもらうの」

一瞬の沈黙の後、議場がざわめき出した。

「どういうことだ、それで何が起こる?」「復興後に他種族が買い戻すことになるのか?」「ならば額面よりも高値で売りつけられるな」「値上がりが見込めるなら、貨幣と交換する意味はない。商品券は市中に留まり続ける」「待て、値上がりの保証はない。商品券はいくらでも発行できるのだぞ」「私がお嬢ならば、高騰した時点で再度商品券を発行し、額面以上の貨幣を買い集めるな」「そうなれば価値が暴落するのでは?」「いや貨幣との交換が約束されている以上、額面以下には……」

「ああ、そうか」

若い猫人が、小さく呟く。

「お嬢はこれを、貨幣代わりにしたいんだね」

「うん」

フィリ・ネア王がうなずく。

「最終的に他種族が必要とすることはわかってる。だから、みんな焦ってお金に代えたりしない。軽くて便利な紙の貨幣……紙幣として使われ続ける、と思う」

ぼくはふと、前世を思い返す。

そういえば、宋にも似たような仕組みがあった。

重たく使いにくい金属の貨幣の代わりに流通していた、紙の金が。

「……お嬢のやりたいことはわかった。だがこれは、結局のところただの預かり証に過ぎないのではないか？」

老いた猫人が、難しい顔をして問いかける。

「確かにそうしようと思えば、国庫にある以上の額も発行できよう。ただしそれは、破綻の危険と引き換えだ。何らかのきっかけで一斉に交換に走られれば対応しきれんぞ」

「しばらくはね。でも、いずれ大丈夫になる」

フィリ・ネア王の返答に、老いた猫人が困惑したように問い返す。

「いずれ……とは？」

「フィリの紙幣が普通の預かり証と違うのは、それがすごく広い範囲で、お金の代わりに使われるようになること。すべての種族に貸してあげるから、結果的にそうなるの」

「それは理解しているが……」

「そのおかげで、貨幣との交換は将来、打ち切っちゃってもよくなる」

「……は？」

老いた猫人が、目を丸くして問い返す。

「それは……どういうことか。そんなことをすれば、紙幣の価値は瞬く間に地に落ちることになる」

「急いでやるとそうなるけど、少しずつなら大丈夫。初めは金額に制限をかけて、交換できる期間も限定しちゃう。それをだんだん小さくしていく。最後には完全に打ち切っちゃっても、誰もそれを気にしなくなるよ。それができる頃にはフィリ、たぶんおばあちゃんになってると思うけど」

「……まさか」

老いた猫人が首を横に振る。

「そうなった紙幣には、なんの裏付けもなくなるではないか。いったい何が、お嬢が作る紙切れの価値を担保し続けるというのだ」

「信用だよ」

猫人の少女は、当たり前のことのように言う。

「お金の価値は、中身の金や銀が作るわけじゃない。みんながそれに価値があると信じることが、お金に価値を生むの。……王様と似てるよね。フィリがここに座っていられるのも、みんながフィリの王位に価値があると信じてるからだもん」

「……」

「いろんな種族が広く使っている信用。長い間使われてきた信用。そういうのが積み重なった頃なら、交換を打ち切っても大丈夫。フィリの紙幣はお金として独り立ちできているはずだから」

それは異なる世界で生まれ、長い時を生きてきたぼくでも初めて聞く理屈だった。

そんなことが、本当に成立するとは信じがたい。現に最後に宋を訪れた時には、紙の金はずいぶんと価値を落としてしまっていた。

しかしフィリ・ネア王の言葉には、それを信じさせる何かがある。

若い猫人が問いかける。

「……普通、お金を作るには金や銀や銅が必要になるよね。でもお嬢の仕組みが成立したなら、その時には……」

「うん」

フィリ・ネア王がうなずく。

「紙さえあれば、いつでも好きなだけ、フィリたちはお金を作れるようになるよ。どう？　儲かりそうだよね？」

それは、儲け話といった次元の話ではなかった。

議場は騒然となる。

「まさか、そんな都合のいいことが」「さすがにいくらでも発行できるということはないはずだ。暴落が起こる」「だが経済圏の広がり次第では近いことができるのでは？」「人間社会に依存しない金はいずれ必要となる」「これは流通量も容易に調整できるな」「価値が下落すれば買い戻し、高騰すれば新たに発行すればいいわけか。ならば……」「場合によっては、人間の経済圏すらも……」

「おもしろいね、僕は賛成！」

若い猫人がはしゃいだように言った。

「印刷の道具が必要だよね？　僕の商会から寄贈してもいいよ」

「偽造を防ぐ意匠はどうする？　職人の手配が入り用かな？」

「紙質も急ぎ、検討せねば。いくつか見本を用意させるか？　お嬢」

世紀の事業に一枚噛もうと、商人たちが盛り上がり出す。明らかに、先ほどまでと雰囲気は一変していた。

しかし、その時。

「いい加減にしてほしい！」

唐突に声を上げたのは、先ほどの兎人の男だった。

「黙って聞いていれば、この非常時に金の話ばかり。フィリ・ネア王は、ご自分が獣人の王であることをお忘れか！」

「え、で、でも……」

「この場にいるのは商人だけではないのですぞ！」

冷静に見てみると、議場の空気には温度差があった。

色めき立っているのは、商業種族である猫人が中心だ。それ以外の種族には、冷ややかな目を向けている者もいる。

「恩恵を受ける猫人はいいでしょう。だが他の種族は？　その儲け話のために、借金漬けにされる被災者たちは、それを喜ぶとでも？」

「……」

「我らには我らの守ってきた暮らしがある。誰もが猫人のような生き方をできるわけではない。

失礼する」

そう言って、兎人の男は席を立つ。

男に賛同したのか、同じように席を立つ者も現れ始める。

「待って！」

それをフィリ・ネア王は、大きな声で引き留めた。

「は……？」

「あなたが守ってきた生き方って……そんなに安いものなの？」

「お金も払わず手に入るような、価値のないもの？　その辺の石ころみたいに、拾えばそれだけで得られるようなものなの？」

兎人の男が目を鋭くする。

「王とはいえ、それ以上は……っ」

「違うんでしょ？」

男の言を遮るように、フィリ・ネア王が言う。

「一度失えば簡単には手に入らないから、大切なものなんでしょ？　ただそれを続けるだけでは、守り続けられないようなものなんでしょ？」

「……」

「フィリ、知ってるよ。生活に困って、家畜を売っちゃう兎人がだんだん増えてきてること。本当は、それを買い戻したがっていることも」

「兎人だけじゃない。どの種族にも、守りたいもの、手に入れたいものがある。それぞれにとってすごく価値のある、大切なものが」

「……だから、なんだと言うおつもりか」

「フィリがそれ、助けてあげる」

目を見開く兎人の男を、フィリ・ネア王は正面から見据えて言う。

「フィリ、王様だから。他のみんなみたいには、ちょっとできないけど……でも、お金には詳しいから。お金に困ってるなら、きっとフィリが助けてあげられる」

「……信用しても、よいのですかな。そのような都合のいいことを」

「まかせて！」

フィリ・ネア王は、初めて出会った時からは考えられないような表情で、堂々と言って見せた。

「フィリがみんなのこと、たくさん儲けさせてあげるから！」

「……」

「はあ〜、疲れたぁ……」

鮫の上で、フィリ・ネア王がぐったりと言う。

日はすでに傾きかけていた。

「フィリ、あんなに喋ったのはじめて……」

「本当に……よくやったと思うよ」

ぼくは猫人の少女へ、小さくねぎらいの言葉をかける。

あれからほどなくして、獣人族からの金銭的支援が正式に決まった。

時間もないので最初は簡単な意匠の紙片になるようだが、ほとんどフィリ・ネア王の案が通った形だ。

「君の言ったようなことが、本当に実現できるのか？」

「んー……？　わかんない」

フィリ・ネア王はぐったりしたまま、そんな不安になるような答えを返してくる。

「えっ」

「だって誰もやったことないことだもん。ぜったいうまくいくなんて言えないよ。でも、フィリの思った通りになれば……大丈夫じゃないかなぁ。それには信用され続けないといけないけど」

「それは……君の紙幣が？」

「紙幣もだし、フィリ自身も」

フィリ・ネア王は憂鬱そうに言う。

「王様だって、信用されてないといけないのは同じだよ。フィリじゃダメってみんなが思ったら、王位を取り上げられて次の競りが始まっちゃうもん。獣人族ってそういう仕組みだから」

「……」

「でもフィリ……がんばる」

フィリ・ネア王が、意気込むように小さく言った。

「パパがんばってくれてたおかげで、今みんながフィリの言うこと聞いてくれてるんだもん。だから、フィリもがんばらないと」

「……君は、ずいぶんと変わったな」

ぼくは思わず呟く。

「初めて会った時とは別人のようだよ」

ここにいる誰もが、この短い期間で見違えた。

だが一番変わったのは、おそらく彼女だろう。

「……えへ。フィリもそう思う」

白い猫人の少女は、はにかむように笑って答えた。

他の王たちも口々に話し始める。

「実はオレ、何回聞いても理解できなかったぜ……！」

「君はそうだろうね。僕もちょっと信じがたい内容だったよ」

「フィリ・ネアは昔から算術とか得意だったよなー」

「今のうちに、獣人族には媚びを売っておいた方がいいかもしれんの……」

「えー？　じゃあプルシエまたなんかちょうだい。フィリ、今度は絨毯がいいな」

……ふと。

ぼくは一人黙って森の果てを見つめる、悪魔の少年に目を向けた。

「……」

アトス王は、あれ以来ぼくらの前で一言も言葉を発していなかった。うなずいたり首を振ったりはするので、最低限の意思はわかる。だが、それ以上の交流は避けているふしがあった。

「アトス王……大丈夫なの？」

その時リゾレラが、静かに問いかける。

「無理しなくてもいいの。一種族くらいなら、協力を得られなくてもなんとかなると思うの」

アトス王は目を閉じ、静かに首を横に振った。

その様子を見て、ぼくはリゾレラに告げる。

「……いや、行こう」

沈黙を保つアトス王は――しかし塞ぎ込んでいる様子はなかった。

親密だった従者を最悪の形で失いながらも、彼の目には静かな決意が宿っていた。

◆　◆　◆

「ん～、まったくもって……くだらないわねぇ」

悪魔の王都についた頃、すでに議会は始まって二日目となっていた。

主たる議題はもちろん、今回の事件についてだ。

ただどちらかといえば、噴火よりも王宮内部に潜んでいた間者についての話し合いに時間が割かれていた。噴火の議論は一日目に済んでおり、やはり火山の近辺に集落がないこともあってか、対処は行わない方針に決まったようだった。

　だからアトス王が戻ってきた時、議場には冷めたような空気が流れた。

　喋らないアトス王に代わり、議長である宰相が、彼から手渡された支援の必要性を説く書面を読み上げる。すると議員たちはあからさまに溜息をついたり、馬鹿にするように鼻を鳴らしたりしていた。

　今さら戻ってきて何を言っているんだ、その話は昨日終わっている——そんな空気が漂っていた。

「他種族のための支援だなんて」

　赤茶の毛並みを持つ悪魔が、口元に手を当てながら言う。

「まったくもってくだらない。魔族は仲良しこよしの集まりではないのよ。我らが王は魔王様に、いったい何を吹き込まれてきたのかしら」

「女咬爵(じょこうしゃく)、さすがに言葉が過ぎるぞ」

　灰色の毛並みを持つ、大柄な悪魔が言う。

「だが、利がないことは確かだ。必要性は感じられない」

「議論はすでに昨日、出尽くしましたからねぇ」

　漆黒の毛並みを持つ、眼帯をした老いた悪魔が、ニヤニヤとした笑みを浮かべながら言う。

「これ以上の審議は無意味かと思いますが……どうでしょうねぇ、宰相殿」

「待て、我は賛成だ。他種族が軒並み支援を決定し、陛下のご意志も同様であるならば、それらを踏まえた再審議が必要だろう」

銀の毛並みを持つ若い悪魔の弁に、先ほどの赤茶の悪魔が口元を歪めて言う。

「あら。話題を逸らすよいとっかかりを見つけたわねぇ、狛爵。これ以上『銀』の部族への追及が厳しくなれば、あなたの立場も危うくなってしまうもの」

「これは異な事を言う。王宮人事の責任者は他でもない、『赤』の部族の出身者が務めていたはずだが。本来追及されるべきはそちらではないのか？　女咬爵」

「おい、話が逸れているぞ。本題は他種族への支援をどうするかだろう」

「すでに行わないということで決したはずだ。これ以上の審議は時間の無駄だ」

「いや、新たな情報がもたらされたからには再審議を……」

議場に言葉が飛び交い始める。

幸いなことに、支援に賛成の議員もいるようだった。ただ明らかに数が少なく、劣勢の様子だ。

議論が乱れ始めた頃、議長であり宰相でもある肥えた悪魔が、収拾をつける声を上げる。

「皆さん、一度静粛に。どうでしょう、ここはあらためて……陛下にお話しいただくというのは」

一度静まった議場が、わずかにざわめいた。

肥えた悪魔は口元に笑みを浮かべながら続ける。

「私も書面を読むばかりでは、詳細までは掴めませんでした。陛下もこのようにおっしゃる以上は、我々の考えを変えさせるだけの論拠をお持ちなのでしょう。あらためて口頭にてご説明いただき……それをもって判断するというのはいかがでしょう、皆さん」

「私は賛成。その方が早く済みそうね」

「我もそれで構わない。好きなようにするといい、議長」

赤茶と灰の悪魔が賛同する声を上げる。その後も続くように、議場からは同じような声がぽつぽつと上がっていく。

ぼくは内心で歯がみする。宰相の狙いははっきりしていた。

アトス王に恥をかかせ、この議題を手早く切り上げるつもりなのだ。

アトス王は、このような場で満足に話すことができない。これまで代弁していた従者には裏切られ、今はただ一人だ。たどたどしい喋りに皆が呆れれば、それで審議が終わると考えたのだろう。

かといってそれを指摘すれば不敬となり、攻撃材料を与えてしまうことになる。だから支援派も苦い顔をするばかりで、異議の声を上げられない。

議場の隅に座っていたぼくは、思わず腰を上げかけた。

その時。

「……っ」

アトス王が、こちらを見た。

その目に、焦りはない。まるで穏やかに制されたかのように、ぼくは自然と腰を戻してしまう。

「では陛下、お願いいたします」

宰相が意地の悪い笑みとともに、アトス王へ促す。

悪魔の少年は一度議場をゆっくりと見回すと、やがて静かに口を開いた。

「――情けないことだ」

その一言で。

まだ微かにざわめいていた議員たちは、不思議と静まり返った。

少年王の声が、議場に響き渡る。

「これが悪魔の議会なのか。このような妄言をわめき立てる者たちが、我が種族を支える有志たちだというのか」

陛下、言葉が……。そんな声がどこからか小さく上がった。

アトス王はまるで歌うように、言葉を続ける。

「今の状況を理解できぬ愚か者は、さすがにこの場にいないと信じる。したがってここからは、我が自身の考えを整理するために話そう。諸君――今は戦時である」

「……」

「十六年前、勇者と共に魔王様がご誕生なされた。この度には、我らが地へのご帰還も果たされた。そんな今、人間どもがこの地に破壊的な工作をもたらし、民の暮らしを脅かそうとしている……。これを戦時と言わずしてなんと言うか」

「……」

「このような状況で、諸君らは何をやっている？　人間どもからの攻撃を見て見ぬ振りをするかのごとく捨て置き、助けを求める他種族の声にも耳を塞いで、身内の責任追及にばかり終始する。これが果たして、悪魔を統べる者たちのあるべき姿なのか。まるで戦争というものを理解していないかのようだ」

今や少年王の言葉に、耳を傾けていない者はいなかった。

アトス王は議員たちを示すように、大仰（おおぎょう）な身振りを伴って続ける。

「諸君らの中には、我の言葉に異を唱えたい者もいることだろう。否、戦争など嫌というほどに理解している。今ばかりではない、我らは常に戦時であった……と。その通りだ。前回の大戦以後の五百年間。魔族と人間の衝突が一切なかったこの百年間ですらも、我らは常に人間どもと戦っていた。それは戦場で行われる武人たちの戦いではない。種族としての力を溜める内政の戦い、諸君ら文人の戦いだ」

「……」

「議場では血は流れず、命を失うこともない。常に体を張り同胞を守ってきた武人と比較され、口ばかり達者な文人風情がと軽んじられたこともあっただろう。だが我は知っている。兵や兵站（へいたん）は無から湧き出てくるわけではない。豊かさこそが戦場での強さに繋がるのだ。それを支える諸君らの戦いは熾烈（しれつ）を極めていた。我は諸君らの勇姿を、戦功を、傷痍（しょうい）を知っている」

アトス王は、老いた黒の悪魔に目を向ける。

「ダル・ダヴィル咬爵。そなたはこの議場での歴史を誰よりも知る古強者（ふるつわもの）だ。齢四十にも満たぬ若さで議席を掴み取り、その後の実に二百年間、悪魔族の政(まつりごと)を支えてきた。幼い頃にここでそなたから聞かされた、面白可笑(おか)しい議員たちの逸話はすべて覚えている。だが何より我の心を熱くしたのはそのどれでもない、母から聞かされたそなた自身の逸話だ。反対派の議員と掴み合いになり、その際の怪我が元で片目の光を失いながらも、傷痍軍人に対する支援制度を打ち立てた。そなたのような臣下がいることを誇りに思う」

老いた悪魔は、開きかけた口からなんの言葉も出せないまま、ただ少年王を見つめる。

アトス王は次いで、大柄な灰の悪魔に目を向ける。

「ネル・ネウドロス大荒爵。そなたは食糧供給に関する法を実に十六も成立させた。急激な人口増加による飢餓(きが)の危機から、我ら悪魔族を救ったのは紛れもなくそなただ。大農園の主でもあったことから、自らの権益のためではないかと心ない言葉をかけられたこともあっただろう。だが我は知っている。そなたが自らの農園を四つも王宮へ寄進したことを。貧者への配給が初めて行われた際には、自らもその場に立ち会い、法の効力をその目で確かめていたことを。権益程度の目的では決して達成しえぬ、高い志を持っていたからこその偉業であった」

大柄な悪魔は少年王から視線を逸らし、まるで恥じ入るように目を伏せた。

アトス王は続いて、赤茶の悪魔へと目を向ける。

「ロル・ローガ女咬爵。そなたはまさしく女傑(じょけつ)だ。夫であるテル・テオロス咬爵を病で亡くし、まだ幼かった息子に代わって爵位を継ぐと、議会において瞬く間に頭角を現した。法を四つも成立させ、不正を行った議員の糾弾をも主導した。さらには激務をこなしながら、子を五人も立派に育て上げた。息子の一人は後継者として力を付け、二人の息子は軍人として現在も軍務に就き、二人の娘は大荒爵と狛爵に嫁いで家督を支えている。我が母はそなたに憧れ、先王である父ですらもそなたには一目置いていた。幼心にも、これからの悪魔族を支えるのはそなたのような女性だと思った」

赤茶の悪魔は、いつのまにか目を見開き、少年王の言葉に聞き入っている。

アトス王は、議員たち一人一人に目を向けていく。

「ソル・ソートラス狛爵、オル・オギリス咬爵、キル・キニーゼ女狛爵、ヘル・ヘリク刺爵……」

彼らの名前を呼んでいく。

名が呼ばれるたびに、彼らの纏う空気が変わっていくようだった。

やがてすべての者を呼び終え、アトス王はもう一度議場を見回す。

「今一度言おう。我は諸君らの勇姿を、戦功を、傷痍を知っている。このような英雄たちが戦友ならば、我に不安はない。戦っていける。魔王と勇者の誕生した此度の大戦を、共に戦い抜けられる。人間どもに打ち勝ち、我が種族のみならず魔族すべての繁栄を掴み取り、そして子孫へとこの志を繋ぐことができる、と…………そう、信じていた」

そこで、アトス王は一度言葉を切った。

物音一つなく静まり返る議場を見渡し、わずかに間を空けて告げる。

「この先も、そう信じたい――――決を採る！」

アトス王は席を立った。

議場すべてに、よく響く声で呼びかける。

「我と志を共にしようという者は、起立し手を打ち鳴らすがいい！　我はその者を、此度の戦友として迎えよう‼」

耳が痛くなるような静寂。

それは——一瞬で打ち破られた。

「賛成だ！」

声と同時に、銀の悪魔が立ち上がった。

拍手とともに感極まったように叫ぶ。

「陛下、我もあなた様と共に！」

「……私も」

「我もだ！」

議員たちが次々に立ち上がり、手を打ち鳴らす。

その流れは、止まらなかった。

今や反対していたはずの赤茶や灰や黒の悪魔すらも、立ち上がって賛同の拍手を送っている。

「賛成だ！」「戦友たちに手を差し伸べよう！」「人間どもに我らの地を好きにさせてなるものか！」「王よ、我も共に！」「陛下！」「我が王！」「アル・アトス陛下！」「真なる王よ！」

ぼくは、思わず圧倒されていた。

アトス王は、紛れもなく彼らの心を変えていた。

シギル王のような交渉でも、プルシェ王のような根回しでも、ヴィル王のような暴力でも、ガウス王のような説理でも、フィリ・ネア王のような利益でもなく――――ただ一度の演説によって、アトス王は王としての実権を掴み取っていた。

まるで新たな王が誕生したかのような万雷の拍手の中、アトス王は堂々と立つ。

そして、傍らで目を見開いている肥えた悪魔へと向かい、ぽつりと言う。

「ベル・ベグローズ宰相。そなたはどうする？　混血でありながら宰相にまで上り詰めたそなたの手腕、借り受けられるのなら心強いが」

肥えた悪魔はおもむろに、アトス王の下（もと）へと跪（ひざまず）いた。

そして、震える声で答える。

「私も……あなた様と共に、行かせてください。アル・アトス陛下」

「ならば、我らが意は決した」

アトス王が大仰に告げる。

「支援の具体的な内容は、種々（しゅじゅ）の事情に通じている諸君らに任せよう。きっと我が意に沿うものになることだろう。我は魔王様と共に、最後の始末をつけに行かねばならない――――頼んだぞ、諸君」

アトス王が踵を返す。

そしてこちらに目配せをすると、議場の扉を開けて出ていく。

ぼくもそれに続いた。

◆◆◆

議場を出て少し歩いた時、アトス王がまるで崩れ落ちるかのように膝をついた。

「っ、大丈夫か？」

「え、ええ……」

アトス王が、力なく笑って答える。

「す、少し、疲れました」

ぼくは少年王と目線を合わせるように膝をつくと、気になっていたことを問いかける。

「いったい君は……どうしてあの場で、あれほど淀みなく……」

「魔王様に教えていただいた方法ですよ」

アトス王は照れたように言う。

「歌うように節(ふし)をつけて話すという、あれです。実はずっと、こっそり練習していたんですよ」

「そうだったのか……。自分で言っておいてなんだけど、あんなにうまくいくとは思わなかったよ」

「少しうまくいきすぎたくらいです。ちょっと焚(た)きつけすぎてしまいました。人間とは和平を結ぶはずだったのに、後で苦労しそうです」

苦笑するアトス王の顔に、ふと憂いが差す。

「もしセネクルが、今の我を見たら……どう思うでしょうか」

「それは……悔やむかもしれないな」

アトス王は、議員たちの心を掴んだ。

もうエル・エーデントラーダ大荒爵のような者の専横は許されなくなり、悪魔の議会は力を取り戻すだろう。

せめて生きていれば、まだ支配する方法はあっただろうに……と、そう考える気がする。

しかし、アトス王は穏やかな笑みとともに言う。

「そうでしょうか。我は……喜んでくれるのではないかと思います」

そしてアトス王は、立ち上がってぼくに告げる。

「魔王様。あとは……頼みます」

「……」

「我らの領土を、どうか」

「……ああ」

静かにうなずく。

この子らが、ここまでがんばってくれたのだ。

ぼくも相応に応えなければならない。

其の三

各種族における災害支援が、急速に行われ始めた。

金に人員に食糧に物資が用意され、必要なところに必要な量が配されていく。

避難の遅れていた集落には人が向かい、適当な場所に種族ごとの宿営地が作られて、食糧の配給も準備が進んでいた。

多少の混乱はあるものの、異なる種族の者たちが力を合わせているとは思えないほど迅速で淀みない対応に、ぼくも驚いた。

無論、初めからこうだったわけじゃない。

支援の動きが目に見えて改善されたのは、レムゼネルが菱台地の里に戻り、全体の指揮を執り始めてからだった。

「宿営地の資材が足りていないようだ。獣人の商会に言って都合してもらうがいい。鬼人（オーガ）の集落に向かった黒森人（ダークエルフ）の部隊が戻っているならば設営の人員も足りるだろう。それと、巨人族の拠出する食糧が過剰となっている。これ以上は自種族で消費する分のみで問題ないと……」

粘土板のような魔道具を使って他種族と連絡を取りながら、ほとんど一人で決定と指示をこなしている。

初めの会合でのぱっとしない印象が強かったので、正直なところかなり意外だった。

「だから言ったの」

まるで自慢するように、リゾレラが胸を張って言っていた。

「レムゼネルは、本当はとっても優秀な子なの」

「こちらです、魔王様」

老いた鬼人（オーガ）の案内で、ぼくは山を進む。

噴火の兆候が高まり始めたその日。ぼくは王たちを置いて、果ての大火山を訪れていた。

少し、考えていたことがあったからだ。

視界に入るのは、草と低木がまばらに生える荒れた山肌。だが以前に見た蒸気井戸は一つもない。

当たり前だ。ここは魔族領側ではなく、かつて人間の国があった砂漠側の山腹なのだから。

「もう少しばかり、歩きます。たしかちょうど、あそこに見える岩を越えた先に」

「ああ」

麓の集落に住んでいた魔族の中で、山に詳しい者を聞いて回った。

その中に一人、この老いた鬼人（オーガ）が、ぼくの探すものを見たことがあると言っていたのだ。

二百年以上前に見つけたきりだが、今でも場所は覚えている、と。

蛟で近くへ降りた後は、この老鬼人（オーガ）の記憶を頼りに目的の場所へと向かっている。

やがて。

「ああ、やはり……ここでした。魔王様」

老鬼人(オーガ)が顔を上げ、足を止める。

そこにはぼくの探していたもの――山肌に開いた暗い横穴があった。

洞窟というには少々小さく、ギリギリ人間一人が入れる大きさしかない。

「打ち棄(す)てられた、坑道の跡です」

老鬼人(オーガ)が言う。

「伝承にある、滅びた人間の国の民が、かつて掘ったものではないかと」

「……確かにそのようだ。感謝する、ご老体」

あらためて、その廃坑を見る。

外からではどこまで続いているのか見通せない。それなりに深くあってほしいが……。

廃坑に歩み寄るぼくを、老鬼人(オーガ)が呼び止める。

「中には入らない方がよろしい。落盤や毒気の危険があります」

「いや、大丈夫だ。ぼく自身は入らないから」

数枚のヒトガタをコウモリに変え、坑道へと飛ばす。

中はかなり複雑で、落盤でふさがっている道もあったが、幸いにも山の相当な深部にまで続いているようだった。

これなら、きっと使える。

◆　◆　◆

そして、その日が来た。

ぼくは蛟の上から、遠くそびえる果ての大火山を見据える。

念のためかなり離れた場所に浮かんでいるのだが、快晴のおかげでその威容がよく見て取れた。

本当は雨の方が噴煙の拡散を抑えられてよかったのだが……これ以上先延ばしにはできない。

地震の頻度も大きさも、次第に増してきている。もういつ噴火してもおかしくない状況なのだ。

様々な者たちの尽力のおかげで、麓の住民の避難は完了している。半月しか猶予のなかった中で、間に合ったのはほとんど奇跡だった。

最悪、ぼくが失敗しても死ぬ者はいない。

だからこそ、この機を逃すわけにはいかなかった。

「……さすがにこれだけのことをやるとなると、いくらか緊張してくるな」

小さく独り言を呟いて、後ろを振り返る。

蛟には、皆も乗っていた。

リゾレラに、六人の王たち。誰もが一様に押し黙り、ぼく以上に緊張した面持ちをしている。

それを見て、ぼくはわずかに微笑み、彼らへと語りかける。

「ぼくは……正直に言うと、これまで為政者というものに苦手意識があったんだ。ちょっとよくない思い出があって」

静かに聴く彼らへ、ぼくは続ける。

「君たちに会うと決めたのはぼく自身だけど、それもあの代表たちと話しているよりはマシだという後ろ向きな理由で、積極的に会いたいわけではなかった。本当はあまり気が進まなかったんだ」

かつて親しくした幼い帝も、結局は権力の座を巡って、都を争いの混乱に陥れることとなった。

その混乱の余波で、ぼくも死んだ。

経緯を知るぼくは彼を責める気にはなれない。しかしそれでも、やるせない思いはあった。

この子たちも、もしかしたら似たような道を歩んでしまうかもしれない。

しかし。

「でも、今では」

ぼくはわずかに目を細めて告げる。

「君たちに出会えてよかったと思っているよ」

彼らの返答を待たずに、ぼくは内部に熱量を湛えた火山へと向き直る。

すでに、ほとんどの準備は整っていた。

山は解呪用のヒトガタで囲んでいる。そして昨日見つけた廃坑の最奥には、とある術を刻んだ一枚のヒトガタと、それを見届ける式神のコウモリを一体だけ置いてきていた。

ぼくは一度大きく息を吐いて――緩やかに印を組む。

「ओम् धातु――」

ヒトガタに刻まれた呪い(まじない)が、その式に従い、とある物体をこの世界に生み出す。

それは六寸（※約十八センチ）ほどの、小さな球体だった。

コウモリの視界では色まではわからないが、直接目にすれば金属らしい、鈍い銀色をしていることだろう。

もっとも……命を捨てる覚悟がなければ、それを肉眼で見ることなど叶わないだろうが。

「――स्वाहा」

次の瞬間。

球体が眩く(まばゆく)光ったかと思えば――式神のコウモリが塵(ちり)一つ残さず消滅した。

《金(ごん)の相――天金崩光華(てんごんほうこうか)の術》

坑道の深奥で、その呪い(まじない)は炸裂(さくれつ)した。

分厚い岩盤が破壊され、轟音と共に噴煙が、土砂が、溶岩が、山腹から空高く噴き上がる。

その爆発は、天をも震わすほどだった。同時に生まれた衝撃波が、空を覆い尽くすように辺りに伝播(でんぱ)していく。

それは一拍遅れて、遠く離れているはずのこの場所にまで到達した。

「うおおッ⁉」

「な、なんじゃあっ⁉」

風と音が同時に襲いかかってくる衝撃に、王たちが悲鳴を上げる。蛟ですらも、うろたえて身じろぎしていた。

噴煙が濛々（もうもう）と舞い上がり、土砂と溶岩が山肌を流れていく。

ぼくは緊張を解かないまま、その噴火の動向を注意深く見守る。

「さて、どうだ……うまくいったようにも見えるが……」

こんな術まで使ったのだ、成功してくれないと困る。

呪い（まじな）によって生み出された、小さな金属――それは西洋の言葉で、天金（ウラン）と呼ばれていた。

ガラス細工の色づけなどに使われるが、毒を帯びた目に見えない光を常に発し、日常的に触れていれば病をもたらすとも言われるものだ。

そんな天金（ウラン）の中には、百に一つもないほどのわずかな割合で、ほんの少しだけ軽い天金（ウラン）が混じる。

そしてこればかりを集め、濃縮させた天金（ウラン）は、一定以上の塊になると凄まじい規模の大爆発を起こす性質を持っていた。

その威力はまさしく、一つの国を消滅させるほどだ。

爆発には破壊ばかりでなく、他の物質を毒の光を放つものへと変えてしまう作用まである。濃縮天金（ウラン）が炸裂した地は、生物の棲めない死の土地になると言われていた。実際天竺（てんじく）には、太古の昔この力によって滅びた都市があるのだという。

だが……今ばかりは、希望の力だった。

土砂や溶岩は狙い通り、集落のない砂漠の方向へのみ流れている。初めの爆発以降、大きな地震や、新たな噴火が起こる気配もない。

ぼくはやがて……固く組んでいた印を解いた。

「……大丈夫、そうだな」

舞い上がる噴煙の中には、灰に混じって莫大な量の蒸気が見て取れた。

ぼくは大きく息を吐いて、後ろの皆へと言う。

「ここまで蒸気の圧力を抜ければ、もうこれ以上の噴火は起こらないだろう」

まだ驚きから立ち直れていないのか、ぼくの言葉に反応する者は誰もいない。だが、もう安心していいだろう。

噴火そのものを抑えることはできない。

ならば一度、安全に噴火させてしまえばいい。

それがぼくの考えついた、この災害を制御する方法だった。

山の片側には、集落のない砂漠が広がっている。だから土砂や溶岩をそちらに流せれば、被害は最小限に抑えられる。

砂漠側の中腹、その地中深くで爆発を起こし、蒸気溜まりを破壊する。それにより、この安全な噴火を引き起こせると見込んだのだ。

かつて人間が掘った坑道が残っていたのは幸運だった。もしなければ自分で穴を掘らなければならず、余計に日数がかかっていただろうから。

「……噴火を引き起こすなどという神のごとき所業も、セイカさまには造作もないことなのでございますね」

髪の間から小さく頭を出し、ユキがぽつりと言う。

「まさかこれほど簡単に、事が済んでしまうとは」

「……簡単だったとは言えないさ」

ぼくは小さく答える。

「人間の廃坑を見つけられなければ、噴火に間に合わない可能性もあった。蒸気溜まりを正確に破壊できるかもわからなかった。狙い通りに溶岩が流れるかも、他の不測の事態が起こらないかも……ほとんど賭け(か)のようなものだったよ」

だからこそ、麓に住む住民を避難させる必要があった。

呪い(まじな)の衝撃により、溶岩が集落の方へ噴出しないとも言い切れない。そんな博打(ばくち)に、彼らを巻き込む気にはなれなかった。

「一度でうまくいってよかったよ。一応、何回かなら元に戻してやり直せたけど」

「あっ、そうなのでございますね……」

ユキが気の抜けたような声を出すが、ぼくだって無限に呪力が続くわけじゃない。二回目以降に成功する保証もなかったから、かなりほっとしていた。

火山の周囲に飛ばしていた大量のヒトガタに呪力を込め、広範囲の解呪を行っていく。

毒に変わってしまった物質を元に戻してやる必要があるためだ。《天金崩光華(てんごんほうこうか)》の最も扱いにくい点がこれなのだが、同じ威力を火薬で実現しようとするととんでもない量が必要になってしまう。爆発させたい場所が狭い廃坑内部だったので、こうするしかなかった。

解呪された安全な噴煙は、気流の影響か多くが砂漠の方へ流れているようだった。

多少は魔族領側にも灰が降り積もるだろうが、これなら少し掃除が大変になるくらいで済むだろうか。

「……すげぇな」

ふと、シギル王が呟いた。

「今の……魔王様がやったのか」

「信じられねェ……」

「魔法で、まさかここまでのことができるなんて……」

ガウス王とヴィル王もまた、驚愕の表情で呟いている。

「フィリ……ちょっと怖い」

「この力があれば……人間を滅ぼすことすら、できてしまうかもしれぬの……」

フィリ・ネア王とプルシェ王が、緊張した面持ちのまま呟く。

「その通りだろう」

その時アトス王が、確かな口調で言った。

「だからこそ――我らがこれ以上、留めおくべきではないのだ」

天金崩光華の術

濃縮ウラン塊を作りだし、核爆発を発生させる術。天然ウランの中には、核分裂性物質であるウラン235が〇・七パーセント含まれる。これを九十五パーセントまで高めた高濃縮ウラン塊六十キログラムを生成すると、五パーセント含まれるウラン238の自発核分裂をきっかけに核分裂連鎖反応が自然と発生。これに伴って放出される凄まじいエネルギーが、TNT換算で十六キロトンにも相当する大爆発を引き起こす。地表核爆発になる関係上、周囲に深刻な放射能汚染を発生させてしまうため、放射化した物質を後に解呪によって元に戻してやる必要がある。ウランは現実には近代になって発見された元素だが、古くからガラスの着色剤として利用されており、作中世界では古代ローマの錬金術師が分離していた。作中におけるウランという名称は、鉱石をよく晴れた朝の空にかざすと紫外線に反応して緑色に光ることから、ギリシア神話の天空神ウラノスになぞらえ、命名されていた。

其の四

噴火が起こったという報せは、瞬く間に全種族へと知れ渡った。

まああれほど大きな音が轟いたのだから、無理もないが。

ぼくたちはあれから菱台地の里に戻ったのだが、各種族の調査隊が現地へ確認に向かったおかげで、その後の状況もわかってきた。流れ出た溶岩は未だ冷えていないものの、噴出はすでに止まっており、今は蒸気のみが湧き出ているようだ。

あれから数日、地震も減ってきているように感じる。今回の火山活動は、このまま徐々に収まっていくことだろう。

周辺には灰が降り、まだとても戻れない状況だが、いずれは麓の集落に住む者たちも元の暮らしを取り戻し、壊された蒸気井戸も再建されるに違いない。

わざと噴火を起こしたことは、ぼくらの間での秘密だった。

一応口止めはしたものの、そんなことをしなくても皆、あれが無闇に触れ回ってはならない類の力だということは察していたように思う。

成功を確信できた頃、ぼくらは魔王城へと向かい、そこで小さな宴を開いた。

近くの集落でできるだけ上等な食材を買って、皆で調理した。意外にもガウス王とシギル王が手慣れていて、思っていたよりも豪勢な食事が並ぶこととなった。

余っていた酒も開けたおかげか、宴は賑やかなものになった。

王たちはいろいろなことを話していた。大火山の中途半端な噴火に拍子抜けしていた高官たちの話題から始まり、王宮のこと、民のこと、そしてこれからのことまで。

元からそれなりに親しかった王たちだが、様々なことがあったためか、初めの頃よりもずっと打ち解けているように見えた。

今話しておかなければ、という思いもあったのかもしれない。

危機は過ぎ、彼らも自らの王宮へ帰らなければならない時が来ている。

ぼくは途中で席を外したが、皆は夜が更けるまで話し込んでいたようだった。

そして、翌日。

それぞれの王都へ送っていくというぼくの提案を、王たちは断って言った。

日暮れ森の里まで乗せていってほしい、と。

「え、どうして？」

ぼくは思わず訊ねる。

ルルムの里は、魔族領でも帝国に近い端の方にある。どの王都へ帰るにしても不便なはずだった。

「ええと、代表の者たちと帰ろうかと思いまして」

ヴィル王が、他の王たちへ視線をやりながら言った。

「彼らは皆政治的な有力者なので、王宮へ戻る前に話をつけておこうかと」

「うん、そうそう。フィリもそう思って」

「どんなやつだって話せばわかってくれるはずだ！ な、シギル？」

「そ、そうだな……おれはちょっと、あの将軍は怖いんだけど……」

「皆といられる時間を、できるだけ長く取りたいというのもあります」

アトス王が補足するように言った。

「魔族の連盟を設立するにあたり、話し合わなければならないことは多いですから」

「ああなるほど。まあ、それはかまわないんだが……」

ぼくは少々言葉に迷いつつ言う。

「ただ、もしかすると代表たちはもう出立した後かもしれないぞ。一時は魔王どころの騒ぎではなくなってしまったし、王都へ戻った者もいるんじゃないのか？」

「その時はその時じゃ。便りを出し、迎えを呼べばよい。なに、多少時間がかかった方が都合がよいくらいじゃからな」

「それはそうかもしれないが……」

「大丈夫なの」

プルシェ王へ煮え切らない答えを返すぼくに、リゾレラが笑みを浮かべて言う。

「里にいる間、みんなのことは神魔の者たちがしっかり守るの。だから心配しなくていいの」

「うーん……わかった」

ちょっと想定外ではあったが、まあ問題ないか。

ぼくは微笑を浮かべ、皆へと告げる。

「では、行こうか」

◆　◆　◆

宴の後始末に手間取り、出立が少々遅れたこともあって、ルルムの里に着く頃にはすっかり夜になってしまっていた。

もう床に入る時間帯なせいか、建物に見える魔道具の灯りも少ない。

少々申し訳なく思いながらも、里長であるラズールルムを起こして事情を説明し、王たちを代表の一団が滞在する場所へ受け入れてもらえるよう取り計らってもらった。

代表の中にはやはりすでに帰還した者もいたのだが、急いだために人員と物資の大半を残していったようで、王の護衛や滞在などは特に心配なさそうだった。

王たちを代表団へ引き渡し終えて、ぼくはようやく一息つく。

「はぁ」

「……なんだか疲れたの」

リゾレラもぼくの隣で、同じように溜息をついて言った。

「思えばずっと、保護者をしていた気がするの」

「……はは、確かにそうだ。気疲れしたのはそのせいか」

ユキの言っていたように、弟子がいた頃を思い出すようだった。

手のかかる子たちが巣立っていなくなり、少し寂しくなるのも同じだ。

「でも……ちょっと楽しかったの」

リゾレラが微かな笑みとともにぽつりと言う。

「あの時あなたについていくと決めて、よかったの。いろいろ、大変なこともあったけれど……あなたのおかげで、全部なんとかなったの。本当に感謝してるの、セイカ」

「……ああ」

そう、短く答える。

これでぼくも、ようやくアミュたちのところへ戻ることができる。

ただ。

その前に、彼女には伝えておくことがあった。

「……リゾレラ」

「ぼくは――――」

◆　◆　◆

翌日の夜明け前、ラズールム邸の離れにて。

すでに荷物を整え終えたぼくは、目の前で眠りこけるアミュたちを見下ろしていた。

若干ためらいながらも、宙に浮かべたいくつものヒトガタに明るい光を点し、抑え気味の声で彼女らへ呼びかける。

「……おーいっ、起きてくれ」

「んん……」

「……まぶしい」

「なによ、もう……」

三人が目を擦りながら、もぞもぞと起き上がる。

誰がどう見ても眠そうだったが、ぼくの姿を認めると、次第にその目を開き出す。

「……セイカ？」

「ええっ⁉」

「セ、セイカくん⁉」

イーファが一番に立ち上がると、泣きそうな顔でぼくに駆け寄ってきた。

「もうー！　戻ってこないのかと思った……」

「ご、ごめんごめん。いろいろあって……」

ぼくはうろたえながら弁解する。

噴火前に一度戻ってきた時も、結局彼女らとは顔を合わせずじまいだったから、もう相当に久しぶりだ。

アミュが同じく立ち上がって言う。

「えっと……一ヶ月ぶりくらい？　ほんと、今までどこでなにしてたのよ。なんか火山がどうとかでルルムたちが心配してたけど……」

「あー、うん。いろいろあって……そっちは何もなかったか？」

「なにもないっていうか、ヒマでしょうがなかったわよ。神魔の里だって半月もすれば見るものもなくなっちゃうし」

「……することなくてルルムさんにも申し訳なかったから、最近は魔道具作りをちょっと手伝ったりしてたよね」

「あとは、ガキんちょのお守りとかね。まったく、ガキって人間も魔族もなんであぁも生意気なのかしら」

「子供だもん、しょうがないよ。でも、なんだかんだ言ってアミュちゃんが一番遊んであげてたからね」

「へぇー……」

どうやら平和に過ごしていたらしい。

ルルムの里とはいえ魔族の地であったから少し心配していたのだが、何事もなくてよかった。

その時、寝ぼけ眼（まなこ）のメイベルが、未だ眠たげな声音で言う。

「……なんで、こんな時間に起こすの」

「はっ、そうだ」

ぼくは慌てて彼女らに告げる。

「みんな悪いんだが、急いで出発の準備をしてくれないか？」

「えっ」

「はあ?」

「……どうして?」

ぽかんとする三人に向け、ぼくは言う。

「帝国へ戻るには、今がチャンスなんだ」

噴火のゴタゴタがおさまるまではまだしばらくかかる。今なら魔族も魔王どころではなく、ぼくがいなくなっても大きな騒ぎにはならないはず。

今日明日でこの状況は変わらないだろうが、とはいえあまりもたもたしてもいられない。代表たちに帰還を知られれば、あの手この手で魔族領に留め置かれる可能性もある。

だから、今日。早朝に出立するのが一番いい。

「え、でも……大丈夫なの? セイカくん」

イーファが心配そうに言う。

「黙ってこっそり出て行ったら、あとで魔族の人たちが帝国に探しにくるんじゃない? 魔王なんだし、簡単にはあきらめないと思うんだけど……」

「……めんどうなことになりそう。セイカ、追っ手がついてもいいの?」

「ね、ねえ。あたし……できればルルムには、最後にお別れしてから行きたいんだけど……」

「わかってるわかってる。全部大丈夫だから」

ぼくは皆をなだめるように説明する。

「帝国に戻ることは、実はリゾレラ……ええと、神魔の偉い人にはもう伝えてあるんだ。ぼく自身も各種族の王とは顔見知りになっているから、いいように取り計らってくれると思う」

そう。魔族領から去ることは、リゾレラには昨日の夜に話していた。

なんと言われるかと思ったのだが、彼女はしばらく沈黙した後に、『そう言うと思ったの』とだけ言って微笑みとともにうなずいていた。

王たちにきちんと別れを伝えられなかったことだけは、少し心残りだ。

本当は王都まで送り届けてそこで別れるはずだったので、時機を逸してしまったというのもある。だがそれ以上に、彼らから頼まれた魔族連盟の代表という役目を、断らなければならないことが後ろめたかったのだ。

残念だが、ぼくからの別れと弁明の言葉はリゾレラから伝えてもらうことにしよう。

ぼくはあくまで人間なのだ。魔王として、この地で暮らすことはできない。

あの子たちも、きっとわかってくれるだろう。

「それと、ルルムのことだけど」

ぼくはそれから、少ししょんぼりしている様子のアミュへ言う。

「今日出立することは、リゾレラから伝えてもらうようにしてある。だからきっと、里の門のところで待ってくれているはずだよ」

「そう……。じゃ、いいわ。はーあ、いよいよこの里ともお別れなのね」

伸びをしながら感慨深そうに言うアミュに、イーファとメイベルも同調する。

「長かったけど……あっという間だったね。もう、ここに来ることもないのかなぁ……」

「来ようと思ったら、また来られる。目印も覚えてる」

「そうね。みんなあたしたちよりずっと長く生きるんだし、来たいと思った時に来ればいいわ！」

「ああ」

ぼくはうんうんとうなずき、それから少し急かし気味に言った。

「じゃ、荷造りを頼む」

夜の明けきらない中、荷物を背負って静かに離れを出る。

家主のラズールムには、昨晩のうちに事情を伝えていた。

万一にも代表たちには伝わってほしくなかったため、出立の時期はぼかしたのだが、なんとなく察してくれたようだった。

世話になった礼として差しだした帝国の金を、ラズールムは首を振って断った。

そして、

『ギルベルトの子よ、君の幸運を祈っている』

という短い別れの言葉だけを、穏やかな表情でくれた。

ぼくら四人は黙って、まだ薄暗い里の道を進む。

やがて里を囲む巨石の柵と、門が見えてきた——その時だった。

「あっ、誰かいるみたい」

イーファの声と同時に、ぼくも気づく。

門の近くに、人影があった。

リゾレラとルルムはいてもおかしくないのだが、何やら数が多い。

八人もいる。

「え……なんで？」

ぼくが動揺していると、人影の集団がこっちに気づき、大きく手を振ってきた。

「おっ、来たみたいだぜ！」

「おーいっ、魔王様ー！」

その時にはぼくもようやく、彼らが誰なのかわかった。

思わず駆け寄る。

「み……みんな、どうして……」

「どうしても何も、決まってんじゃねーか！」

ガウス王が、豪快に笑って言う。

「見送りに来たんだよ、魔王様！」

そこにはルルムとリゾレラの他に、六人の王の姿があった。

皆が口々に言う。

「水くさいんだよ、黙って出て行こうなんてさ」

「礼儀がなっとらんの。余たちにも別れくらい言わせるがよい」

「共に過ごせてうれしかったです、魔王様。またいつか、人間の国のことを聞かせてください」

「いつでも遊びに来ていいよ。フィリたち、歓迎するから。こっそりね」

「そ、それはありがたいんだが……」

　ぼくは戸惑いながら言う。

「えっと、なんで知って……」

「ごめんなの、セイカ」

　リゾレラが、やや申し訳なさそうに言う。

「ワタシが話しちゃったの。みんなも、きっとお別れしたいと思って」

　言葉が浮かばないぼくへ、アトス王が落ち着いた声音で言う。

「大丈夫です、魔王様。誰も、他の者には言っておりません。我らだけの意思でここに来ました」

「……」

「代表団に知られれば、面倒なことになってしまいそうですから。それは魔王様もお望みではなかったでしょう」

「それは、その通りなんだが……」

「魔王様の出立を、ただ皆で見送りたかっただけなのです。少しですが、餞別（せんべつ）も用意しました。そこに」

アトス王の示した先を見ると、門の向こうに荷物のくくりつけられた黒い馬型のモンスターが二頭あった。

シギル王が言う。

「代表団の物資から、みんなでこっそり持ち寄ったんだ。荷馬はリゾレラ様だけど、食糧とか布とか、あとちょっとした魔道具とかが荷物に入ってるぜ」

「大した物がなくてすまぬの」

「フィリの家にならら、余ってる宝石とかいっぱいあったんだけど……」

「森を出たら、ダークメアたちはそのまま帰してくれればいいの」

リゾレラが言う。

「かしこい子たちだから、ここまで勝手に戻ってこられるの。荷物は、セイカががんばって持つの」

「うむ、そうじゃな。嫁御(よめご)らにこれだけ持たせるのも酷じゃろう。それに魔王ならば造作もあるまい」

「……な、なあ。やっぱあそこの三人って、魔王様の嫁さんなのかな……？」

「さ、三人もか!?　さすがは魔王様だぜ……！」

「僕は少しショックだよ。もっと真面目な人かと思ってたのに……」

「はああっ!?　ちょっと聞こえてるんだけどっ？　誰が嫁よ！　なんなのよこの色ぼけ魔族どもはっ！」

「セイカ、また変なのと仲良くなってる」

「もう慣れてきたよね……」

なんだか急に騒がしくなる中、ぼくは彼らへと向き直り、告げる。

「いや、すごく助かるよ。それと……」

ためらいがちに付け加える。

「黙って去ろうとして、すまなかった。でも……やっぱりぼくは、君たちの力にはなれないんだ」

「わかっています」

アトス王は、穏やかな表情で言う。

「魔王様が人間の国に戻りたがっていることは、実は皆、薄々勘づいていました」

「え……」

「全員が王都ではなくこの里へ来ることを望んだのも……実を言えば、魔王様を見送るためだったのです」

驚いて皆の顔を見回す。

王たちは誰もぼくを責めるでもなく、ただ仕方なさそうな表情をしていた。

「まあな……そりゃあ、生まれ育った場所の方がいいよな」

「人間の文化を教わる中で悟りました。魔王様はやはり、人間として生きてきたのだと。それならば、これからも人間として生きていくべきなのでしょう」

「魔王様、時々帰りたそうにしてたもんね」

「向こうで大事な者もおることじゃろう。魔族の陣営につき、魔王として人間との敵対を求めるなど、酷な話じゃったな」

「ああ！　だから全然気にすることないぜ、魔王様！」

「……それに、こう言ってはなんですが」

アトス王が、真剣な口調で付け加える。

「魔王様が、たとえここへ残ることを望んでも……我らはそれを拒絶していたでしょう」

「え……？」

「リゾレラ様がかねてからおっしゃっていたことが、今回の一件で真に理解できました。魔王様の圧倒的なお力は――――やはり、人間との大戦をもたらすものです」

アトス王は続ける。

「あの力を知れば、魔族は誰もが狂うことでしょう。人間の国に勝てる。魔王様さえいれば、人間どもを滅ぼせる。かつての領土と栄光を、自分たちの世代で取り戻すことができるに違いない……と。この危険な思想は、きっと瞬く間に魔族領全土へと広がり、御しきれぬ恐ろしい戦乱の世を招くでしょう。魔王様が、大戦の火種となってしまうのです」

「……」

「だからこそ、ここにいてはなりません。人間の国にお帰りください、魔王様。そこで穏やかに、幸いな暮らしを送られますよう」

アトス王は、微かな笑みとともに付け加える。

「ただ人間の権力者に利用されぬ程度には、どうか狡猾に。魔王様は人がいいので、少し心配です」

「魔王様が人間側についちまうとか、マジでやベーからな……！」

「そうそう。そこら辺ほんとに気をつけてくれよ、魔王様」

「……ああ、わかったよ」

彼らの言葉に、ぼくは思わず苦笑を返す。

確かに、それはこれからも注意しなければならない。思えば今回は、力のほどを少々見せすぎてしまった。

皆がぼくを利用しようとするような者でなくて、本当によかった。

力に惑わされないこの子らが治めるならば、きっとこの先も、魔族が争いの世に突き進むようなことにはならないだろう。

ぼくは言う。

「本当にすまないが……あとのことは頼んだ。特にエーデントラーダ卿とか、だいぶめんどくさいと思うけど……」

「ええ、なんとかしましょう」

アトス王もまた、苦笑して答える。

「大荒爵には、別の役割を与えることにします。これから魔族は否応なく変わっていく。それを見届けられる地位ならば、卿もきっと満足することでしょう」

激動の目撃者となることを望んでいたあの悪魔をなだめるならば、確かにそうするのが一番いい気がした。

他にもやっかいな有力者はいくらでもいるだろうが……今のこの子たちなら、きっとなんとかすることだろう。

と、その時。

「……セイカ」

ずっと思い詰めたように口をつぐんでいたルルムが、一歩前に出て言った。

「その、本当に……帰ってしまうの？　あなたがいれば、きっと人間とも……」

「引き留めちゃだめなの、ルルム。セイカは、ここにいるべきではないの」

「でもっ、リゾレラ様……」

「あなたの夢なら、大丈夫なの」

リゾレラが安心させるような笑みとともに言う。

「ワタシが――――魔族連盟の代表になるの。魔族の未来を背負って、人間の国とも交渉するの。だから心配いらないの」

「リゾレラ様が……？」

「えっ……だが、君は……」

ぼくは思わず口を挟んでしまう。

　自分はただ長く生きただけの神魔に過ぎないからと、リゾレラはずっとそのような立場を固辞し続けてきたはずだった。

　しかし。

「ワタシも、変わるの」

　朝日の差し始めた中、リゾレラが晴れやかな顔で言う。

「この子たちに負けていられないの。五百年もかかってしまったけれど、今からだって遅くないの。長く生きてきたワタシなら、きっとみんな納得するはずなの。だからこれは、ワタシの役目なの」

「……そうか。君も、か……」

　ぼくは小さく呟いて、視線をわずかに伏せた。

　その勇気が、うらやましいと思った。

　百数十年の時を生き、転生してもなお変わることのできなかったぼくに、果たして同じことができるだろうか。

「……ルルム！」

　その時、アミュが声を上げた。

　なおも何か言いたげな様子のルルムに向け、快活な笑顔で言う。

「あたしたち、行くわね」

「っ、アミュ……」

「いつまでもここで世話になってるわけにもいかないもの。あたしたちは、あたしたちで生きていかなきゃいけないんだから」

「……」

アミュの言葉に、イーファとメイベルは顔を見合わせると、ルルムへと笑って言う。

「あの……ルルムさんの捜してる人、見つけたらぜったい、手紙を書きますね！　ルルムさんのことも、伝えておきますから！」

「たのしかった。ありがと。ノズロにも、そう言っておいて」

ルルムは一瞬唇を引き結ぶと、涙声になって答える。

「うん、ごめんなさい……さようなら、みんな。元気でね」

ぼくらは門を出て、馬型のモンスターに二人ずつまたがる。

イーファを後ろに引っ張り上げ、アミュとメイベルが無事乗り終えたことを確認すると、ぼくは皆の方へと顔を向けた。

「……」

別れの言葉は、すぐには出てこなかった。

ほんの一月ほど、共にしただけの間柄だ。なのに、驚くほど様々な思いが湧き上がってくる。

もしかすると……魔王として彼らと志を共にする道も、あったのかもしれない。

ただ、それでも。

「……それじゃあ」

ぼくは、寂しさの混じる笑顔で手を上げた。

「みんな、またいつか」

結局出てきたのは、前世で巣立っていく弟子たちにかけてきたような言葉だった。

皆がそろって、大きく手を振る。

「バイバイ、セイカ！」

「またなー、魔王様ー！」

「元気でなぁー！」

「余たちのことを忘れるでないぞ！」

「いつか、人間の国でも会いましょう！」

「いつでも遊びに来ていいよ！　フィリ待ってるから！」

「ありがとうございました、魔王様！」

ぼくも手を振り返す。

荷馬が、ゆったりとした速度で歩み始めた。

里が遠ざかっていく。

前に向き直ると、一月半前に通った道が延びていた。二日もあれば森を出て、人間の村までたどり着けるだろう。

なんだかずいぶんと長い間、あの地で過ごしていた気がする。

前世でよく耳にした異界で暮らした逸話のように、戻ったら何十年もの時が経っていた……なんてことはないだろう。

ただ少し、記憶に残るような出来事が多かっただけだ。

もしかすると……異界に取り込まれるとは、その程度のことなのかもしれない。

ぼくの父であるというギルベルトなる男が、神魔の者たちと心を交わし、あの地で所帯を持ったように。

離れ行く里を、ぼくは再び振り返る。

小さくなった白い巨石の門の向こうで――皆はいつまでもいつまでも、手を振り続けてくれていた。

幕間　皇帝ジルゼリウス・ウルド・エールグライフ、帝城にて

「結局、大したことはなかったようだね。噴火」

帝都ウルドネスク、その中心にそびえる帝城の一室にて。

一人の男が、月明かりの差し込む窓際で呟いた。

それは取り立てて特徴のない男だった。

年の頃は四十も半ばを過ぎたほど。目鼻立ちは凡庸そのもので、貫禄や華やかさといったものには無縁の容姿だ。長身でもなければ短身でもなく、痩身でもなければ肥満体でもない。雑踏ですれ違ったならば、次の瞬間には記憶から消えてしまいそうな、地味な男。

逆に言えば――ウルドワイト帝国皇帝という、途方もない権力をその手中に収める者としては、ある種異様な風貌でもあった。

驕りや増長はもちろん、政敵と渡り合ってきた気迫や、激務と重圧によるやつれや、大国の君主としての自信すらも、その姿からは一切感じられない。まるで不自然なほどに。

皇帝ジルゼリウス・ウルド・エールグライフとは、そのような男であった。

「キヒ、キヒヒッ……」

呟きに答えるように、甲高い笑声が小さく上がった。

部屋の主と同じく地味な居室の一画に、うずくまる影があった。

　皇帝の佇む窓際の方へ、影が一歩踏み出す。

　幼子のような矮躯（わいく）。ひどい猫背で、異教の神官が持つような錫杖（しゃくじょう）を支えにして立っている。身に纏う深紅（しんく）の外衣から覗くのは、暗い緑色の肌。鉤鼻（かぎばな）に長い耳は、人間のものではない。

「残念でゴザいましたね、陛下」

　甲高い声は、老婆のようにしわがれている。

　その存在は無論、人間ではなかった。

　ゴブリン・カーディナルという名の、モンスターの一種だ。

　ゴブリンの群れの中にまれに出現し、仲間を回復する魔法を使うゴブリン・プリーストというモンスターがいる。ゴブリン・カーディナルはその上位種であり、本来ならば高難度ダンジョンでしか見ることのないモンスターだ。

　だが皇帝は、まるでそこにいることが当然のように、顔すら向けることなくゴブリンの老婆へと答える。

「別にいいんだけどね。ぼくの策じゃなかったし」

　ゴブリンの老婆もまた、大帝国の君主へ平然と言葉を投げかける。

「キヒ……御子息の、ドなたかでショうか？」

「どなたかというか、誰が仕組んだか見当はついてるけどね」

　皇帝たる男は表情を変えることなく続ける。

「少し面白いアイディアだったから放っておいたけど、案の定つまらない結果になったね。やっぱり自然の山になんて期待するものじゃないな。せっかく悪魔の王宮に潜り込ませた間者も使い捨ててしまって、何をしているのだか」

「……」

「まあこれに懲りて、息子ももう少し地道に成果を重ねることを覚えてくれればいいのだけどね。王道とは案外、平凡で退屈なものだ。すぐに結果の出る劇的な手段を頼らず、堅実にそれを選ぶ勇気も必要さ。策謀一つで敵に大打撃、なんて爽快な物語は、現実にはそうないのだから」

「……」

「とはいえ、色々試してみるのもいい。何事も経験だ。後始末は……仕方がないから、ぼくがつけてあげることにしよう」

「……陛下」

ゴブリンの老婆が呟く。

その声音には、先ほどまでにはなかった険しさがわずかに含まれている。

「シかしながら、此度は少々……」

「わかっているよ、ばあや。こちらにとって、いくらか面倒なことになってしまったね」

男は苦笑して言う。

「魔族が協同の動きを見せ始めている——軍拡の気配こそないものの、魔王軍結成に類する動きと見ていいだろう。噴火の危機、それと何より魔王の帰還が、そのきっかけとなってしまったか」

その声音に、深刻な響きはまるでない。

知人に愚痴をこぼすかのような調子で、皇帝は続ける。

「これまで隠れていたくせに、どうして突然出てきたのだろうね。そのまま舞台袖にいればよかったものを。幸い魔王は勇者と共に魔族領を去ったようだけど……あまり、好ましい事態とは言えないかな」

皇帝は小さく嘆息する。

物憂げにも見えるその仕草だが、まるで三流役者の芝居のように、どこか嘘くさい。

「困ったものだよ。ぼくらの敵は魔族ばかりではない。隣国にモンスター、産業に経済に福祉問題、貴族の派閥争いに民の不満、あとは古くなった街道や水道の整備とか、次の皇帝を誰にするかとか……国家には解決しなければならない問題がたくさんある。一人の英雄が悪を倒せば世界が救われるなんてことは、現実には起こらない。勇者や魔王になど、かまっている場合ではないというのに」

「……陛下……」

「まあでも……なんとかなるさ、ばあや。こんなの大したことはない」

皇帝は、体の向きをわずかに変え、ゴブリンの老婆に顔を向けた。

その口元には、微かな笑みが浮かんでいる。

「勇者も魔王も――所詮はただ、最強であるだけなのだから」

凡庸な顔の男が、凡庸な笑みのまま続ける。

「ドラゴンを屠り、千の軍勢と渡り合う暴力があろうとも……広大な領土に莫大な財貨、数千万もの民を有するこの帝国において、それが持つ意味はたかが知れている。力とは数であり、強さとはそれを操る狡猾さだ。個人の暴力など、世界にとっては取るに足らない」

「……キヒッ……」

「彼らもまた、役者の一人に過ぎない。舞台に上がるのなら迎えよう。せいぜい筋書き通りに演じてもらうとしようか」

「……キヒッ、キヒヒヒッ！」

ゴブリンの老婆が、甲高い笑声を上げる。

裂けた口からは、蛭にも似た舌が覗いていた。

「サスがでゴザいます。陛下がソウおっしゃるのならば、キヒッ、きっとソノように、ナることでしょう……！」

人語を解すモンスターはほとんど存在しない。こうして人と会話している時点で、このゴブリンは十分に異常な存在と言える。

しかしそれを踏まえてなお、異常と言える光が老婆の目には宿っている。

「ヤハり……ばあやが見込んだトおりでゴザいました。陛下ハ最も強き、群れの長とナるお方。ジェネラルにキングばかりか、魔王や勇者をも超越するホどの、存在に……キヒッ、キヒヒヒッ‼」

「あんまり買いかぶられても困るよ。ぼくはぼくにできることをするだけさ」

老婆の深意など意にも介さずにそう答えると、皇帝は窓へと向き直った。

二つの月が同時に陰り、居室に夜が差し込む。

暗闇の中でその姿は、奇妙に存在感をなくしていく。まるで観客にその存在が意識されることのない、演劇の裏方であるかのように。

「過去の大戦の焼き直しなのかと思いきや、少しばかり妙な舞台になりそうだ。魔王と勇者が仲間同士とは……でもある意味、こんなのも斬新で面白いかもしれないな」

口だけが、呟きを発した。

「さて、どのような役を演じてもらおうか――――魔王セイカ・ランプローグ」

書き下ろし番外編『旅の王』

「ぐすっ……すん……」

深い穴の中で、神魔の少女が泣いていた。

上の開口部からは日の光が差し込んでいる。しかし、少女にそこまで這い上がる術はなかった。

岩肌は垂直に近い角度で、指をかけられるほどの凹凸もない。

助けも望めない。少女の落ちた縦穴洞窟は、神魔の里から遠く離れた場所にあり、誰かが通りかかることなどまずありえなかった。

幸いなのは、怪我をしなかったことだけだ。ただそれもこの状況では、どれほど意味があるかわからない。

「誰か……」

声は、上げるべきではなかった。

誰かに届くはずもないうえに、獣やモンスターを呼び寄せてしまう危険すらある。

しかし、それでも。

「誰かぁ……っ！」

少女は、助けを求めずにはいられなかった。

その時。

「……ーぃ、誰かいるのかー……？」

「っ⁉」

外から、声が聞こえてきた。

少女は目を見開いて叫ぶ。

「こ、こっち！　助けて！」

「んー……？　この辺かぁ……？」

声と足音が、次第に近づいてくる。

少女の顔に安堵の表情が浮かび、もう一度声を上げようとした、その時。

「うおっ⁉」

洞窟の開口部に、影が差した。

次の瞬間、少女の目の前に、人影が転がり落ちてくる。

「っ痛ぁー……」

「だ、大丈夫……⁉」

少女は思わず駆け寄ろうとする。

しかし、すぐにその足が止まった。

「っ……⁉」

思わず息をのむ。

よく見るとその人影は、異様な姿をしていた。

金髪の間から生えるのは、捩(ねじ)くれた悪魔の角。額には三眼(トライア)が持つ第三の眼が嵌まっている。肌は鬼人(オーガ)のように赤みがかっており、その背から伸びるのは、鳥人の黒い翼だろうか。

混血にしても、およそありえない容姿だった。

血が薄まるほど、魔族は人間に近い姿に近づく。ここまで様々な種族の特徴を持つことは、普通では考えられない。

人影がおもむろに首を回し、立ち尽くす少女をその目に捉える。

それは瞳の黒い、神魔の目だった。

その顔立ちは存外に若々しく、少年と呼んでもいいほどだ。

わずかな間、二人は見つめ合う。

だが次の瞬間――混血の少年が、少女以上に驚愕の表情を作り、おののいたように後ずさった。

「うおああっ⁉　ゴースト⁉」

「失礼なのっ！」

驚きも忘れ、少女は叫んでいた。

「悪かったって」
ぶすっとした顔で膝を抱える少女に、混血の少年が気まずげに言った。

少女からいくらか離れた場所であぐらを掻いたまま、なおも言う。

「しょうがないだろ、暗くて見間違えたんだよ。神魔って肌も服も白っぽいからさぁ……」

「……最悪なの」

少女が表情を変えないままぼそりと言った。

少年が頭を掻きむしる。

「だから、悪かったって！　まさかこんな穴の中に人がいるだなんて普通……」

「そんなことじゃないの」

神魔の少女が、自らの膝を強く抱き寄せて言う。

「あなたまで、落ちてきちゃったの……せっかく助かったと思ったのに」

「あー……？」

少年が不思議そうに首をかしげる。

「お前、どっか怪我してるのか？」

少女が首を横に振る。

「怪我もしてないのに、お前ここから自分で出られないのかよ？　神魔だろ？　あそこまで登るくらい、魔法でどうにかできないのか？」

少女が表情を硬くして、首を横に振る。

「……魔法は苦手なの。そんなことができるのなら、最初から困ってないの」

「ふうん……そりゃそうか」

聞いた少年が、気の抜けたような声で言う。

「んじゃ災難だったな。まあ言われてみればそこの上の穴、茂みで隠れてわかりづらいしな。俺も気づかないでうっかり足を踏み外しちまったぜ。ははっ」

なんでもないことのように、少年が笑う。

「お互い間抜けだったけど、でも怪我しなかっただけよかったじゃんよ。なんかここの地面、妙に柔らかいんだよな」

「それ、たぶん蝙蝠の糞なの」

「うげっ！　ど、どうりで臭いと……」

慌てて立ち上がる少年を横目で見て、少女は小さく溜息をついた。

しばらく服に付いた汚れをしつこく払っていた少年だったが……やがていくらか少女に歩み寄ると、硬い地面に再び腰を下ろして言う。

「なあお前、名前はなんていうんだよ？」

少女は、わずかにためらった後に答える。

「……リゾレラ」

「へぇ、やっぱり神魔らしい名前なんだな」

少年は、そんな当たり前のことを言って笑った。

「俺はな、アドヤッハっていうんだ」

「……アドヤッハ？」

リゾレラと名乗った少女が、やや驚いたように小さく顔を上げた。

意外そうな声音で言う。

「矮人（ドワーフ）みたいな名前なの」

「父さんが矮人（ドワーフ）だったんだ。俺の名前は、父さんが付けてくれたからな」

そう言って、アドヤッハと名乗った少年が快活に笑う。

様々な種族の特徴を持つ少年の生みの親が、混血でない純粋な魔族であることなどまず考えられない。それ以前に、少年の容姿には矮人（ドワーフ）の特徴がない。

父と呼ぶ相手が育ての親に過ぎないことは、リゾレラにも想像がついた。

「ちょうどいいや。ついでに訊きたいことがあるんだけどさ」

アドヤッハが再び問いかける。

「俺たち、行き会った旅人からこの先に神魔の里があるって聞いてたんだが、お前もしかしてその生まれか？」

リゾレラがためらいがちにうなずく。

「俺たちの聞いた話では、ここからだとまだ少し歩かなきゃいけない場所にあるってことだったんだが、そうなのか？」

リゾレラが再びうなずく。

「ふうん。じゃ、急がないとだな。そろそろ野宿も嫌になってきたし……」

一人何やら呟く少年だったが、それからふと、少女へ顔を向けて問う。

「それにしても……お前はこんな場所まで一人で来て何やってたんだ？　薬草採りかなんか？」

リゾレラは顔をうつむかせると、小さな声で答える。

「……ワタシは、里を出たの」

そう言って、傍らにちらと目を向ける。

そこには、少女が背負うのにはずいぶんと大きい、茶色の背嚢があった。

「旅に出ることにしたの。もう、あそこには戻らないつもりで」

「ふうん……ん？　いや待て待て」

アドヤッハが不意に、困惑したような顔になって言う。

「離れてるとはいえ、さすがに里からここまで歩いて半日もかからないよな？　お前まさか……旅に出て一日目に、ここに落ちて立ち往生してたのか？」

「……だったら、なんなの」

神魔の少女がそう言って、恥ずかしそうに顔を逸らした。

少年が呆れたように言う。

「あのなぁ……そんなんで一人旅とか、さすがに無茶だぜ。つーかお前いくつだよ？　旅に出るには、いくらなんでも早すぎるんじゃねぇのか？」

「二十歳なの」

「うお、え、ええ……？　お、思ったより歳いってたんだな。つか、俺より年上……？　あれ、神魔ってそんなんだっけか……？」

「失礼なのっ」

動揺する少年へ、リゾレラは怒ったように言うと、それからまた溜息をつく。

「……みんな、そう言うの」

「……」

「好きで小さいままでいるわけじゃないのに、ワタシのこと、いつも子供扱いして……。仕事のときだって、誰もワタシの言うことなんて聞いてくれないの。今年から巫女長になったのに。神殿のことだって、誰よりもわかってるのに」

「……」

「もううんざりなの。だから、旅に出ることにしたの」

「……じゃあ」

アドヤッハがぽつりと訊ねる。

「お前も……ひょっとしていじめられてたのか？」

リゾレラは、わずかに鼻白んだように答える。

「別に……いじめられてたわけじゃ、ないの。馬鹿にされたと思うことは、あったけど……頭撫でられたりとか」

「なあんだ」

混血の少年が、それを聞いて安心したように笑った。

「じゃあ、俺とは違うな。よし！」

そう言って、アドヤッハは勢いよく立ち上がる。

「帰ろうぜ、リゾレラ」

「え、え……？」

「さっさとここを出よう。俺も、いいかげん仲間のところに戻らないといけないんだ」

「で、でも、出るってどうやって……？」

「そんなの決まってるだろ」

困惑する様子のリゾレラに、少年は自信満々に答え、そして――背の黒い翼を、大きく広げた。

「俺の翼で飛んでいくんだ。よっと！」

「わっ、え、ええっ？」

座り込んだリゾレラを、アドヤッハは両の腕でひょいと抱え上げた。

少年らしい、華奢（きゃしゃ）な腕であるにもかかわらず、まるで布でも持ち上げているかのように苦労する様子を見せなかった。

少年の意外な力強さに驚くリゾレラだったが、それでも焦ったように言う。

「と、飛ぶなんて無茶なの！　だって、あなた……」

混血の魔族は、概して魔力が弱い傾向にある。

それは、血が薄まるほどに顕著になる。まるで容姿のみならず、中身まで人間に近づくかのように。

純粋な鳥人ならば、人を一人抱えて飛ぶことくらいはできるだろう。しかし、アドヤッハほどの混血となれば――一人で飛ぶことすらも、およそ不可能なはず。

だが。

「なーに、心配いらねぇよ」

混血の少年は、快活に笑った。

光の差し込む天を見上げる。

大きく広げた、黒い翼。その周囲に――魔法による気流が渦巻き始める。

「俺は最強だからなっ‼」

リゾレラを抱えたまま、アドヤッハは膝をたわめ、跳んだ。

同時に、両の翼を強く打ち下ろす。

まるで天に放たれた矢のように、二人の体が勢いよく上昇していく。

風を切り、洞窟を抜け、光に包まれ――そして。

「……っ？」

感じた浮遊感に、リゾレラはぎゅっと閉じていた目を、恐る恐る開けた。

視界の先には、空が広がっていた。

「っ⁉　と、飛んでるのっ！」

「ああ、飛んでるぜ！」

黒い翼をいっぱいに広げた少年が、快活な笑みとともに言う。

「どうだ、うまくいっただろ？」

「は、は、は、早く下ろすの〜っ！」

「お、おい暴れんなって！　それより見てみろよ、ほら」

「え……？」

少年の視線の先へ、リゾレラは釣られたように目を向ける。

そこには——無限に続くかのような、樹海の景色があった。

「あ……」

魔族領を覆う森が、見渡す限りあらゆる方向に、どこまでもどこまでも果てしなく広がっている。

傾きかけた日に照らし出されたその光景は、まるでこの大地の終端にあるとされる海原のようだった。

「知ってたか？　この世界って、すっげー広いんだぜ」

目を見開いて景色に見入る神魔の少女に、混血の少年が語りかける。

「すげーものがたくさんあって、すげーやつらがいっぱいいる。とても全部は見て回れないくらいに。旅って、すげーおもしろいものなんだよ。……だからさ」

少年の声に、優しげな響きが混じる。

「そんな後ろ向きな理由で、旅に出ようとなんてするなよな」

「……アドヤッハは」

リゾレラが、少年の顔に目を向ける。

「どうして、旅に出たの？」

絶対に後ろ向きな理由だと思った。

混血は、どの種族でも肩身が狭い。混血同士が集まって集落を作ることもあるが、どれも小さく、生活には苦労しているのだと聞いていた。

だが少年は、快活に笑って答える。

「仲間を探すためさ」

「仲間……？」

「ああ、信頼できる仲間だ。俺にはずっと父さんしかいなかった。その父さんが、死に際に言ったんだ。お前の力が必要とされる時がきっとくる。その時のために、支え合える仲間を見つけなさいって」

「それは……叶ったの？」

少女の問いに、少年は笑みとともに力強くうなずく。

「ああ、叶った！　みんな俺の、最高の仲間だぜ！」

「……そうだったの」

少年に釣られるように、リゾレラの口元にも小さな笑みが浮かんでいた。

西日に照らし出された少年の顔は、幼い頃に聞いたお伽噺（とぎばなし）に出てくる旅の英雄のようにも見えた。

「ただ」

と、そんなことを言って、アドヤッハが眼下の森に視線を向ける。

「今ちょっと、はぐれちまってるんだよなぁ」

「え」

「いやたぶん、別れた場所にいてくれてるとは思うんだが……どの辺だったかな？　確か空からでもわかるように、ひらけた場所で休んでたはず……あっ、いたいた！　よし、降りるぞリゾレラ！」

「ええっ？　きゃっ！」

リゾレラを抱えたアドヤッハが、翼を畳んで急降下し始める。

「おーいっ！」

アドヤッハが声を張る。

慣れない浮遊感にぞっとしながらも、リゾレラは少年の声が向けられた方向へ、なんとか目を向ける。

森の切れ間にある、狭い草地。そこに、四つの魔族らしき人影があった。

アドヤッハが、再び大きな声で彼らに呼びかける。

四つの人影のうち、二番目に小さなそれが声に反応して空を振り仰いだ。飛行する少年の姿に気づくと、跳び上がりながら大きく手を振り、何かを叫んでいる。

た。

「ははっ」

アドヤッハはそれを見て、小さく笑声をあげた。それにはどこか、安心したような響きがあった。

やがてリゾレラは、アドヤッハとともに草地に降り立つ。

リゾレラを降ろした少年の下に、先ほどの小さな人影が小走りで駆け寄ってきた。

アドヤッハはその人物に向かい、笑顔で手を掲げる。

「悪いティルシィ。待たせちまったな」

「待たせちまったな、じゃないのよ！」

駆け寄ってきた少女がいきなり怒鳴った。

「アンタ水汲んでくるって言ってどれだけかかってるのよ⁉」

「あっ、水。忘れてたな……」

「はああ？」

参ったように頭を掻くアドヤッハに、少女が唖然とする。

「今までいったい何やってたの……？」

「ちょ、ちょっと人助けを……」

言いながら、アドヤッハが助けを求めるようにリゾレラを振り返った。

少女にも見つめられ、リゾレラはやむなく口を開く。

「あの、それは本当なの。だから、あまり責めないであげてほしいの……」

少女が無言のまま、リゾレラへと歩み寄る。

白金色の髪に、少し尖った両耳。透き通るような肌。ややきつめの顔立ちではあるものの、その容姿は非常に整っている。

森人（エルフ）に似ているが、それにしては耳が短く、髪色が薄い。少女は、どうやら半森人（ハーフエルフ）であるようだった。

半森人（ハーフエルフ）の少女はリゾレラの前で立ち止まると、目線を合わせるように軽く屈（かが）む。

「あなた、神魔の子？　もしかしてこの先の……あら？」

その時ふと、少女が横に視線を向けた。

何かあるのかと思いリゾレラも目を向けるが、何もない。少女の視線の先には、ただ虚空があるだけだ。

しかし、半森人（ハーフエルフ）の視線は確かに何かを追っていた。

視線の先にいる何かは、ゆっくりと動いて、やがてリゾレラと重なる。

少女がわずかに驚いたような顔になって言う。

「……珍しい、ユグニが他の人に興味を示すなんて」

森人（エルフ）や黒森人（ダークエルフ）は、生まれながらにして精霊と呼ばれる魔法を司（つかさど）る存在を知覚できるのだと言われる。

それは多くの場合、羽の生えた小さな球体、あるいは小動物の姿をとっているという。

だが……ティルシィと呼ばれた少女が見ているものは、その視線の高さや悠然とした動きからするに、それよりもはるかに巨大な何かであるようだった。

「あなた、この先にある神魔の里の子？　もしかして、特別な生まれだったりするのかしら」

「そいつ二十歳だから、子供扱いしちゃダメだぞティルシィ」

「え……ええっ、二十⁉　私より年上なの⁉　で、でも神魔も、森人と同じように十五歳くらいまではすぐ成長するのだと思っていたけど……」

半森人の少女は、アドヤッハとほとんど同じ反応で驚いていた。

リゾレラが何か答える前に、別の声が上から割り込んでくる。

「だ、だめですよティルシィさん、他人の歳のことをあんまり言うのは！　き、気にする人だっているんですから！」

しゃがむようにして声をかけてきたのは、巨人の少女だった。

半森人の少女の、三倍はあろうかという身長。腰には二振りの石斧を携えていたが、その大きさは大人の巨人の戦士特有の、神魔一人分にも匹敵するほどだ。

巨人の戦士特有の、圧倒的な存在感があったが……一方でその声には張りがあり、仕草には若者らしい溌剌さがあった。

どこか気弱そうな顔立ちにも、微かにあどけなさが残っている。

「アウラの場合、ただ大きいだけじゃない。前から言ってるけど気にしすぎよ」

半森人が巨人を振り仰ぎ、やや呆れたように言う。

「だけ、じゃないんですよう。巨人で大きいってことは、老けて見られるってことなんですからっ」

巨人の少女が、泣きそうな声で言う。

巨人は、その生涯を通して成長し続けると言われている。加齢とともにその速度が遅くなることはあっても、止まることは決してない。

つまり、年長の者ほど大きく、年少の者ほど小さい。個人差はあれどこの傾向が覆ることはあまりなく、特に年若い者が、年長の巨人を見下ろすようなことはまれだった。

だが――まだ少女と呼べるほど若いはずのアウラは、すでに成熟した巨人に匹敵するほどの身長を持っている。

「個体の年齢など、無意味な指標である」

別の声が割り込んでくる。

言葉を発したのは、白い毛並みを持つ、小柄な犬人だった。

「知性体の本質は、その精神に宿る知性にある。発生からの経過時間など、個体の価値にはさしたる影響をおよぼさぬ。よって、そのような事柄に思考を割く意味はないのである」

小さな犬人が、賢しげな顔で言った。

堅苦しく古めかしい口調、そして全身を覆う長く白い毛並みから、一見すると老人のようにも映る。

だがこちらも声が若々しく、目には子供のような輝きが宿っていた。加えて、常に笑っているような口元は、どこかかわいらしくもある。

巨人と半森人が、ためらいがちに言う。

「シラ・クさん、実はそのう、言いにくいんですが……」

「私もアウラも、アンタのことは最初ジジイかと思ってたわ」

「なっ、なんと失敬な！　我が輩はまだ十四であるぞっ！」

年齢など無意味と言っていた犬人の少年が、腹を立てたようにわめく。

と、その時。

「人ハ、妙ナコトヲ、気ニスルモノダ」

地の底から響いてくるような、低い声が割り込んできた。

アドヤッハの仲間たちが、最後の人影に目を向ける。

「我ハ、自ラノ生マレガイツナノカスラモ、知ラヌ。ソレデ何モ、支障ハナイ」

リゾレラは、その大柄な人影の正体に気づき、わずかに目を見開いた。

魔族ではない。襤褸を纏い、黄金色の大剣を背負うそれは、灰色の骸骨だった。

「モ、モンスター……なの？」

骨の表面には、よく見れば干からびたような薄い皮が張り付いている。眼窩に宿っているのは、炎のような青白い光だ。

スケルトンではなく、リッチー系。それも、かなりの上位モンスターであるようだった。

どれほど卓越した調教師であっても、このようなモンスターを手なずけることは不可能だろう。

そんな存在が言葉を話し、魔族と行動を共にしていることが、リゾレラには信じられなかった。

しかしアドヤッハの仲間たちは、なんの気負いもなさそうに軽い口調で言い合う。

「オルさん、ほんとうに何歳なんでしょうね……？」

「オルのいた城は、およそ五百年前に打ち棄てられたと言われているのである。あのダンジョンの形成規模を思い出すに、少なくとも発生から四百年は経っていると思われるのである」

「それだと、森人(エルフ)から見ても十分お年寄りね」

骸骨の剣士が、わずかにそっぽを向いた。

表情も何もないのでわかりにくかったが……リゾレラには彼が、少しショックを受けているように見えた。

「どうだ、リゾレラ」

アドヤッハが、リゾレラの肩に手を置いて言う。

「おもしれーやつらだろ？」

少年の顔には、どこか満足そうな笑みが浮かんでいた。

リゾレラは不意に気づく。

アドヤッハは確かに、父に言われた旅の目的を果たしていたのだ。

「っていうか、それよりどうするのよ。本当は今日中に神魔の里まで行って宿を借りるつもりだったのに、もう間に合わないんじゃない？」

「うう、わたしそろそろ、屋根のあるところで寝たいです……」

「その件については我が輩、知性の導きによりいい考えが浮かんだのである」

　そう言って、犬人の少年がリゾレラへと目を向ける。

「そちらのご婦人に、里までの案内を願えばよいのである」

「え、ワタシ？」

「ウム」

　犬人がうなずく。

「ご婦人が一人歩いてこられるほどならば、ここから里まではもう少しのはず。神魔の者たちが使う道を教授してもらえるのならば、日暮れまでにたどり着くこともできよう」

「へぇ。アンタ珍しく冴(さ)えてるじゃない、シラ・ク」

「シラ・クさん、変な発明したり薬作ったりするとき以外でも、ちゃんと頭よかったんですね……」

「失敬であるぞっ、おぬしら！」

　犬人の少年が憤慨(ふんがい)し、半森人(ハーフエルフ)と巨人に怒鳴る。

　そんな彼らを余所に、リゾレラは迷うような表情で黙り込んでしまう。

「……」

「どうすんだ？　リゾレラ」

　神魔の少女が振り向くと、アドヤッハが優しげな笑みを浮かべていた。

「もし、どうしても帰りたくないんなら……俺らと一緒に来るか？」

「え……？」

「仲間は多い方が、旅は楽しいからな。ま、そうなると今日は野宿になっちまうけど」

そう言って、アドヤッハはくしゃりと笑った。

リゾレラは、静かに目を閉じる。

そして、微笑とともに首を横に振った。

「やめておくの」

「ん、そうか」

「なんだか今になって、神殿に残してきた子たちのことが心配になってきたの。それに……恩人に野宿をさせるのも、申し訳ないの」

それから、晴れやかな笑顔で混血の少年へと告げる。

「さあ。早く出発するの、アドヤッハ。まだ間に合うと思うけど、もたもたしてると日が暮れちゃうの」

「よし。おーいお前ら、行こうぜ！　リゾレラが早くした方がいいってよ！」

一行が歩き出す。

先頭を行くのはリゾレラ、そしてアドヤッハだ。

混血の少年の後ろには、彼の仲間たちが続く。

ただの旅人の集団ではない。彼らが互いに信頼し合っていることは、リゾレラにもわかった。

さながら、冒険者の一党のように。

リゾレラがぽつりと言う。

「……仲間と旅をするのも、楽しそうなの」

「ん？　気が変わったか？」

少年の問いかけに、リゾレラは首を横に振って答える。

「ワタシが巫女長に選ばれたのは、きっと少しでも、信頼されたからだと思うの。ワタシならできるって。だから、今は……任せられた役目を、がんばって果たそうと思うの」

「……そうか」

少年が、ふと笑って言う。

「ま、それもいいんじゃねぇかな」

後方では、アドヤッハの仲間たちが言葉を交わしている。

「この先にある神魔の里って、確かけっこう大きいのよね」

「ウム、物資の補給ができそうで楽しみである。ただ大きな街となると、オルが騒ぎを起こしてしまわないか少々懸念されるのである」

「我ハ、騒ギナド起コサン。人ガ勝手ニ、騒グダケダ。……イツモノヨウニ、布ヲ被ッテオケバ、問題ナイダロウ」

「懸念、もう一つありますよぅ。わたしが泊まれる宿があるかどうか、です……」

巨人の少女、アウラが心配そうに言う。

「もう、外で寝るのは嫌ですぅ。倉庫でもいいから、屋根があるところがいいんですけど……」

「大丈夫なの」

　リゾレラが、振り返って言う。

「神殿が持っていて、客人用の宿にしている建物があるの。外から来た巨人のお客さんも、そこに泊まってもらっているの」

「わぁ、ほんとうですか？」

「神殿の建物なんて借りられるの？　私たち、ただの旅人なんだけど……」

　不安そうなティルシィに、リゾレラは笑って答える。

「ワタシは巫女長なの。建物も普段は使ってないから、神官長に頼めばきっと大丈夫なの。恩人の一党に不自由はさせないの」

「なんだよ、頼もしいじゃねぇか」

　アドヤッハが、笑って言う。

「じゃあ、宿は頼んでもいいか？　リゾレラ」

「任せるの！」

　リゾレラは、胸を張って答える。

「それは、ワタシの役目なの！」

　リゾレラは、ふと目を開けた。
　菱台地の里にある、神殿の一室。大きな円卓に着き、言葉を交わしているのは、各所の里にある神殿の重鎮たちだ。噴火の後、初めて開かれた会合は、まだ続いているようだった。

居眠りしたまま終わっていなくてよかったと、リゾレラは内心でほっと胸をなで下ろす。発言こそしないものの、今は立場が立場なので、あまりみっともない姿は見せられない。

さりげなく姿勢を正していると、耳元で声がした。

「お疲れですか、リゾレラ様」

そばに控えていた、従者である神魔の少年だった。

どうやら居眠りに気づかれていたらしい。

リゾレラはばつが悪い気持ちになりながらも、いつもの口調で答える。

「平気なの」

「いえ、無理もないかと思います。リゾレラ様が戻られてから、まだ三日です。休養もあまり取られていないようですし……たとえば明日など、予定を一日空けることもできますが」

少年はそう、真剣な顔で言った。

どうにも真面目すぎるきらいのある子だと、リゾレラは思う。

まるで、幼い頃のレムゼネルを見ているようだった。優秀なのは確かだが、主人の居眠りをおもしろがるくらいの方が、本当はちょうどいい。

リゾレラは従者の少年に、ひらひらと手を振って言う。

「ワタシは平気なの。それより、あの子たちの話をちゃんと聞いておいた方がいいの。今すぐには役に立たなくても、将来の勉強になるの」

「はい」

少年はそう短く答えると、会合の場に目を向けた。

やはり真面目だと思っていると、ふと何か気がかりなことでもあったかのように、少年がちらとリゾレラへ視線を戻した。

そして、ややためらいがちに言う。

「あの……何か良い夢でも見られたのですか？」

「え？」

「心なしか、表情が柔らかくなられたように見えましたので」

リゾレラは、思わず苦笑した。そんなところまで気づかれていたのでは世話がない。

真面目に過ぎる少年は、やはり優秀で、そして主人を思いやる心を持っているようだった。

将来は、きっといい里長になることだろう。

リゾレラは静かに答える。

「……昔の夢を、見ていたの」

「昔の夢、ですか？」

「そうなの。ワタシがまだ、あなたのお姉さんくらいの歳だった頃の夢」

「それは……すごく昔ですね」

少年が、真面目くさった顔で言う。

それがおかしく、リゾレラは思わず笑ってしまった。

「そう。すごく、昔の夢なの」

魔王アドヤッハも、四天王と呼ばれた彼の仲間たちも、最後には皆、勇者に倒されてしまった。

その事実に打ちひしがれ、心がすり切れ、それでも次第に生活を取り戻し、やがて彼らのことが思い出に変わってしまうほどの——遠い遠い、昔の出来事。

リゾレラは寂しげな笑みとともに、小さく呟く。

それは、従者の少年にも聞き取られることはなく、口先で儚く散って消えた。

「やっぱり——セイカには全然、似てないの」

本書に対するご意見、ご感想をお寄せください。

あて先

〒162-8540 東京都新宿区東五軒町3-28
双葉社　モンスター文庫編集部
「小鈴危一先生」係／「夕薙先生」係
もしくは monster@futabasha.co.jp まで

最強陰陽師の異世界転生記～下僕の妖怪どもに比べてモンスターが弱すぎるんだが～⑥

2023年7月31日　第1刷発行

著者　小鈴危一

発行者　島野浩二

発行所　株式会社双葉社
〒162-8540 東京都新宿区東五軒町3-28
電話　03-5261-4818（営業）
　　　03-5261-4851（編集）
http://www.futabasha.co.jp
（双葉社の書籍・コミック・ムックが買えます）

印刷・製本所　三晃印刷株式会社

フォーマットデザイン　ムシカゴグラフィクス

落丁・乱丁の場合は送料双葉社負担でお取り替えいたします。［製作部］あてにお送りください。ただし、古書店で購入したものについてはお取り替えできません。
［電話］03-5261-4822（製作部）

定価はカバーに表示してあります。

ISBN978-4-575-75329-5　C0193
Printed in Japan

Mこ01-06